A. J. Cronin, 1896 in Cardoss/Schottland geboren, stammte aus einfachen Verhältnissen, studierte Medizin und promovierte 1919. Er arbeitete als Arzt in einer Nervenheilanstalt, als Schiffsarzt, als Armenarzt im Bergbaugebiet von Wales und als Gesellschaftsarzt in London. 1930 begann er zu schreiben. Cronin starb 1981 in Montreux/Schweiz.

Der spanische Gärtner. Ein psychologisch spannender Roman, in dem ein Vater in egoistischer Liebe um die Zuneigung seines Sohnes kämpft.

Harrington Brande, ein amerikanischer Konsul, der sich von allen mißverstanden fühlt, wird wieder einmal versetzt, diesmal in einen gottverlassenen Ort im Inneren von Spanien.

In seiner Einsamkeit konzentriert er seine Gefühle auf seinen Sohn Nicholas. Ansonsten hat er nur noch zwei weitere Interessen: Seit zehn Jahren arbeitet er an einer Biografie über Nicolas Malebranche, aber kein Verlag will sein Manuskript, und er ist Anhänger von C. G. Jung und einem dekadenten Pariser Psychiater nahezu hörig.

Als der Konsul sein künftiges Diomizil sieht, beschließt er, aus der Wüstenei einen blühenden Garten zu machen, und engagiert einen Gärtner. Der junge, immer Fröhlichkeit verbreitende José erobert den kleinen Nicholas im Sturm. Der Vater sieht dies mit wachsender Eifersucht. Er verbündet sich mit seinem zwielichtigen Diener Garcia, um die beiden auseinanderzubringen. Er peinigt den jungen Gärtner mit immer neuen Aufgaben und läßt sogar zu, daß dieser des Diebstahls bezichtigt wird. Nun überstürzen sich die Ereignisse.

Als José auf dramatische Weise ums Leben kommt, der Diener Garcia sein Manuskript ins Feuer wirft, bricht die Fassade von Brande auseinander, ist es sein Sohn Nicholas, der ihm eine Chance gibt.

Im Fischer Taschenbuch Verlag sind bisher folgende Titel von A. J. Cronin erschienen: ›Die Zitadelle‹ (Bd. 11431), ›Der Judasbaum‹ (Bd. 11551), ›Die Sterne blicken herab‹ (Bd. 11552), ›Die Bewährung‹ (Bd. 11569), ›Die Schlüssel zum Königreich‹ (Bd. 11565). Weitere Bücher folgen.

A. J. Cronin
Der spanische Gärtner

Roman

Aus dem Englischen von
Lida Winiewicz

Fischer
Taschenbuch
Verlag

Ungekürzte Ausgabe
Veröffentlicht im Fischer Taschenbuch Verlag GmbH,
Frankfurt am Main, Januar 1994

Lizenzausgabe mit freundlicher Genehmigung
der Paul Zsolnay Verlag Gesellschaft mbH, Wien
Titel der englischen Originalausgabe
›The Spanish Gardener‹

Umschlaggestaltung: Buchholz/Hinsch/Hensinger
Gesamtherstellung: Clausen & Bosse, Leck
Printed in Germany
ISBN 3-596-11628-7

Gedruckt auf chlor- und säurefreiem Papier

Der spanische Gärtner

I

Die Fahrt im Nachtzug von Paris war ungewöhnlich ermüdend gewesen. Eine nervenaufreibende Verzögerung auf der Station Port Bou, an der spanischen Grenze, hatte sie vierzig Minuten verlieren lassen, und durch das Verschulden eines saumseligen Trägers hatten sie den Vormittagsanschluß in Barcelona versäumt. Jetzt, gegen fünf Uhr nachmittag, waren sie, als sie auf der Seitenstrecke an der Costa Brava ihrem Ziel entgegenratterten, müde und der Reise überdrüssig. Jegliches Versagen, ob nun von Menschen oder Maschinen, verärgerte den Konsul, und seine Laune war daher keineswegs gnädig. Aufrecht in seiner Ecke sitzend, betrachtete er mit gerunzelter Stirn aufmerksam seinen kleinen Sohn, der ihm, eingemummt auf dem gegenüberliegenden Holzsitz in dem langen, papierbestreuten, nach Knoblauch, Staub und Abgestandenem riechenden Coupé, scheue Blicke schüchterner Zuneigung zugeworfen hatte. Und zum drittenmal in der letzten Stunde fragte er:

»Fühlst du dich wohl, Nicholas?«

»Durchaus wohl, Vater.«

In einer letzten unwirschen Anwandlung schleuderte sie die holpernde Maschine in eine scharfe Kurve und bog mit einem schrillen Pfiff in die weltverlassene Station von San Jorge ein. Der Konsul ließ die Reisedecke und die beiden Koffer zurück, nahm Nicholas' Hand und stieg auf den Bahnsteig hinab; zolltief mit Staub bedeckt, lag der Perron verlassen da, von einer Reihe Zwergpalmen eingefaßt; so sturmzerzaust waren diese Palmettos, daß sie wie spatige Pferde aussahen, die ihre Köpfe hängen lassen. Zuerst dachte der Konsul, die Brauen zusammenziehend, man hätte sie gar nicht abgeholt; dann wurden seine Augen wieder hell. Ein junger Mann in einem sauberen, von vielem Waschen eingegangenen Leinenanzug, mit einer Steckkrawatte und einem Strohhut stand am Bahnhofausgang neben einem grauen Auto, das eine winzige amerikanische Flagge auf der Kühlerhaube trug; als er die beiden Ankömmlinge erblickte, kam er hastig heran, von dem Chauffeur gefolgt.

»Mr. Harrington Brande? Ich bin wirklich froh – wir haben Sie schon mit dem Morgenzug erwartet, vergeblich. Mein Name ist Alvin Decker, vom Konsulatsbüro.« Er wandte sich nach dem Chauffeur um, einem dunkelhäutigen, untersetzten Spanier, der ein schwarzes Alpakajackett, Flanellhosen und spitze rotbraune Schuhe trug. »Wollen Sie sich, bitte, um das Gepäck kümmern, Garcia?«

Brande empfand eine leichte Linderung seiner Gereiztheit; der offene Wagen war wenigstens ein Pierce-Arrow, der sich sehen lassen konnte, die Metallteile funkelten, die Pneus waren frisch gespült, die Polsterungen mit frischgewaschenen weißen Überzügen geschützt. Während das Gepäck abgeholt wurde, stand der Konsul lässig da, eine hohe, schwere Gestalt, auf distinguierte Weise ein wenig vorgeneigt, das lange, blasse Gesicht von der Nasenwurzel herunter tief gefurcht, mit einer Miene jener unmitteilsamen Würde, die Brande seinen Untergebenen gegenüber zu wahren liebte.

»Ich hoffe, Sie werden das Haus angenehm und wohnlich finden, Sir«, begann Alvin. »Mr. Tenney hat sein Personal mitgenommen. Ich habe immerhin mein Bestes getan, etwas Brauchbares aufzutreiben. Garcia, Chauffeur und Diener«, er senkte die Stimme, »hat ausgezeichnete Zeugnisse ... und Magdalena, seine Frau, ist eine vorzügliche Köchin.«

Harrington Brande nickte.

»Sind wir so weit?«

»Gewiß, Sir, wir können fahren«, antwortete Alvin, immer noch ziemlich außer Atem.

Sie stiegen in den Wagen. Als sie anfuhren, ließ der neue Konsul seinen Blick über die Stadt hinschweifen, ohne die schmalen feuchten Finger seines Sohnes unter der Decke aus seinem schützenden Griff zu entlassen. Vielleicht, überlegte Brande mit einer aufkeimenden Hoffnung, war der Ort doch nicht so übel, wie er befürchtet hatte. Die Luft war rein, die weitgeschwungene Bucht, die sie in den dämmernden Februarnachmittag entlangglitten, zeigte einen weißen Streifen Sandstrand; die Esplanade war zwischen den Masten der elektrischen Leitung, wenn auch etwas schütter, mit blühenden Akazien bepflanzt. Auf der Plaza war auf angenehme Weise Leben zu fühlen; ein Brunnen plätscherte zwischen Poincianasträuchern, die scharlachrote Blüten trugen, das abblätternde Gold eines Musikpavillons schimmerte hinter den dunklen Gestalten alter Männer, die »La Gaceta« lasen, und ein vorsintflutlicher Autobus entlud sich seiner Fahrgäste. Gegenüber der unvermeidlichen, mit rosa Stuck verkleideten Kirche, die ihre Zwillingskuppeln wie Brüste aufwärtsreckte, mit dem Glockenturm, von dessen buntem Ziegeldach ein rostiges Kreuz emporstieg, lagen ein paar bescheidene Kaufläden, ein Café, »El Chantaco«, dessen Markise blau gestreift war und das ganz erträglich aussah; und weiter unten in der Calle, schon am Hafen, ein solider Häuserblock, in dem, wie Decker murmelnd bemerkte, das Büro des Konsulates lag.

Aber nein, doch nicht – aus der Nähe besehen machten die Docks, auf die sich ja das konsularische Wirken hauptsächlich richten mußte, einen verdrossenen, gleichgültigen, ja trübseligen Eindruck – in der Tat beinahe abgestorben; Brande erriet, daß hier nicht viel mehr als ein trägflüssiger Handel mit Häuten, Dung, Korkrinde, Olivenöl und Tarragonaessig abgewickelt wurde. Nur zwei Fischerprahme lagen am Pier und ein rußgeschwärzter Küstendampfer, von dem ein paar Hafenarbeiter mit Hilfe dreier Esel und eines primitiven Flaschenzuges gemächlich Fässer abluden. Und weiter ging eine Welle der alten Bitterkeit über ihn hinweg, zeichnete brütende Schwermut in seine Züge. Warum, warum nur hatte man ihn im Alter von fünfundvierzig Jahren, nach fünfzehn Jahren eifrigen und hingebenden Dienstes in Europa, an solch einen toten Platz versetzt – einen Mann seines

Talentes, einen Mann von seinen persönlichen Gaben, der doch längst, zum mindesten durch sein Dienstalter, einen Anspruch auf einen hohen Rang erworben hatte, auf eine Verwendung in Paris, Rom oder London? Er hatte wenigstens gehofft, daß ihm nach diesen letzten achtzehn Monaten – in Arville, tief in den Marschen der Normandie – die nächste Versetzung die längst verdiente Entschädigung bringen werde. Und nun ... San Jorge ... und schlimmer noch, dazu das Bewußtsein, daß Tenney, sein Vorgänger hier und um drei Dienstjahre jünger, als Erster Konsul unter Leighton Bailey nach Madrid versetzt worden war.

»Sieh doch, Vater, ist das nicht hübsch?«

Sie hatten das Weichbild der Stadt verlassen und eine sandige Straße, die sich zwischen Reihen silbriger Eukalyptusbäume steil hinaufwand, erklommen, und Nicholas wies erregt und zugleich scheu auf das Bild, das sich ihnen jetzt von der Höhe aus darbot. In mächtigem Bogen lag ein weiter Ausschnitt des Mittelmeeres zu ihren Füßen, und an dem felsigen Kap, das die Bai abschloß, umspülte die weiße Brandung einen schlank aufragenden Leuchtturm. Weiter im Norden verzitterten die Umrisse gewaltiger Berge in blauem Dunst. Die Luft hatte einen frischen Beigeschmack von Seesalz und aromatischen Kräutern. Und dicht vor ihnen, im Vordergrund eines in perlweißen Zistrosen untertauchenden Barranco, stand, gegen die Straße durch eine hohe Mimosenhecke beinahe abgeschirmt, ein weitläufig gebautes Rotziegel-Landhaus, auf dessen säulengetragener Einfahrt in verblassenden Buchstaben der Name Casa Breza stand.

»Gefällt es dir?« Alvin Decker wandte sich dem Knaben zu, und aus dem Ton seiner Frage, der erwartungsvoll und ein klein wenig besorgt klang, entnahm Nicholas, daß dies ihr neues Heim sein werde. Der Knabe hatte in den kurzen neun Jahren seines Lebens manchen Ortswechsel erlebt und hatte so ein wenig die Fähigkeit eingebüßt, sich überraschen zu lassen. Dieses seltsame alte Haus jedoch, mit seinem verlassenen Aussehen, seiner großartigen Abgeschlossenheit, versprach ungewöhnliche Lockungen.

Und der Konsul schien ähnlicher Ansicht zu sein, denn als sie mit einem Knirschen der Räder in die kiesbestreute Auffahrt einbogen und dann aus dem Wagen stiegen, war sein scharfprüfender Blick von zunehmender Billigung gesänftigt.

Im heimischen gelben Sandstein, der jetzt zu zarter Bernsteinfarbe verblaßt war, im maurischen Stil gebaut, zeigte ihnen das Landhaus einen geräumig gewölbten Portikus und ein flaches überhängendes Dach, dessen Ziegel in einer Schattierung von verwittertem Zinnober getönt waren. Die Fenster des Oberstocks gingen auf eine weite Terrasse, üppig mit chinesischer Glyzine und wildem Wein, mit Flieder und flammenden Schößlingen der Biscutella bewachsen. Zur Linken gab ein katzenkopfgepflasterter, grünbemooster enger Hof Zugang zu den Ställen und anderen Nebengebäuden. Der Garten lag dahinter.

»Es ist alt, natürlich«, bemerkte Alvin entschuldigend und beobachtete die Miene seines Chefs. »Ein wenig reparaturbedürftig. Und keine Elektrizität haben wir hier heroben, bloß Gas. Aber Mr. Tenney war immer froh, wenigstens so etwas zu haben. Es gibt kein wirklich angemessenes Wohnviertel in der Nähe des Büros, und wir haben einen langen Pachtvertrag auf dieses Haus ... voll eingerichtet, wie es ist ...«

»Ja«, antwortete der Konsul kurz.

Die Schultern leicht vorneigend, stieg er die niedrigen Stufen des Portikus zu dem offenen Tor hinan, in dem eine dickliche Frau in mittleren Jahren, die Decker als Magdalena präsentierte, in einem anständigen schwarzen Kleid bereitstand, sie mit einem Lächeln zu begrüßen.

Die getäfelte Halle war kühl und luftig, zur einen Seite das Speisezimmer, zur anderen, mit Doppeltüren, der Salon, beide in Rokoko möbliert. Eine breite Treppe aus dunklem Walnußholz wand sich im Hintergrund zum oberen Stockwerk empor, und ungeachtet seiner Reisemüdigkeit stieg der Konsul als einer, der seine Pflichten und seine Rechte kennt, schweren Schrittes die Stufen hinauf, um auch die oberen Räume zu besichtigen. Es gab ihrer weit mehr, als er und sein Sohn und allenfalls ein gelegentlicher Gast jemals benutzen konnten, aber dieser Umstand war einem Manne nicht unlieb, dessen Geschmack auf eine breite, überlegene Lebensführung gerichtet war. Ihm war das Gefühl, Raum zu haben, angenehm, die eingelegten Schränke und Büfetts gefielen ihm, die aubusson-überzogenen vergoldeten Sessel, die quastenbehangenen Glockenzüge und die verschossenen Samtportieren; sogar der leicht muffige Geruch, der die langen Korridore durchzog, war seiner Nase angenehm. Wenn sein schweres Gepäck ankam, würde hier reichlich Raum für seine Bücher und sein Porzellan, für seine in vielen Jahren und an mancherlei Orten aufgestapelte Sammlung antiker Waffen zur Verfügung stehen.

Als er in das Vestibül zurückkehrte, war er sichtlich befriedigt, und in Alvins braunen Augen spiegelte sich Erleichterung.

»Ich denke, es ist alles in guter Ordnung, Sir. Viel Zeit hat seit Mr. Tenneys Abreise nicht zur Verfügung gestanden. Ich habe mein Bestes getan.«

»Gewiß«, erwiderte der Konsul verbindlich, aber in seiner undurchdringlichen Art. Es kam ihm gar nicht in den Sinn, sein Regiment mit einem die Distanzen aufhebenden Lob seines Gehilfen zu eröffnen. Nichts konnte so leicht der strikten Disziplin Abbruch tun, nichts schneller das Unheil der Vertraulichkeit heraufbeschwören. Übrigens war ihm bereits klar geworden, daß dieser ungewandte, nervöse junge Mensch in seinem allzu engen Anzug – wahrhaftig, an einer Stelle war der Ärmel zerrissen – gesellschaftlich unmöglich war und am besten gleich von Anfang an in gebührlichem Abstand gehalten wurde. Und als Alvin den Strohhut in den Händen drehend, dastand, als hoffte er, zu kurzem Verweilen oder wohl gar zu einem Glas Sherry ermutigt zu werden, führte Brande ihn höflich, aber entschieden zum Tor.

»Ich sehe Sie dann wohl morgen im Büro, Mr. Dekker.«

»Gewiß, Sir.«

»Sie sind doch immer pünktlich um neun zur Stelle?«

»Natürlich doch.« Über dem Kragen leicht gerötet, schickte Alvin sich zum Abgang an, zögerte aber an der Treppe noch einmal und stammelte auf eine Weise, die Nicholas bewog, einen flehenden Blick auf seinen Vater zu werfen: »Darf ich der Hoffnung Ausdruck geben, Sir, daß Sie Mrs. Decker und mir die Ehre eines Besuches in der Calle Estrade erweisen werden? Es ist nur eine bescheidene Wohnung, aber wir haben keine Mühe gescheut, etwas von den guten alten Vereinigten Staaten darin aufleben zu lassen.«

Der Konsul antwortete mit vollendeter Höflichkeit, und als Alvin gegangen war, schürzte er spöttisch die Lippen. Niemand durfte seine Treue zu seinem Lande in Frage stellen, aber war er nicht längst ein vollendeter Kosmopolit, verfeinert und umgeformt in langen europäischen Jahren – tatsächlich ein Bürger der ganzen Welt? Nein, kein Wunder, daß Alvins harmlose Phrase ihm ein Lächeln abzwang!

Es schlug sieben, und mit bewunderungswürdiger Vorausahnung der Wünsche seines Herrn meldete Garcia, das Dinner sei serviert. In dem geräumigen Speisezimmer waren zwei Gedecke aufgelegt, und so begannen Vater und Sohn an den beiden gegenüberliegenden Enden des langen, geschnitzten Refektoriumtisches, einen brennenden Kerzenleuchter zwischen sich, ihre erste Mahlzeit im neuen Heim.

Mit eigenen Gedanken beschäftigt und zutiefst bedacht, Nicholas' Müdigkeit zu schonen, blieb der Konsul schweigsam. Doch die Vortrefflichkeit der Küche und der Bedienung und die wohlige Atmosphäre des dämmerigen, kühlen Raumes hoben seine Stimmung und verwischten die Spuren mannigfachen Verdrusses, den er unterwegs ausgestanden hatte. Sein schwerer, versonnener Blick folgte den Bewegungen des Dieners, und schließlich hob der Konsul für einen Augenblick die Schranken seiner Reserviertheit.

»Ihr Name ist, wenn ich richtig verstanden habe, Garcia?«

»Jawohl, Señor.«
»Und Sie haben immer in San Jorge gelebt?«
Garcia richtete sich auf, ohne seinem regungslosen Gesicht irgendeinen Ausdruck zu gestatten. Einen Augenblick nur spiegelte sich das Flackern der Kerzenflammen in seinen blicklosen Augen.
»Nein, Sir. Ich habe in weit größeren Städten gedient. Und immer bei den erlesensten Herrschaften. Meine vorige Stellung war bei den Aostas in Madrid.«
»Sie meinen die Marquesa de Aosta?«
»Einen Zweig der Familie, Señor.«
Harrington Brande anerkannte die Tatsache mit einem Kopfnicken. Gewiß hätte er die Unterstellung, er sei ein Snob, übelgenommen. Nichtsdestoweniger hatte er einen ausgeprägten Sinn für gesellschaftliche Rangstufen, und es mißfiel ihm keineswegs, daß dieses schweigende Geschöpf sozusagen eine aristokratische Empfehlung aufweisen konnte.
»Sagen Sie der Köchin, daß sie morgen früh zu mir kommen soll. Mein Sohn ist ein wenig empfindlich und wird eine besondere Diät benötigen.« Und als der Mann sich nach einer Verneigung geräuschlos zurückgezogen hatte, bemerkte der Konsul befriedigt zu Nicholas: »Scheint gut erzogen zu sein. Von Klasse.«
Das Prädikat »von Klasse«, ob es nun einem Pferd, einem Dienstboten oder seinem vertrauten Freund Professor Halévy in Paris zugebilligt wurde, war der bevorzugte Ausdruck, den der Konsul seiner Anerkennung verlieh. Diesmal aber konnte Nicholas die Auffassung seines Vaters nicht teilen. Der Diener hatte in ihm vom ersten Seitenblick an eine seltsam unangenehme Empfindung ausgelöst, die er sich nicht so recht zu erklären vermochte.

Nachdem der Konsul die Kaffeetasse geleert hatte, sah er mit vielsagendem Blick nach der goldenen Repetieruhr. Nicholas aber, auf den die erregende Seltsamkeit der neuen Umgebung bereits einwirkte, bat drängend, sie möchten noch einen Gang durch den Garten unternehmen, bevor man zu den Schlafzimmern hinaufsteige, und sein Vater willigte nachgiebig ein.

Draußen, einen Mantel um seine schmalen Schultern gelegt, um jeden erkältenden Luftzug abzuhalten, atmete der Knabe in tiefen Zügen die weiche, würzige Luft ein, die wie aus der Unendlichkeit herübergeweht war, daß alles Bewußtsein von Zeit und Raum in ihr unterging. Obwohl die wirren Ereignisse der Fahrt noch in seinem Kopf nachklangen, empfand er jetzt den Frieden des Abends, der sich über ihn und über den Garten herabsenkte. Größer, weit größer, als er erwartet, war dieser Garten und wunderbar verwachsen. Ein Pfad geleitete von dem Portikus unter drei Rosenpergolas zwischen üppigen Beeten hin, die überreich mit Primeln und großen weißen Pfingstrosen bewachsen waren. Zur Linken stand ein Dickicht von Myrte und Oleander, rosig und weiß, bereits in vollduftender Blüte. Nach der anderen Seite ging der Garten in eine Art Wiese auf, die einst ein gepflegter Rasen gewesen sein mochte; zwei hübsche Bäume, eine breitästige Catalpa und eine Tamariske, standen darauf; dann folgte hinter einer niedrigen Grenzmauer, an der ein Geräteschuppen lehnte, eine steinige Heide, auf der zwischen stacheligen Kakteen und Büscheln purpurfarbener Azaleen weiße Felsblöcke lagen. Im Hintergrunde maskierten Lorbeerbüsche Ställe und Wohnstätten, während das Land nach vorn hin nicht zu steil zu einem Zwergzedernhain abfiel, der bis zum Strand hinabreichte.

Und während Nicholas so neben seinem Vater stand, all diese Schönheit in sich aufnahm und den Duft der Erde und des Frühlingserwachens wie berauschendes Gift in sich einsog, hatte er plötzlich ein Vorgefühl, eine Sicherheit, die in ihm aufstieg, wie er sie noch nie, an keinem ihrer früheren Aufenthaltsorte, empfunden hatte: das Gefühl, hier könnte – nein, hier würde er glücklich sein. Aus der Tiefe kam das ungebärdige und doch zugleich sanfte Seufzen der Brandung. In einer Anwandlung überwältigender Freude schloß er die Augen, damit nicht Tränen aus ihnen hervorströmten. Und er fühlte, wie sich seine Brust in tiefen, langsamen Zügen köstlicher Erwartung weitete.

»Ist es nicht hübsch, Vater?« murmelte er, um diesen Augenblick in die Länge zu ziehen.

Seiner Gewohnheit zuwider lächelte der Konsul – jenes seltene Lächeln, das nur Nicholas ihm abnötigen konnte. Auch er war nicht unempfindlich für den Zauber dieses Gartens, und während er die verwucherten Oleanderbüsche und die ungestutzte Mimosenhecke betrachtete, die Tenney einfach sich selbst überlassen hatte, wandten sich seine Gedanken ein klein wenig großspurig den Aufgaben der Verschönerung zu, neuer Anpflanzung, dem geschnittenen Heckenwerk wohlgeplanter Landschaftsgärtnerei.

»Es könnte hübsch sein«, sagte er nachsichtig. »Jedenfalls brauchen wir einen Gärtner. Ich werde mich morgen darum kümmern.«

Und während sie zum Hause zurückschritten, blickte er zärtlich auf seinen Sohn hinab und fragte sich voll neuer Hoffnung, ob dieser Garten und die reine, kräftige Luft, die von der Sierra und dem Meer herüberwehte, dem Knaben nicht doch die Gesundheit bringen würde.

Im oberen Stockwerk hatte er für Nicholas und für sich zwei aneinanderstoßende Vorderfrontzimmer gewählt, die durch eine Vorhangtür getrennt waren, so daß er immer zur Hand sein konnte, wenn sein Sohn bei Nacht nach ihm rufen sollte. Der Konsul hatte einen leichten Schlaf und litt oft schwer unter quälender Schlaflosigkeit. Seine wache, schützende Liebe hatte immer verlangt, daß er zur Hand sein könne, wenn, wie es so oft geschah, erschreckende Alpträume Nicholas zu bebender Wachheit aufjagten, wenn das Herz des Knaben krampfhaft pochte und der kalte Angstschweiß auf seiner Stirn stand. Gerade diese nächtlichen Schrecknisse waren ein Teil der krankhaften Gebrechlichkeit des Kindes, die den Konsul besonders beschäftigte.

Oben waren inzwischen die Koffer bereits ausgepackt, und es dauerte nicht mehr lange, da hatte Nicholas sich entkleidet und gewaschen, hatte durch ein Glasröhrchen das Eisentonicum geschluckt, das Professor Halévy ihm verordnet, und hatte seine Zähne geputzt. Dann kniete er in einem frischen Nachthemd an der Seite seines Vaters, um sein Nachtgebet zu sprechen. Trotz der geistigen Umstellung, die ein langer Aufenthalt in Europa für Harrington Brande bedeutet hatte, war er noch immer – und pflegte das mit ernster Miene zu bestätigen – ein gläubiger Mann. Vielleicht lächelte er ein wenig über seine neuenglischen Ahnen, aber ihr puritanischer Geist war in ihm noch stark. Gebeugten Hauptes, die Hand auf die Schulter seines geliebten Sohnes gelegt, hörte er dessen Gebet an und fügte, als es beendet war, eine Sonderbitte hinzu, der Allmächtige möge ihnen beiden Schutz und Segen gewähren in der neuen Epoche ihres Lebens, die nun begann. Dann unterbrach er sich und schloß endlich mit gedämpfter Stimme, in Worten, die aus seinem Innersten hervorgepreßt schienen, die letzte Bitte an:

»Wir erflehen Gottes Gnade für alle Schuldigen ... und sonderlich, liebes Kind, sonderlich erflehen wir sie für deine Mutter.«

Einen Augenblick später lag Nicholas in dem großen cordovanischen Bett, dessen Fußende mit gepreßtem gelbem Leder überspannt und mit massiven Messingbuckeln verziert war. Und noch immer zögerte der Konsul, blickte mit versonnener Unschlüssigkeit auf die kleine Gestalt hinab, die unter der schweren Brokatdecke fast verschwand.

»Natürlich bist du zu müde, mein lieber Junge ... für unsere abendliche Lesung?«

Nicholas war wirklich vor Erschöpfung betäubt und seine Augenlider, violett überschattet in seinem schmalen, blassen Gesicht, wollten herabfallen, als wäre er von einschläferndem Gift berauscht. Zugleich aber wußte er, wie großen Wert sein Vater auf diesen täglichen Abschluß ihres Abendrituals legte, und so versicherte er, ein Lächeln hervorzaubernd, er sei noch hellwach.

Wieder zögerte der Konsul, doch nur einen Augenblick lang, bevor er einer Neigung folgte, der nicht nachzugeben seiner Liebe, seiner Leidenschaft für sein Kind schwerfiel. So kehrte er in sein Zimmer zurück und kam gleich darauf mit einem gewichtigen Band von Akermans »Ornithologie« zurück, ließ sich auf dem Rand des weichen cordovanischen Bettes nieder und setzte seine horngefaßte Brille auf.

»Wie du dich erinnerst, Nicholas, haben wir an unserem letzten Abend in Arville die Vögel Südafrikas durchgenommen – einen höchst interessanten Gegenstand. Wir wollen heute abend nicht viel weitergehen, gerade nur so viel lesen, daß wir nicht aus dem Zusammenhang kommen. Aha, da sind wir wohl stehengeblieben.« Er hatte geblättert, bis er an die Stelle gekommen war, und jetzt begann er mit einem Räuspern seine Vorlesung.

»Der Strauß, genus struthio, dessen Füße zwei Zehen mit stumpfen Nägeln aufweisen, und dessen charakteristisches Merkmal der Mangel eines Brustbeinkammes ist, kann als der größte aller lebenden Vögel gelten. Der männliche Strauß mißt an die zweieinhalb Meter und erreicht ein Gewicht von dreihundert Pfund. Die Sandsteppen und das offene Land durchmessend, ist er ungemein schnellfüßig und, wenn in Gefahr, außerordentlich tapfer. Die Strauße sind über alle Maßen stolz auf ihr Gefieder, und sonderlich das Männchen umgibt die jungen Vögel mit ängstlicher Fürsorge . . .«

2

Am nächsten Morgen stand der Konsul frühzeitig auf und begab sich pünktlich in sein Büro. Nicholas hatte unglücklicherweise eine recht unruhige Nacht verbracht, in der sich, sosehr die Erschöpfung ihn auch gefangenhielt, die Ereignisse der Reise, das Rattern der Lokomotivräder, das Brausen der Brandung und, sonderbar genug, das dunkle, regungslose Gesicht des Dieners wirr ineinanderschoben. Seine Temperatur erwies sich als normal, aber der Vater glaubte auf seinen Wangen eine Röte der Erregung zu entdecken und bestand darauf, daß der Knabe das Bett hüte; er versprach aber mittags nach

Hause zu kommen und zu sehen, ob Nicholas nicht wenigstens zum Lunch aufstehen könne.

Für Nicholas, der gewünscht hätte, zum mindesten draußen im Garten liegen zu dürfen, war das eine Enttäuschung. Doch war er ein gehorsames Kind, allmählich an seine körperliche Unzulänglichkeit, an die regelmäßige Gepflogenheit des Thermometerablesens und Pulsfühlens, wie Professor Halévy es vorgeschrieben hatte, gewöhnt und überdies auf eine sonderbare, vielleicht etwas gezwungene Weise für die Aufmerksamkeit dankbar, mit der sein Vater ihn ohne Unterlaß umgab.

Magdalena brachte ihm das Frühstück herauf, ein wenig außer Atem vom Treppensteigen, aber durchaus freundlich, die schwarzen Augen beinahe in den tiefen Falten ihrer runden braunen Wangen versunken. Ein weißes Tuch, das sie um den Kopf geschlungen hatte, und zwei Metallringe, die von ihren Ohren herabbaumelten, gaben ihr ein interessantes, zigeunerhaftes Aussehen. Dank dem Unterricht, den sein Vater ihm erteilte, sprach Nicholas erträglich Spanisch – er besaß darüber hinaus eine vorgeschrittene Kenntnis des Französischen und Italienischen –, aber Magdalenas hastiges Geplapper erging sich in einem Dialekt, Catalanisch wohl, wie er dachte, und so verstanden sie einander nicht allzu gut. Wie sie so dastand, die Hände in die Hüften gestemmt, erriet er in ihrem Blick eine unbekümmerte bäuerliche Neugier, wollte seinerseits etwas bieten, blinzelte ihr mit seinen langen Augenwimpern zu, atmete tief ein und ließ die Luft in seinem Magen ein alarmierendes Gerumpel hervorbringen. Darüber mußte sie lachen, schüttelte den Kopf und ging davon.

Das Frühstück war sein gewöhnliches und recht appetitlich: ein weiches Ei, mürber Zwieback, Scheibenhonig und ein Glas gekochter Ziegenmilch; offenbar hatte Vater bereits der Köchin seine Weisungen gegeben. Nicholas aß bedächtig und benutzte seine Erfahrung, keine Brösel auf die Decke zu verstreuen. Dann sprang er aus dem Bett und holte sich den Wollhund, der auf seinen vier kurzen Beinen auf dem Toilettentisch stand und in schweigsamer

Zuversicht gewartet hatte, bis er an die Reihe kam. Nicholas sah natürlich ein, daß er keinen lebendigen Hund besitzen konnte. Der Konsul, selber kein Hundeliebhaber, hatte ihm vernünftig auseinandergesetzt, daß die Schwierigkeiten und Unsicherheiten ihres allzu beweglichen Lebens das Halten eines Hundes ausschlössen, und so hatte das Kind sich mit dem Ersatzgefährten aus Stoff zufriedengegeben. An diesem Morgen aber war er doch wohl nicht in der Stimmung, sich auf eine jener langen Unterhaltungen einzulassen, die den beiden sonst so oft über lästige Stunden hinweghalfen. Er brachte es auch nicht über sich, mehr als einen flüchtigen Blick auf die Lehrbücher zu werfen, die Vater ihm auf den Nachttisch bequem in Reichweite gelegt hatte. Nein, die Neuheit all dieser noch unentdeckten Dinge, die ihn umgaben, lenkte ihn ab, und er lag, während ein breiter Fleck Sonnenlicht warm über die gestreifte braune Tapete kroch, die mit seltsamen Arabesken bedruckt war – Arabesken, in die man mit einiger Phantasie noch weit Seltsameres hineindenken konnte –, so lag er auf dem Rücken und horchte auf den leisen Herzschlag des Hauses.

Und er war nicht einmal allzu leise, dieser Herzschlag. Von unten kam gedämpft Lärm herauf, verwirrende Laute wie von einem Streit – scheltende Worte, gefolgt vom Knall einer Tür, wohl der Küchentür, wie Nicholas erriet. Nun ein leises Flüstern, Schritte unten im Speisezimmer, das unbeeilte Hin und Her des Aufräumens, dann ein heraufdringender Geruch von starkem Tabak. All das konnte sich Nicholas, in einer Art von Erstarrung lauschend, zusammenreimen, war aber dann über das plötzliche lautlose Aufgehen seiner Zimmertür ganz erschrocken. Er wandte den Kopf, und da stand Garcia und blickte ihn vertraulich an.

Es war nicht recht zu erklären, aber das Blut stieg dem Knaben in die Wangen. Jenes sonderbare Mißtrauen, das er schon am Vorabend empfunden hatte, als fühlte er in dem Diener einen Feind, überkam ihn mit doppelter Gewalt, als Garcia so unerwartet vor ihm stand.

»Soll ich das Tablett hinaustragen?« Garcia sprach mit

übertriebener Dienstfertigkeit, in einer einschmeichelnden Weise – und zugleich hielt er doch die Zigarette, als wollte er die Respekthaltung Lügen strafen, brennend zwischen den nikotingefärbten Fingern.

»Bitte . . .«, antwortete Nicholas unsicher.

Der Mann rührte sich nicht, entblößte aber seine Zähne mit einer Miene, die bei der allgemeinen Unbeweglichkeit seiner Züge für ein Lächeln gelten konnte.

»Vor mir brauchst du keine Angst zu haben«, sagte er sanft. »Ich bin an Kinder wohl gewöhnt. Auf einem Platz hatten wir ihrer gleich sieben. Das Mädelchen mochte immer gern auf meinem Knie sitzen. Bevor sie starb . . .«

Nicholas tat einen raschen Atemzug. Der Diener sog wie geistesabwesend an seiner braunen Zigarette, löste aber den Blick nicht von dem Gesicht des Knaben.

»Einmal werd' ich dir schon von ihr erzählen. Das wird interessant werden, weißt du? Ich hab' so mancherlei gesehen in meinem Leben. Trauriges und Schreckliches. Dinge, die einer kaum glauben möchte. Die Welt ist gesteckt voll von Idioten. Mir ist alles gleich, also absolut alles.«

»Wie meinen Sie das?« stieß Nicholas hervor.

Garcia zuckte gleichmütig die Achseln.

»Du wirst schon sehen. Ich bin Soldat gewesen, Offizier, hab' gesehen, wie Menschen ausgepeitscht wurden, gefoltert und erschossen. Aber davon reden wir ein andermal. Sag jetzt – wo ist deine Mutter?«

Nicholas wurde blaß. Die Frage, gleichmütig hingeworfen, wenn auch mit verhohlener Frechheit, riß von neuem die tiefste und geheimste Narbe seiner wunderstarrten Seele auf. Einen Augenblick der Panik lang war er versucht zu antworten: »Sie ist tot.« Hatte sein Vater nicht oft mit melancholischem Ernst versichert, die Mutter müsse ihnen beiden jetzt für tot gelten? Nur dieses abendliche Gebet, das Gottes Verzeihung auch auf sie herabflehte, bewahrte die Mutter vor einem Vergessen gleich jenem des Grabes. Zugleich aber sträubte sich ein Instinkt gegen die Lüge, weniger eine Regung natürlicher Unschuld als ein vages Vorauswissen, daß, wenn er jetzt log, all seine Bastionen gegen diesen Mann ein für allemal gefallen waren. Er wäre verloren gewesen.

»Sie ist in Amerika«, stammelte er.

»Ach! Ein prächtiges Land, wundervolles Land, Amerika! Aber warum ist sie nicht hier?«

Mit einem Zittern seines Kinns, das die Lippen und die zarten Nasenflügel nachbeben ließ und die Haut seiner Stirn zusammenzog, brachte Nicholas die Worte hervor: »Mutter lebt nicht mehr mit uns.«

Garcias Lippen lösten sich in einem lautlosen Lachen.

»Na, dann geht sie uns auch nichts an. Lebt getrennt. Aber so leicht kommen wir von den Leuten nicht los.« Er unterbrach sich und lauschte auf gedämpfte Schritte, die von den Stufen des Portikus heraufklangen. Eine Atempause folgte, dann aber nickte er, ohne sein Gehaben zu verändern, wenn auch vielleicht mit einer Andeutung von Vorsicht: »Dein Vater ist heimgekommen. Du darfst ihm nicht erzählen, daß wir so interessant geplaudert haben. Jetzt haben wir ein Geheimnis miteinander, du und ich, vergiß das nicht, kleine Unschuld.«

Er trat an das Bett heran und hob geschickt mit einer Hand das Tablett hoch, dann machte er mit einer halben Verneigung, die wieder jenen Anstrich von spöttischer Unterwürfigkeit hatte, kehrt und ging hinaus.

Nicholas lag da, die Brauen noch zusammengezogen, betroffen und verwirrt. Er fühlte sich entmutigt und seltsam leer; nur das rasche Auftauchen seines Vaters bewahrte ihn davor, in Tränen auszubrechen.

Der Konsul war in guter Stimmung, offenbar hatten die Geschäfte des Morgens ihm nicht mißfallen; nach einer kurzen Inspektion gestattete er Nicholas, aufzustehen. Er setzte sich auf den Bettrand, während der Knabe sich anzog, und zeigte sich gesprächiger als sonst. Das Büro hatte er besser befunden, als zu erwarten stand; es war klein, aber ganz modern und lag an der Marina, wo sich im Sommer die Seebrise angenehm fühlbar machen würde. Außer Alvin Decker gab es noch zwei Angestellte, beide Spanier. Die Büroeinrichtung war in brauchbarem Zustand, von einer schlechten Schreibmaschine, die aber repariert werden konnte, und einem zerbrochenen Fernschreiber abgesehen; er hatte unverzüglich einen neuen bestellt.

»Und jetzt«, fuhr der Konsul mit unverminderter Lebhaftigkeit fort, »wird es dich wohl interessieren zu hören, daß ich einen Gärtner aufgetrieben habe. Er ist draußen im Hof. Komm mit und schau ihn dir an.«

Sie stiegen die Treppe hinab, Nicholas gemessen an der Seite des Vaters.

Draußen, am Hintereingang, wartete in respektvoller Haltung ein schlanker, gutproportionierter Jüngling von etwa neunzehn Jahren mit offenen Zügen und schlehdornschwarzen freundlichen Augen. Seine Brauen zeichneten sich stark ab, das Haar sträubte sich schwarz und buschig, und auf der Oberlippe lag bereits ein erster rührender Schatten. Das Gesicht war einfach und hätte trotz dem safrangelben Teint für hübsch gelten können, wäre die volle, weiche Unterlippe nicht ein wenig herabgebogen. Der junge Mensch hatte seinen besten Anzug angelegt, schäbigen, aber sorgsam gebürsteten Serge, die Jacke sehr kurz geschnitten, wie es die catalanische Mode verlangte, die Hosen leicht über den Knöcheln gebauscht, daß man die brüchigen Schuhe nicht sehen konnte. In den braunen Händen hielt er einen flachen runden Hut.

»Nun, da sind Sie ja, mein guter Bursche«, sagte der Konsul mit gewinnender Munterkeit. »Wie, sagten Sie, war doch Ihr Name?«

»José, Señor . . . José Santero.«

»Und Sie sind ein erfahrener Gärtner?«

José lächelte bescheiden abwehrend und zeigte dabei schöne weiße Zähne. So warm, so natürlich und so ansteckend war dieses Lächeln, daß Nicholas es zu erwidern wünschte.

»Ich verstehe mich aufs Umgraben, kann Unkraut jäten und weiß mit dem Boden umzugehen, Señor. Ich kann Bäume zustutzen, kann Setzlinge stecken. Ich bin sehr willig. Aber daß ich erfahren bin, kann ich nicht behaupten.«

»Und ich glaubte aus der Empfehlung zu entnehmen, Sie hätten Erfahrung«, bemerkte Brande etwas ungeduldig.

»O ja, Señor«, beeilte sich José zu antworten, »ich habe drei Jahre in den Montaro-Weingärten gearbeitet. Aber jetzt gibt es dort nicht viel zu schaffen.«

»Sie haben Zeugnisse?«

Etwas verloren lächelnd und doch schon im Zweifel, ob es gelingen werde, wechselte Josés Blick von dem Konsul zu dem Knaben und blieb an ihm haften.

»Um so etwas machen wir uns nie Gedanken, Señor. Aber wenn Sie Diego Borgano in Montara fragen wollen, so wird er, glaube ich, für mich gutsagen.«

Eine Pause folgte. Nicholas blickte ängstlich zu seinem Vater auf, der sich auf die Lippen biß und die Frage von diesem Gesichtspunkt aus erwog; es kostete den Knaben Mühe, eine Regung zu unterdrücken, von der er wußte, daß sie Josés Sache eher abträglich sein würde; sonst hätte er seinen Vater gebeten, diesen Gärtner, der so jung, so freundlich und so hübsch aussah, in Dienst zu nehmen.

Der Gong, der zum Lunch rief, beschleunigte die Entscheidung des Konsuls. Schließlich hatte man den Jungen im Stellennachweis gut beleumundet. Er sagte schroff:

»Ich erwarte von Ihnen, daß Sie zufassen, verstehen Sie mich? Als Lohn biete ich Ihnen dreißig Pesetas in der Woche. Sind Sie einverstanden?«

»Ich widerstreite des Señors Wünschen nicht«, antwortete José gelassen.

»Nun gut«, sagte Harrington Brande, »seien Sie morgen um acht Uhr früh zur Stelle, dann werde ich Ihnen zeigen, was ich zunächst getan sehen möchte. Komm jetzt, mein lieber Junge.«

Er nahm den Knaben beim Arm und schritt davon. Während sie auf das Haus zugingen, hatte Nicholas ein herzerwärmendes Bild des jungen Burschen vor sich, wie er so dort stand, freundlich, bescheiden und doch in seiner dürftigen Sonntagstracht seltsam stolz, den lächerlichen harten Hut in seinen schmalen braunen Händen. Es kam unwiderstehlich über ihn, als er dem Vater die Stufen zur Veranda hinauf folgte: er blickte über die Schulter zurück und lächelte. Josés weiße Zähne strahlten in einem Gegenlächeln auf; und zur Freude des Knaben hob der Gärtnerbursche winkend den Arm in fröhlichem Einverständnis. Etwas war an dieser Gebärde, das geradewegs in das Herz des Kindes drang.

3

Unter dem schützenden Dach der Oleandersträucher, in einer Nische, die von den überhängenden blühenden Ästen gebildet wurde, hatte man für Nicholas einen Liegeplatz gerichtet; und hier verbrachte er, genau nach dem Tagesplan, den der Vater entworfen, die meiste Zeit zwischen Lunch und Tee, lag auf einer Chaiselongue ausgestreckt, atmete den salzigen Ozon ein und las wacker, Seite um Seite, ein Buch, das nur nutzbringend sein konnte, hatte es doch der Konsul selbst für ihn ausgewählt.

An diesem Nachmittag aber stahlen sich die Blicke des Kindes oft von der bedruckten Seite zu der Gestalt des neuen Gärtners hinüber, der an dem überwucherten Gartenrand unter dem Catalpabaum arbeitete. Zwei Tage lang hatte Nicholas sich danach gesehnt, ihn anzusprechen, aber von selbst hatte sich keine Gelegenheit ergeben, und eine herbeizuführen war der Knabe natürlich zu scheu. Jetzt aber kam José, mit seiner azada stetig dem Grabenrand folgend, beim Jäten und Umgraben näher und näher, und der Knabe konnte sich ausrechnen, daß der Gärtner gar bald bei ihm angelangt sein werde; bei diesem Gedanken begann sein Herz schneller zu schlagen, denn er hatte von Anbeginn einen Strom sympathischen Einverständnisses – genauer konnte er das nicht erklären – empfunden, der zwischen dem spanischen Burschen und ihm hin und her flutete. Vielleicht irrte er. Es mochte sein, daß José nicht besser war als Garcia, auch bloß einer, der schmeichelte, um zu täuschen, aber Nicholas konnte sich mit einem solchen Gedanken nicht recht abfinden – die Enttäuschung wäre mehr gewesen, als er ertragen hätte.

Schließlich erreichte der Gärtner die Nische, richtete sich auf, stützte sich mit dem Ellbogen auf den Griff des langen Spatens und lächelte Nicholas an. Der Knabe begriff, daß es an ihm war, das erste Wort zu sagen, aber es fiel ihm nichts Rechtes ein, und als er dann doch den Mund auftat, war es einen langen, bedrückenden Augenblick lang so, als wollten ihm die Worte in der Kehle stekkenbleiben.

»Du hast aber sehr schwer gearbeitet«, brachte er endlich hervor, und dabei erging es ihm wie gewöhnlich, er errötete.

»Aber nein.« Josés Lächeln wurde breiter, er zuckte die sonnenverbrannten Achseln. Sein Oberkörper war bloß, und die mit einem Gurt zusammengehaltenen Kattunhosen, die mit schnurunterlegten Espadrilles posamentiert waren, zeigten die klar geschwungene Linie seiner kräftigen Beine. Seine Haut, glatt und golden schimmernd, war vom geschmeidigen Spiel der darunterliegenden Muskeln warm belebt. Trotz der anstrengenden Arbeit ging sein Atem ruhig und regelmäßig. Nach einer kurzen Pause fragte er naiv: »Und du arbeitest gar nicht?«

»Das da ist meine Arbeit.« Mit einem noch lebhafteren Erröten deutete Nicholas auf die Bücher, die auf dem Korbtischchen neben ihm verstreut herumlagen.

»Ach so«, nickte José ernsthaft, in Anerkennung einer überlegenen Intelligenz. »Du bist wohl sehr gescheit.«

»Ach nein«, widersprach Nicholas mit noch tieferem Erröten. »Aber ich muß viel liegen, und darum lese ich eben.«

»Bist du denn jetzt gerade krank?«

»Ich hab immer ein wenig Fieber«, erklärte Nicholas nicht ohne ein gewisses Selbstbewußtsein. »Stark bin ich nicht.«

Josés freundliches Lächeln wurde noch breiter.

»Weißt du, wenn du so arbeiten müßtest wie ich, dann würdest du vielleicht auch stark werden.« Er streckte seine Hand aus. »Komm doch! Ich bin jetzt mit dem Umgraben fertig und werde Setzlinge stecken. Da kannst du mir helfen.«

Nicholas war sprachlos vor Entzücken – er zögerte, aber nur einen Augenblick. Von ganzem Herzen wünschte er der Einladung zu folgen, und der kräftige Griff, mit dem José ihm auf die Beine half, als ob der Knabe nicht mehr wöge als eine Feder, zerstreute alle Scheu und jagte eine Welle beruhigenden Gefühls durch seine Adern. Sie gingen zu dem Schuppen, in dem die Blumentöpfe bereitstanden; José schulterte einen Blumenkasten mit Petuniensetzlingen, die er auf Befehl des Konsuls an diesem Morgen vom Markt gebracht hatte, und dann schritten sie zum entlegenen Ende des Rasens. Hier begann der Gärtner, nachdem er eine Schnur doppelt an dem umgegrabenen Beet entlanggezogen hatte, die Pflänzchen zu setzen. Zuerst begnügte sich Nicholas damit, zuzusehen, dann aber hockte er, einem einladenden Blick Josés folgend, nieder und setzte selber mit behutsamer Scheu einen Pflanzenkeim in die Erde. Und nun konnte er nicht mehr aufhören. Ein so köstliches Gefühl war das, das kühle grüne Stengelchen einzusetzen, die weiche, warme Erde sacht rund um die haarzarten Wurzelchen niederzudrücken und dann zu sehen, wie die kleine Pflanze wacker dastand, entschlossen, der Welt ins Gesicht zu schauen.

Nicholas hatte immer in Städten gelebt, in Häusern, deren Fenster unmittelbar auf Straßen hinausgingen; als er nun neben José kauerte, den warmen Sonnenschein im Nacken, den erregenden Duft der Erde in der Nase, schien es ihm, er hätte nie etwas so Wundervolles erlebt. Sogar das Prickeln des Schweißes unter seinem Hemd, sonst ein bedrohliches Symptom, setzte ihn gar nicht in Sorge.

Gegen vier Uhr war das Anpflanzen beendet, und Nicholas stand mit echtem Stolz neben José und überschaute das sauber geteilte Beet, das sich nun bald in liebenswürdige, lebhafte Farben kleiden würde. So versunken war der Knabe in diese Betrachtung, daß er den

Wagen nicht hörte, der in die Auffahrt einbog, und eine Minute später schreckte ihn die Stimme des Vaters, der hinter ihm stand, aus seiner Träumerei auf.

»Nicholas, was treibst du denn um Himmels willen hier?« Der Ton der Frage verriet Überraschung und sogar Mißfallen.

Er war ein wenig hochgezuckt, wenn auch nicht allzu jäh, und jetzt wandte er dem Vater ein Gesicht zu, das noch von der Freude am gelungenen Werk glänzte.

»Ach, Vater, ich hab eine so hübsche Unterhaltung gehabt. Hab beim Setzen der Petunien zugeschaut und auch mitgeholfen. Und jetzt müssen sie noch gegossen werden, sonst treiben sie nicht.« Und einschmeichelnd fuhr er fort: »Es ist noch gar nicht spät – darf ich einen Augenblick bleiben und beim Gießen zuschauen?«

Ärgerlich und noch unentschlossen blickte Brande von seinem Sohn zu dem spanischen Gärtner hinüber, der, seiner Stellung bewußt, ein paar Schritte zurückgetreten war und jetzt die lange Schnur an dem Holzpflock aufspulte. Etwas Unpersönliches, fast Demütiges an der Gebärde, mit der das geschah, schien den Konsul zu beschwichtigen. Seine Stirn, bereits leicht umwölkt wie von olympischem Höhenrauch, klärte sich wieder. Er zog die Brauen hoch und antwortete herb:

»Nun gut, wenn es nicht zu lange dauert. Sieh aber zu, daß du dich nicht erkältest. Unser großes Gepäck ist eingetroffen. Ich will dann auspacken.«

»Danke, Vater«, rief Nicholas und klatschte in die Hände. »Ich hab mich ganz gewiß nicht erkältet. Und ich komme dir dann gleich nach.«

Harrington Brande machte kehrt und schritt zum Haus. Sauber aufgereiht standen in der Halle drei mächtige Holzkisten bereit, die Deckel und die oberste Strohschicht schon abgenommen. Garcia, fiel dem Konsul ein, erwies sich wirklich nützlicher, als man hatte hoffen dürfen. Brande trat an den Glockenzug heran und schellte; dann erst, in wacher Sorge, ob sein größter Schatz unbeschädigt sei, warf er einen prüfenden Blick auf den Inhalt der Kisten. Ja, da war es – behutsam zog er aus der kleinsten der Kisten ein Paket Schreibmaschinenmanuskript, das mit rotem Band umschnürt war.

»Sie haben geläutet, Señor?«

Brande wandte sich um.

»Ach, da sind Sie, Garcia. Sie haben sich sehr gut eingeführt. So, nehmen Sie das hier jetzt. Vorsichtig, bitte. Es ist das Manuskript meines Buches.«

Der Diener machte große Augen.

»Der Señor ist Schriftsteller?«

Geschmeichelt von dem bewundernden Unterton des Ausrufes, nickte Harrington Brande.

»Ich bin nun schon seit vielen Jahren mit einer umfänglichen Arbeit beschäftigt ... mit der Biographie eines großen Mannes.«

»Meint der Señor sich selbst?«

Brande lachte belustigt auf: in der Tat, er lachte.

»Nun, nun, Garcia, jetzt gehen Sie doch zu weit. So, und nun besorgen Sie uns kräftiges Einschlagpapier und machen Sie ein ordentliches Paket. Ich möchte das Manuskript ins Büro mitnehmen. Dann kommen Sie wieder und helfen mir beim Auspacken meiner Waffen.«

»Gewiß, Señor.«

Als der Mann gegangen war, stand Brande eine Minute lang still; dann trat er an die nächste der Kisten heran, tastete nach dem Inhalt und überlegte, womit wohl zu beginnen wäre. Plötzlich hielt er inne. Sein Blick war auf ein Klappetui gefallen, das in der Kiste obenauf lag. Jäh war seine Miene verändert. Ein unterdrückter Ausruf löste sich von seinen Lippen. Eine Speditionsfirma in Le Havre hatte das Packen besorgt, und dabei war ein Foto, das er seit langem aus seinem Gesichtskreis verbannt hatte, aus einer entlegenen Schublade hervorgekramt worden. Es war das Bildnis seiner Frau.

Zögernd, als wäre es eine Schlange, die ihn stechen könnte, nahm er das Foto auf und sammelte Kraft, es anzublicken; sein Ausdruck war dabei gequält und auf seltsame Weise gehetzt. Ja, das war Marian, das war ihr blasses, bezauberndes Gesicht, das waren ihre sanften dunklen Augen, das ihre sensitiven Lippen, im Hauch dieses Lächelns gelöst, das ihn immer ein wenig verwirrt hatte. Das Foto noch in Händen, ließ er sich versonnen an dem Alkovenfenster nieder, und seine Gedanken schweiften zu jenem verhängnisvollen Abend zurück, an dem er sie kennengelernt hatte.

Vor zehn Jahren war es gewesen, in Bowdoin College, wo er während eines längeren Urlaubs von Washington vor einer Studentengesellschaft einen Vortrag gehalten hatte. Bei dem gesellschaftlichen Zusammensein, das dem Vortrag folgte, hatte er dieses blasse, fast schmächtige Mädchen in der Nähe der Tür stehen gesehen, in Schwarz – wie sich ergab, trug sie nach ihrer Mutter Trauer –, und unmittelbar hatte sich seiner eine Erregung bemächtigt, ein Gefühl, das ihn überflutete, wie er dergleichen bei seinen sonstigen Begegnungen mit Angehörigen des anderen Geschlechtes noch nie empfunden. Er hatte sich selbst vorgestellt, hatte dann durch wohlbedachte Fragen ermittelt, daß sie arm war und daß ihr Vater, ein überalteter Universitätsprofessor, an einer unheilbaren Krankheit darniederlag und in einer nichtssagenden Straße der Stadt eine bescheidene Wohnung hatte. Diese Umstände schienen ihm günstig.

Er entschloß sich sogleich, seinen Urlaub in Maine zu verbringen; fand in unmittelbarer Nähe ein gutes Hotel und betrieb seine Sache in denkbar taktvoller Form, nicht gerade mit Erfolg, aber mit wohlbemessener Zähigkeit. Das Mädchen sagte ihm, Heiraten liege nicht in ihrer Absicht. Zweimal wies sie ihn ab, und obwohl er dann weggefahren war, enttäuscht und ein wenig verärgert, kam er doch nach einem oder zwei Monaten wieder, von seinem neuen leidenschaftlichen Gefühl getrieben und von ihrer stetig reifenden Schönheit gelockt. In diesem Winter, im Februar, starb ihr Vater, und sie blieb allein zurück. Da war sein Angebot zu günstig, als daß sie es ausschlagen durfte. Am Nachmittag der Beerdigung, als sie vereinsamt, schweigsam und niedergedrückt den Regen die Fensterscheiben hinabrieseln sah, als das gemietete Zimmer, der schmutzige Schnee draußen, als alles so maßlos niederdrückend schien, das ganze Um und Auf ihres Lebens, da hatte sie sich mit einem seltsam passiven Ausdruck ins Unvermeidliche geschickt und seine Werbung angenommen.

Und dann, was war dann geschehen? Gott war sein Zeuge, daß er alles, was in seiner Macht gelegen, getan hatte – niemand hätte mehr Ergebenheit aufbringen können. Er war immer noch in Washington stationiert, seine Zukunftsaussichten konnten als glänzend gelten, ihr Appartement im Hotel war angenehm. Im vollen Ausmaß seiner Mittel umgab er sie mit allem erdenklichen Komfort, wählte sorgsam Bücher und Blumen für sie aus, war darauf bedacht, ihr angemessene Zerstreuung zu bieten, beriet sie bei der Auslese ihrer Freunde – ja sogar bei der Wahl ihrer Kleider ging er ihr an die Hand. Immer war er um sie, selbst bei öffentlichen Anlässen, die sie nach seinem Wunsche nicht vorbeigehen lassen sollte, wich er nicht von ihrer Seite. Und wenn sie für Augenblicke getrennt wurden, bei Tisch oder in gedrängt vollen Salons, strebte er immer sofort wieder zu ihr, in einem besitzfrohen Verlangen, gleichgültig dagegen, ob jemand bemerkte, wie begehrenswert, ja wie unentbehrlich sie ihm geworden war.

Sie war schweigsamer, als er es für möglich gehalten hätte, ja sie wurde womöglich noch wortkarger, aber da er selbst gern sprach, störte ihn das nicht. Gelegentlich nur, wenn er ihr umständlich seine Gesichtspunkte auseinandersetzte, in politischen Fragen etwa, in künstlerischen oder beispielsweise in denen persönlicher Hygiene, setzte ihn der Blick, der in ihren Augen lag, ein wenig in Unbehagen, und ihr verhaltenes Lächeln verwirrte ihn. Nie aber, nie wäre er darauf gefaßt gewesen, was dann eines Abends, etliche Monate nach der Geburt des Kindes, geschah. Da hatte sie ihn mit farblosem Gesicht und nervös abgewandtem Blick gebeten, er möge ihr ein eigenes Schlafzimmer zugestehen.

Noch jetzt tat die Erinnerung sehr weh, fühlte er die Bitterkeit eines Unrechts, das ihm vor so langer Zeit zugefügt worden.

»Warum denn nur?« hatte er geantwortet, »bist du denn nicht meine Frau?«

So leise war ihre Antwort gekommen, daß sie fast nicht zu hören war. »Es wäre mir manchmal lieb, wenn ich ein wenig auch mir selbst gehörte.«

Natürlich war er nicht darauf eingegangen. Sie war nach dem Gesetz seine Gefährtin, und er besaß Rechte. Doch hatte er damals zum erstenmal ihre Abneigung empfunden, eine seltsame, schwer verständliche Antipathie, eine Schranke, die zwischen ihnen hochwuchs, so sehr er sich auch bemühte, sie niederzureißen und sich seine Frau vollends, körperlich und geistig, zu eigen zu machen.

Er war ein maskuliner Mann, ebenso fähig, seine Sinne zu meistern wie seine Rolle im Spiel der Sinne auszufüllen. Und doch geschah es ihm oft, und sonderlich wenn der Augenblick letzter Erfüllung bevorstand, daß er jäh seiner Lust entglitt, zutiefst von der erschreckenden Erkenntnis betroffen, daß er allein war, daß sie mit zusammengepreßten Zähnen dalag, starr und regungslos wie ein Leichnam, den eine eisige See an dieses Gestade gespült.

Obwohl er im Grunde genau wußte, wie absurd dieser Verdacht war, hatte er doch den Argwohn aufkeimen lassen, sie müsse einen Geliebten haben, hatte sie eifersüchtig überwacht, ja war so weit gegangen – war er nicht schließlich ihr Gatte? –, sie auf ihren Ausgängen von Agenten beobachten zu lassen. Vergeblich. War es möglich, daß sie einfach nur Widerwillen gegen ihn empfand?

Dann war er nach Europa versetzt worden, und die rasche Folge seiner Posten hatte ihn nach Stuttgart gebracht, nach Lüttich, Ancona . . . Orten, wie er sich voll Bitterkeit sagen mußte, die jede normale, liebevolle Frau in seiner Gesellschaft reizvoll gefunden hätte. Hatte sie Heimweh? Der Gedanke half ihm zuweilen, linderte wenigstens bis zu einem gewissen Grade den Schmerz seines verwundeten Stolzes. Und als ihm ein Sonderurlaub gewährt wurde, brachte er sie und Nicholas, der nun im dritten Jahr stand, nach Amerika heim. Ach, und hier geschah es, daß ihn der letzte Schlag traf. Eines Tages war sie in das New Yorker Appartement, das er gemietet hatte, heimgekommen und hatte – die Wangen leicht eingefallen, den Kopf gesenkt – erklärt, sie müsse sich wohl für einige Zeit von ihm trennen. Die Anstrengungen des Zusammenlebens hätten ihre Nervenkraft erschöpft, sie müsse wenigstens für einige Monate allein bleiben, um wieder zu sich selbst zu finden.

Da hatte er gefühlt, wie alles in ihm erkaltete, und eine krankhafte Sehnsucht war in ihm aufgestiegen, sie brutal in die Arme zu reißen. Er aber hatte nur ihre Bitte beiseite geschoben und nüchtern sein Ultimatum gestellt:

»Wenn du gehst, so gibt es kein Zurück mehr. Bei mir heißt es: alles oder nichts.«

Darauf antwortete sie nicht. Doch sah er noch jetzt ihre verschatteten Augen vor sich, und in ihnen stand das ewige Rätsel, das ihn immer gequält hatte. Er hatte sich auf die Lippen gebissen, bis sie bluteten:

»Du wirst weder Geld haben noch eine gesellschaftliche Stellung. Niemanden, der dir an die Hand geht, keine Menschenseele, um unser Kind aufzuziehen.«

»Habe ich jetzt jemand?« Damit wandte sie sich traurig ab und ging hinaus.

Hier, im Alkoven dieses spanischen Hauses, den Kopf in die Hände vergraben, sah er ihre schlanke, biegsame Gestalt vor sich, das graue Kleid; er konnte den warmen Hauch, den Duft ihrer Gegenwart einatmen. Nun, sie hatte ihn verlassen, war ausgetilgt aus seinem Leben; als er das letzte Mal, indirekt, von ihr hörte, wohnte sie in einer Frauenpension in New York und arbeitete – für ein Taschengeld, wie er annahm – in einer Wohlfahrtsanstalt der Gemeinde. All die Liebe, die sie geringschätzig verschmäht hatte, war nun auf Nicholas übergegangen, wurde ihm verschwenderisch zuteil. Brande betete den Knaben an, das leugnete er nicht, und würde ihn halten, an sein Herz gepreßt – immer – immer . . .

Lange saß er so, grübelnd vorgebeugt, die Furchen, die sein Gesicht durchzogen, in hungriger Sehnsucht vertieft, die Lippen fast zu einer höhnischen Miene verzogen. Dann klang von draußen ein Lachen herauf. In die Gegenwart zurückgeholt, hob er den Kopf, blickte durch das Fenster und gewahrte José und seinen Sohn, die gemeinsam mit der Gießkanne den Gartenpfad herankamen; sichtlich machte es ihnen beiden gleichermaßen Vergnügen.

Die Wange des Konsuls zuckte, als hätte er unerwartet eine neue Wunde empfangen. Jäh stand er auf, trat zur Tür und rief mit beherrschter Stimme:

»Nicholas! Komm herein, mein Lieber. Komm bitte sofort.«

4

Es war Sonntag morgens um zehn Uhr, drei Wochen später, und der Konsul saß geruhsam mit seinem Sohn in dem sonnenüberstrahlten Alkoven des Speisezimmers beim Frühstück. Draußen entfaltete der Frühling bräutlich erglänzend einen so köstlichen Tag, daß der kleine Nicholas danach verlangt hatte, Toast und Honig auf die offene Veranda hinauszutragen. Doch der Vater, mißtrauisch gegen die trügerische Frühjahrsluft, hatte verweisend den Kopf geschüttelt. Dann hatte er Garcia befohlen, statt dessen einen kleinen Tisch ans Fenster zu rükken. So konnte der Knabe wenigstens zusehen, wie die rotgefiederten Tanagrameisen zwischen den Mimosensträuchern hin und her flatterten, und dem fernen, zärtliche Klingen der Kirchenglocken lauschen.

»Vater ...«

Schon seit einiger Zeit hatte Nicholas dem Konsul Blicke zugeworfen, der in seiner gnädigsten Laune vergnüglich mit einer leichten Larranaga-Zigarre und seinem zwei Tage alten Exemplar des »Echo de Paris« beschäftigt war – er hielt dieses Blatt für das einzige, das zu lesen der Mühe wert war, und hatte seinen Freund Halévy gebeten, ihm allwöchentlich eine Nummer zu senden. »Vater, ich möchte so gern heute nachmittag zum Pelotaspiel gehen.«

Sacht ließ der Konsul das Blatt sinken.

»Zum Pelotaspiel?« wiederholte er verständnislos.

»Ja, Vater.« Das Blut war dem Knaben in die Wangen gestiegen, aber er raffte seinen Mut zusammen und sprach weiter. »Das ist eine Art Handball, die sie hier spielen. Sehr schnell und furchtbar aufregend. Alle Orte an der Costa Brava sind im Verband. Und heute tritt Huesca, der Titelträger gegen San Jorge an.«

Harrington Brande blickte erstaunt in das aufgeregte Gesicht seines Sohnes. Allmählich milderte sich sein Ausdruck.

»Nun, nun«, sagte er freundlich, »hat dir Garcia etwas davon erzählt? Was ihr hier doch für Unsinn treibt, während ich im Büro bin! Erzähle – wo und wann soll dieses erstaunliche Spiel stattfinden?«

»Im Recreo, Vater«, brachte Nicholas hervor, ohne indessen das Geständnis zu wagen, daß er seine Informationen nicht Garcia verdankte, »heute nachmittag um vier. Ach, wollen wir doch hingehen!«

Die Andeutung eines Lächelns spielte um die Lippen des Konsuls. Es tat ihm wohl, daß das Kind freiwillig seine Begleitung wünschte.

»Nun schön.« Er schien es sich zu überlegen. »Wenn du jetzt dein Tonicum einnimmst . . . und deinen spanischen Aufsatz fertigbringst . . . und wenn du nach Tisch eine Stunde ausruhst, dann wollen wir sehen.«

»Oh, danke, Vater, danke.« Entzückt war Nicholas aufgesprungen.

Um halb vier Uhr nachmittag machten sich die beiden auf den Weg, Nicholas in höchster Erwartung, Brande in duldsam guter Laune. Der Konsul machte sich nichts aus Sport. Einmal, in Ancona, hatte er bei einem Baseball-Match, das zwischen Teams amerikanischer Marineure ausgetragen wurde, den ersten Ball nach dem Schlagmann geworfen; dann, einige Jahre später, hatte er in Knocke bei der lokalen Segelklubregatta die Preise verteilt. Jetzt aber unterwarf er sich nur dem erwartungsvollen Wunsch seines Sohnes, aber er tat es, als ob es ihn belustigte.

Sie parkten den Wagen auf der Plaza, fanden sich durch ein Netzwerk von engen Gassen hinter dem Obstmarkt und gelangten schließlich zu dem Recreo, das, wie Brande mit leiser Mißbilligung feststellte, in einem schäbigen Teil der Stadt gelegen war. In der Tat war es ein schmuckloser, umzäunter Platz; der einfache Lattenzaun war mit Ankündigungen des lokalen Theaters und der bevorstehenden Aprilcorridas in Barcelona beklebt. Nichtsdestoweniger ließ der Konsul gutwillig zu, daß Nicholas ihn zur vordersten Reihe der Tribuna schleppte, einer Holzbank ohne Lehne, von der man direkt auf den betonierten Hof hinabblickte; ein Mann in Hemdsärmeln, der einen Topf roter Farbe trug, frischte gerade die Linien auf.

Die beiden waren früh dran. Nur einiges junges Volk hatte sich bereits in den hintersten Reihen eingerichtet, die Füße auf die Vordersitze gelegt, rauchend, Johannisbrotschoten kauend, laut scherzend und, wie der Konsul mit Mißbehagen feststellte, vulgär streitend. Von Zeit zu Zeit kamen andere Zuschauer, die Hände in die Taschen vergraben, hereingeschlendert, zumeist junge Männer und Burschen, die in den hinteren Reihen Plätze bezogen und an dem allgemeinen Unwesen teilnahmen. Der Konsul bemerkte, daß man wenigstens in einigem Abstand von diesem untergeordneten Volk saß, durch angemessene Entfernung davor bewahrt, in allzu nahe Fühlung zu kommen. Doch nein, kaum hatte es auf der Turmuhr der Marina vier Uhr geschlagen, als die richtigen Aficionadas auf die Tribuna hereinströmten, eine lautschwätzende Menge, die sich mit Wucht und Ellbogenkraft auf jeden nur irgendwie freien Platz vorschob. Im Handumdrehen waren die Bänke prall voll besetzt, und auf allen Stufen der Gänge hockten Gestalten. Ein kleiner Dicker, der einen ramponierten schwarzen Sombrero und einen spiegelnden schwarzen Anzug trug, in der einen Hand eine halbe Zwiebel, in der anderen einen Ranken Brot, preßte sich dicht an den Konsul, lächelte ihn freundlich an, schärfte sein Taschenmesser an den Schuhsohlen und begann schmatzend zu essen. Erste Pfiffe gellten überall in der Arena auf, begleitet von einem rhythmischen Fußstampfen und Schreien: »Olé ... Olé ... Olé!«

»Jetzt wird es gleich losgehen, Vater. Soll ich dir das Spiel erklären?« Nicholas beugte sich vor und zeigte aufgeregt in den Hof hinab. »Du siehst diese beiden Holzwände. Sie liegen einander genau gegenüber, etwa zweihundert Fuß voneinander entfernt. Die eine heißt frontis, die andere pareo de rebote. Die roten Linien darauf zeigen genau den Raum, den der Ball treffen muß. Und die roten Linien auf dem Boden – man sagt nicht Boden, sondern concha – besagen dasselbe. Schlägt der Ball außerhalb dieses Raumes auf, so ist es ein Fehler und zählt als Punkt für die Gegenpartei.«

Während der Konsul in beherrschter Neugierde zuhörte, sprach der Knabe schon weiter.

»Jede Partei hat zwei Spieler, der eine heißt delantaro – der Vormann – der andere zaguero, der Hintermann. Huesca spielt in blauem Hemd, San Jorge in weißem. Die pelota – so heißt der Ball – ist aus Gummi, aber mit Garn übersponnen und dann mit Schafshaut überzogen. Man schlägt ihn mit der zesta. Es wird schnell gespielt, furchtbar schnell ...«

In diesem Augenblick brach ein wildes Geschrei aus, und die vier Spieler erschienen, auf der gegenüberliegenden Seite des Vierecks über die Barriere springend, im Hof. Sie trugen Leibchen und weiße Leinenhosen; jeder hatte an der rechten Hand, wie mit Handschuhschnallen befestigt, ein leichtes Bastkörbchen. Als sie jetzt begannen, Bälle gegen die Wände zu schlagen, entging es dem Konsul nicht, wie Nicholas neben ihm vor Spannung gestrafft war.

»Schau doch nur, Vater! Jetzt siehst du, warum wir hergekommen sind. Ist das nicht eine Überraschung? Ist es nicht herrlich?«

Zuerst begriff Brande nicht, aber als er dann dem Blick des Knaben folgte, fand er ihn magnetisch auf den jüngeren der beiden Spieler von San Jorge fixiert, eine schlanke, geschmeidige Gestalt, die sich anmutig und gewichtlos in dem Hofe bewegte. Es war José.

Der Konsul war betroffen, fassungslos, blieb aber eine ganze Weile unbeweglich. Blitzschnell war ihm die Situation klargeworden – das heftige Verlangen des Kleinen, das Match zu sehen, seine ungewöhnliche Kenntnis der Spielregeln, sein unmißverständliches Verschworensein mit dem jungen Gärtner, von dem Brande sich nichts hatte träumen lassen.

»Schau, Vater, Schau!« schrie Nicholas auf. »Jetzt geht's los. Und José hat uns gesehen. Er hat mir gerade zugewinkt.«

Im Hof hatte der Vordermann der Huescaner seinen Platz an der Merklinie bezogen; und inmitten jäher Stille ließ er die pelota einmal aufspringen und knallte sie dann hart gegen die Wand. Wie betäubt folgte Harrington Brande dem Flug des Balles, der mit unvorstellbarer Geschwindigkeit zurück und wieder vor sprang. Er war sich eines schmerzlichen, dumpfen Gefühls in seiner Brust bewußt, das ihn am Atmen hinderte und seine bereits merkbare Bedrücktheit steigerte. Wären sie nicht hoffnungslos in der Menge eingekeilt gewesen, so hätte er sich erhoben und hätte seinen Sohn aus dieser widerwärtigen Umgebung fortgeführt. Statt dessen beobachtete der Konsul, obwohl ihm durchaus klar war, daß er dadurch das schmerzliche Gefühl nur verstärkte, von der Seite den Knaben; der saß vorgebeugt, machte sich nicht das geringste aus all der Unbequemlichkeit, war hingerissen von dem Fortgang des Spieles. Seine Augen leuchteten, sein Mund war geöffnet; die kleinen Fäuste ballend und lösend, schwang und erstarrte er im Rhythmus mit all den anderen, stieß leise Schreie des Beifalls oder der Mißbilligung aus, ja er hob zuweilen schamlos seine Stimme, um in das anschwellende Grölen der Masse einzufallen:

»Olé! Olé! Vorwärts, San Jorge! Bravo, José, bravo, amigo!«

Es kostete Harrington Brande Mühe, seinen Blick von dem Knaben zu lösen und wieder den Vorgängen in der

Arena zuzuwenden. In Hitze geraten, waren die Spieler jetzt in eine Serie von Schlägen und Rückschlägen verstrickt, schlugen die pelota aus allen Ecken der concha gegen die Wand. Unglaublich war das Geschick, mit dem sie den Ball fingen, ihn nicht einmal den Bruchteil einer Sekunde lang im Korbschläger behielten, bevor sie ihn zurückschlugen und blitzschnell und präzis, wie ein Geschoß, in den gemerkten Raum trieben. Die beiden Seiten standen, wie Brande erkennen konnte, gleich, die Zahlen auf der Punkttafel wiesen gerade einen gleichen Stand von neunzehn auf.

Doch die Huesca-Leute waren jung, federnd, wendig. Dagegen war der Hintermann von San Jorge ein Mensch in mittleren Jahren, ein stockiger, dunkelhäutiger Bursche mit kurzgeschorenem Kopf und krummen Beinen; er spielte mit großer Schlauheit und Erfahrung, doch wirkte sich sein Mangel an flinker Wendigkeit dahin aus, daß er seinen Raum im Hofe nicht mehr vollauf deckte. So viel es seinem Partner zu, diese Schwäche auszugleichen, und der Konsul mußte mit mürrischer Zurückhaltung feststellen, wie glänzend José arbeitete, wie er mit intensiver Sicherheit den Ball bewegte; er konnte nicht leugnen, daß der Bursche den anderen Spielern um Beträchtliches überlegen war. Und mit dieser Erkenntnis überkam ihn ein jäher Wunsch, San Jorge möchte in diesem Match eine Niederlage erleiden.

Mit ausdruckslosem Gesicht – seiner frostigen Amtsmiene – folgte Harrington Brande jedem Schlag, jedem Punkt des Spieles. Die Abrechnung stand jetzt fündunddreißig zu zweiunddreißig zugunsten des Huescanerpaares, das mit beachtlicher Geschicklichkeit Rückschlag um Rückschlag gegen den Hintermann von San Jorge zielte. Unter diesem pausenlosen Angriff und unter dem Gewicht seiner Jahre zeigte der ältere Spieler sichtliche Anzeichen von Ermüdung, und Brande lächelte grimmig in sich hinein, als die Parteigänger von San Jorge in der Menge zu schreien, zu fluchen und entsetzliche Verwünschungen auf den Kopf des Unglücklichen auszugießen begannen.

»Olé ... Olé ... Olé, zeig dich, Jaime, schneller, du alter Hundesohn! Los, José, amigo, um Himmels willen, spring ein, sonst geht's schief!«

Unter diesen Anfeuerungen schien José überall im Hofe gleichzeitig am Werk, gleitend, springend, schlagend, und dabei immer dieses schwache, sanfte Lächeln um den Mund, obwohl er jetzt außer Atem war und ihm der Schweiß aus allen Poren quoll. Trotz diesen Anstrengungen hielten die Huescaner mit verzweifelter Energie ihren Vorsprung, und die Zahlen auf der Tafel stiegen ominös an, bis sie auf achtundvierzig zu sechsundvierzig standen. Zwei Punkte noch, nicht mehr, trennten San Jorge von seiner Niederlage.

Jetzt war die Menge ein einziges pausenloses Toben, Gellen, Herumfuchteln, Beschwören, Flehen, Schmähen und Höhnen – all das geschah mit lateinischer Intensität. Und der kleine Nicholas, blaß vor Erregung, schrie sich wie die anderen das Herz aus dem Leibe.

»Vorwärts, San Jorge, vorwärts, José! Gewinnen sollst du ... gewinnen ... gewinnen!«

In diesem Augenblick placierte der Huesca-Vordermann einen täuschenden Tiefschuß, und Jaime, gänzlich aus der Fassung, verfehlte den Rückschlag. Er hob seine Hände, um seiner Hoffnungslosigkeit Ausdruck zu geben, und aus den Reihen der Parteigänger San Jorges brach ein brüllender Sturm los. Noch ein Punkt, und Huesca hatte das Match gewonnen.

Vorwärts und zurück zuckte die pelota in einem vielleicht letzten Flug. Da plötzlich glitt der Huesca-Vordermann im Vorspringen auf dem Betonboden aus und verfehlte den Ball. Er stand sofort wieder, unverletzt, winkte seinen Anhängern selbstsicher zu. Aber er hatte das Spiel kaum wieder aufgenommen, als José ihm mit einem wahren Kanonenschuß von Rückschlag aufwartete. Aus der Menge gellten gespannte Jubelrufe auf. Auf der Tafel stand jetzt neunundvierzig gegen achtundvierzig.

Ein seltsames Schweigen herrschte, als José an die Merklinie trat, um zu servieren. Tiefe Stille lag über der dichtgedrängten Arena, als der Schlagwechsel begann. Er wurde zur Unerträglichkeit hinausgezogen in fieberhaftem Ansteigen atemloser Spannung. Die Huescaner spielten aus sicherem Vorsprung heraus, überließen es ihren Gegnern, einen Fehler zu machen, während José, auf dem jetzt die ganze Verantwortung lastete, seinerseits nichts riskieren wollte. Stetig gingen die Schläge hin und her, stetig, bis plötzlich, jäh aus dem gemessenen Rhythmus heraus, Josés langer Arm unerwartet ausholte und den Ball mit Richtungswechsel zwischen die beiden Gegner placierte. Jetzt hatten beide Parteien neunundvierzig erreicht.

Niemand wagte einen Atemzug. Alle standen, die Köpfe vorgereckt, ließen den fliegenden Ball nicht aus den Augen, wie er zwischen den Wänden hin und her prallte. Huesca überbot sich mit dem Mute der Verzweiflung in einem brillanten Angriff. Einmal, zweimal placierten sie Schüsse, die unauffangbar sein mußten, aber José brachte es, geradezu inspiriert, immer wieder zuwege, den Ball zurückzuschlagen. Endlich kam ein gutgezielter Schnellball, der aussah, als läge er außer Josés Reichweite. José sprang hoch, hoch in die Luft, schlug mit äußerster Kraft und brachte den Ball heim zum siegreichen Punkt.

Ein tiefer Seufzer stieg zum Himmel. Dann brach die Hölle los. Männer warfen ihre Hüte in die Luft, schluchzten, lachten, umarmten einander, schrien in Delirien der Ekstase.

Nicholas stand mit lodernden Augen auf der Bank, schwenkte die Arme und schrie aus Leibeskräften:

»Hurra! Hurra! Ich hab's gewußt, daß er es schafft! Hurra!«

Als die Spieler matt und erschöpft ihren Abgang nahmen, brach die Menge über die Schranken und schwärmte heran. In einem Augenblick war José umringt, umarmt, geküßt, hochgelüpft; und während er um Gnade schrie, war er auf die Schultern geschwenkt und wurde hinausgetragen.

»Vater«, keuchte Nicholas, endlich von seinem Sitz steigend, »war das nicht wundervoll? Ich bin so froh, daß du mich mitgenommen hast!«

Der Konsul antwortete mit einem starren Lächeln. Der Höhepunkt des Spiels und der darauffolgende Orkan der Raserei war für ihn eine bittere Qual gewesen. Und doch hätte er nicht um die Welt jene seltsame, unerklärliche Bitterkeit einbekannt, die in seiner Brust fraß.

Er nahm die Hand seines Sohnes und führte ihn, als die Menge sich zu verlaufen begann, schweigend zur Plaza.

»Na, das war aber in Wirklichkeit ein Sieg für uns«, plapperte Nicholas, als sie in den Wagen stiegen, »denn José gehört doch zu uns! Er allein hat das Spiel gewonnen.«

Ohne zu antworten drückte Harrington Brande auf den Startknopf. Als er dann anfuhr, starr vor sich hin blikkend, begann der Knabe, unsicher geworden, Seitenblicke auf ihn zu werfen und sich zu fragen, ob er, wenn auch unbewußt, Anlaß zu Groll gegeben hätte.

»Hab ich etwas falsch gemacht, Vater?«

Eine merkbare Pause folgte.

»Nein, Nicholas, nichts ist falsch, ich habe nur quälende Kopfschmerzen. Weißt du, ich bin das nicht recht gewöhnt, so in die gemeine Menge eingequetscht zu sitzen, gepufft und gestoßen zu werden, bloß eines blöden Spiels halber.«

»Aber Vater . . .« Nicholas wollte protestieren, doch ein Blick auf das kalte Profil ließ ihn abbrechen.

Das Dinner war bereit, als sie nach Hause kamen. Doch auch während der Mahlzeit hielt das Schweigen an, dieses entrückte und zugleich frostige Schweigen, das der Konsul zuweilen seiner Umwelt auferlegte, wenn er sich weit in sein Inneres zurückzuziehen und durch Menschen und Dinge hindurchzuschauen schien wie ein beleidigter Gott, dessen Blick nur mehr dem Himmlischen und Ewigen gilt.

»Soll ich ins Schlafzimmer hinaufgehen, Vater?« fragte Nicholas bedrückt, als er den letzten Schluck seiner Milch heruntergewürgt hatte.

»Wenn du willst . . .«

Matt und bekümmert stieg der Knabe die breite, dunkle Walnußtreppe hinan. Der Jubel des Tages mit all seinem

Erregenden und Neuen, seinen mitschwingenden Obertönen und seinem Glanz war jetzt in ihm wie ausgelöscht. Er vergaß José und das Spiel, konnte nur an Vaters ernste, bedrückte Miene denken. An das strenge Ritual des Abends gewöhnt, fühlte er sich in dem großen düsteren Raum vereinsamt und verlassen. Zögernd entkleidete und wusch er sich, legte sein Nachthemd an. Als er sich dann umwandte, sah er den Konsul in der Türe stehen.

»Ach, Vater!« Er atmete auf. »Ich dachte schon, du kämst nicht.«

Der Konsul antwortete ernst: »Von mir ist nicht zu erwarten, daß ich meine Pflicht versäume, Nicholas.«

»Es tut mir leid, wenn ich etwas angestellt habe, wirklich, Vater.« Es fiel ihm nicht leicht, die Tränen zurückzuhalten. »Aber ich ... ich weiß nicht, was es ist.«

»Knie zum Gebet nieder.« Der Konsul nahm seinen gewohnten Platz ein, legte den Arm um die Schultern des Knaben, seine Stimme wurde leiser. »Du wächst heran, Nicholas. Du kannst nun nicht mehr verkennen, wie schmerzlich und schwierig die äußeren Umstände meines Lebens sind. Du kennst die Last, die ich getragen habe, seit ... seit deine Mutter uns verlassen hat. In letzter Zeit ist meine Schlaflosigkeit, verschlimmert durch meine literarischen Arbeiten, zu einem Martyrium geworden. Es gibt Tage, an denen ich so von Leid und Erschöpfung niedergedrückt bin, daß ich mich mit knapper Mühe auf meine Arbeit konzentrieren kann. Und doch ...«, der Konsul hob seine zusammengezogenen Brauen, »trotz alldem habe ich mich freiwillig und ohne jemals von meinem Ziele abzuirren oder zu schwanken, dir gewidmet und geweiht.«

Der Knabe ließ den Kopf hängen. Tränen, kristallenen Tautropfen gleich, formten sich auf seinen Wimpern.

»Ja, Nicholas, ich bin dir nicht nur ein Vater gewesen, ich bin auch dein Freund, dein Lehrer, ich vertrete bei dir die Pflegerinnenstelle. Ich kann nicht bestreiten, daß ich aus diesem aufmerksamen Dienst, den ich dir leiste, ein tiefes Gefühl der Beglückung gezogen habe ... einen Frohmut und eine Erquickung, die meiner wunden Seele ein Balsam waren. Es ist, mein liebes Kind, ein Werk der Liebe, das ich verrichte. Indessen, selbst die alleruneigennützigste Leidenschaft verlangt nach einer leichten Zuneigung, die sie erwidert. Das ist der Grund, warum mein Herz heute schwer von dem Gedanken bedrückt war, daß . . . daß dir nicht an mir gelegen ist.«

»Nein, Vater!« Endlich fand Nicholas Worte. »Das ist nicht wahr! Wie kannst du nur so etwas glauben?«

Ein seltsames Flackern ging über das gequälte Gesicht.

»Manche Dinge sind kaum faßbar, schwer zu greifen, liebes Kind. Ein unbedachtes Wort . . . ein Blick . . . eine zufällige Gebärde . . .«

»Nein, nein!« Nicholas schrie beinahe. »Ich hab dich doch lieb, das weißt du! Mutter war sehr böse zu dir. Aber ich werde es nicht sein. Immer werden wir beisammen bleiben.« Von Schluchzen geschüttelt, reckte Nicholas sich hoch, schlang seine Arme um den Hals des Vaters.

»Du mein Junge, du mein eigen«, murmelte der Konsul und drückte das leichte lebende Gewicht eng an sich. Und als er das Vogelgeflatter des Kinderherzens an seiner Brust fühlte, brachte eine Wärme, die in ihm überquoll, den Schmerz in seiner Brust zum Schmelzen. Er seufzte tief auf und schloß die Augen.

Dann löste er sich aus der Umarmung und sagte mit einem zärtlichen Lächeln:

»Nun magst du dein Gebet sprechen, liebes Kind, und dann will ich dir vorlesen.«

5

Und doch, so süß die Versöhnung auch war, die tiefe Erkenntnis, daß Nicholas ihm enger angehörte als je zuvor, konnte der Konsul die Rolle nicht vergessen, die José in dieser schmerzlichen, wenn auch kurzen Entfremdung gespielt hatte. Es war seine Gepflogenheit gewesen, wenn er morgens das Haus verließ, den ehrfurchtsvollen Gruß seines Gärtners distanziert zu erwidern. Jetzt aber ging er mit wohlbedachtem Gleichmut an dem Gärtner vorbei, das Gesicht abgewandt, die Augen streng geradeaus gerichtet, als suchte er den Anblick zu vermeiden. Und doch war er in diesem kurzen Moment des jungen Menschen sehr wohl gewahr, seiner jugendlichen Gestalt in der leichten Kattunkleidung, des kräftigen Schwenkens der Arme, die eine lange Sense führten, des warmen, harmlosen Lächelns. Eine Woge des Unwillens stieg in seinen Adern hoch, eine Gereiztheit, von der er sich noch lange nicht wieder freimachen konnte, nachdem er längst sein Büro erreicht hatte.

Er versuchte dieses Gefühl abzuschütteln. Es war abgeschmackt und albern, zuzulassen, daß der Gedanke an einen Dienstboten, einen gewöhnlichen Burschen aus der Stadt, ihn beunruhigte; ganz und gar war es unter seiner Würde, in einer Sache etwas zu unternehmen, die, zum mindesten in der Rückschau, kaum bedeutsam schien. Unzweifelhaft hatte der Bursche vor Nicholas mit seiner Gewandtheit im Pelotaspiel geprahlt und ihn beredet, zu dem Match zu kommen. Weiter nichts. Und trotzdem, er mochte sich das noch so klar vor Augen stellen, blieb in der Brust des Konsuls diese seltsame eifersüchtige Regung wach, und eine Feindseligkeit, die stets neue Nahrung auf sich selbst zog, schien von Tag zu Tag zu wachsen.

Eine Weile lang bemerkte José nichts, als aber dann ein Morgen auf den anderen folgte und sein Herr immer noch mit diesem undurchdringlichen Stirnrunzeln an ihm vorbeiging, begann er zu fürchten, seine Leistungen seien nicht zufriedenstellend, und sein einfaches Herz war sorgenbedrückt. Arbeit war rar in San Jorge; gute Stellungen ließen sich schwer finden, und er hatte für seine Mutter, Maria, zu sorgen, ganz zu schweigen von den Schwestern und dem alten Pedro, dem Großvater, der seit sieben Jahren keines Handgriffs mehr fähig war. Beunruhigt verdoppelte er seine bereits beträchtlichen Anstrengungen, trat eine halbe Stunde vor der festgesetzten Zeit seinen Dienst an und ging erst mit Anbruch der Dunkelheit wieder heim.

Eines Morgens, als er in einem noch nicht umgegrabenen Teil des Gartens hinter dem Steinwall arbeitete, sah er tief im Moos unter einem Myrtenbusch drei winzige weiße Sterne, noch feucht vom Morgentau – die ersten Fräsien. Seine Augen strahlten auf, bewundernd stand er eine Weile da, dann nickte er sich selbst zu, beugte sich nieder und pflückte behutsam die Blumen. Im Geräteschuppen band er sie, während er leise vor sich hin pfiff, mit Bast gefällig gegen ein Farnblatt. Dann strich er sich vor einer Spiegelscherbe das Haar zurecht und eilte zum Haupteingang. Und er brauchte nicht lange zu warten, da erschien sein Herr auf der Veranda.

»Señor«, sagte José, brach aber ab, denn es fiel ihm schwer, die wohlgesetzte Rede herzusagen, die er sich ausgedacht hatte. Er lächelte nur einfach, mit rührendem Zutrauen, und hielt Brande den Knopflochschmuck entgegen. Eine kurze Pause folgte. Wie einer, dem etwas gegen seinen Willen aufgezwungen wird, wandte der Konsul sich bedächtig um, und zum erstenmal seit dem Pelota-Match blickte er dem jungen Menschen gerade in die Augen. Dieser Entschluß, der eine tiefinnerliche und primitive Hemmung zu überwinden schien, löste in ihm ein seltsames Gefühl der Befreiung, der wiedergewonnenen Selbstbeherrschung aus. Seine so lange angehaltene Spannung löste sich, und er fühlte sich einer fast übermenschlichen Ruhe fähig.

»Was soll das?« fragte er förmlich.

»Damit Sie Freude haben, Señor . . . Sie sollen sie anstecken. Die ersten Fräsien des Frühlings.«

»Sie haben sie gepflückt . . . diese Blumen?«

»Ja, Señor.«

»Sie haben nicht das Recht, das zu tun. Diese Blumen sind mein Eigentum. Ich wünsche nicht, daß sie gepflückt werden, ich wünsche, daß sie im Garten wachsen, dort, wo sie hingehören.«

»Aber, Señor . . .«, stammelte José.

»Das mag Ihnen genügen. Sie sind ein törichter, eigenwilliger Bursche. Sie tun, was Ihnen nicht zukommt. Lassen Sie in Zukunft derlei Dinge! Haben Sie verstanden?«

Unter dem kalten, festen Blick des Konsuls senkte José die Augen, seine geschmeidige junge Gestalt schien zu erschlaffen, Männlichkeit und Haltung zu verlieren. Niedergedrückt blickte er auf das kleine Sträußchen duftender Blüten hinab, deren Stengel in seinen feuchten Händen warm geworden waren, und da ihm nichts einfiel, was er mit der zurückgewiesenen Gabe hätte anfangen können, steckte er sie verwirrt hinters Ohr. Während er benommen zu dem Myrtenweg zurückschritt, gewahrte er, daß Garcia, am Wagen wartend, mit der ihm eigentümlichen zugleich sardonischen und ausdruckslosen Grimasse, die seinem Gesicht eine gewisse Grausamkeit verlieh, Zeuge dieser Demütigung geworden war. Er biß sich auf die Lippen und wandte den Kopf zur Seite, als wollte er seine brennenden Wangen verbergen.

Der Konsul fuhr zur Stadt, aufrecht im Fond des offenen Wagens sitzend; er hatte den Windschirm herunterschrauben lassen, und die Brise strich ihm wohlig über die Stirn. Er fühlte sich erleichtert und befriedigt, ein Mann, der ein beengendes Kleidungsstück abgelegt hat und sich dem Behagen, der Normalität wiedergegeben findet. So gutgelaunt war er, daß er stehenblieb, als er beim Betreten des Büros Alvin Decker im vorderen Zimmer bereits über ein Bündel Verladepapiere gebeugt fand, und in einer Anwandlung sühnender Milde bemerkte:

»Guten Morgen, Decker. Was ich sagen wollte, es ist wohl an der Zeit, daß Sie und Ihre Frau uns einmal in der Casa Breza aufsuchen.«

Und als sein Gehilfe in freudiger Überraschung antworten wollte, fuhr er gutgelaunt fort: »Wie wäre es nächsten Sonntag? Kommen Sie zum Tee.«

»Vielen Dank, Sir«, erwiderte Alvin, zutiefst beglückt. »Danke, wirklich. Mrs. Decker wird gewiß . . .«

»Ohne Zweifel«, schnitt der Konsul sanft ab. »Wir erwarten Sie um fünf. Seien Sie pünktlich.«

Er trat in sein Privatbüro, wo ein neues Exemplar des »Echo de Paris«, schon aus der Schleife gelöst, auf dem Tisch bereitlag. Aber der Konsul war zu sehr in schöpferischer Laune, um seine Zeit auf Neuigkeitskram zu vergeuden. Ein kurzer Blick überzeugte ihn, daß auch die offizielle Post nichts Bedeutsames enthielt. So setzte er sich in seinen Drehstuhl, gestattete sich eine der seltenen Abweichungen von seiner pünktlichen Tagesarbeit, zog aus dem tiefstem Schubfach das Paket, das er am Vortage aus der Villa herhiergebracht hatte – sein Manuskript über Malebranche.

Für die übrige Welt mag Nicolas Malebranche eine verdämmerte oder sogar unbekannte Gestalt sein, für Harrington Brande aber war der vergessene Franzose, der im achtzehnten Jahrhundert den Versuch unternahm, die Lehren Descartes' in den Dienst der Theologie zu stellen, ein Vorbild geworden; in dieser pedantischen Philosophie fand er ein Muster für sein eigenes Gehaben, ein klingendes Echo seiner eigenen Seele. Daß Malebranche so ganz und gar vergessen war, diente eher dazu, seinen Eifer anzufachen und in ihm das stolze Gefühl wachzurufen, er, er persönlich würde einst als der Entdecker gefeiert werden, der seinen Helden aus der Dunkelheit ins helle Tageslicht gerückt hatte.

Zehn Jahre lang hatte er mit unermüdlichem und stets wachsendem Ehrgeiz emsig daran gearbeitet, die biographischen Daten über seinen Helden zusammenzutragen. Einige Male hatte er die erste Hälfte des Manuskriptes führenden Verlagshäusern angeboten. Der Mangel eines Widerhalls – keines hatte auch nur das geringste Interesse bekundet – war erbitternd, denn der Konsul war nicht unempfindlich gegen das Dahinfliehen der Zeit und gegen die Erfolge anderer, aber er hatte ihn doch auch wieder nicht überrascht oder niedergeschlagen. Sein Werk war eben zu gelehrt, um im vulgären Sinne des Wortes populär zu werden, und so nahm er sich vor, es nötigenfalls sogar auf eigene Kosten drucken zu lassen, in der vollen Zuversicht, daß es unverzüglich Beifall finden werde, sobald es erst in den Händen des inneren Kreises europäischer Philosophen kam. Und mit einer Gebärde stolzer Herausforderung hatte er seinen Sohn Francis Nicholas genannt, trotz des Widerstandes seiner Frau, deren mangelnder Enthusiasmus für sein Werk, ach, nur ein Teil ihrer beklagenswerten Lieblosigkeit war. Nie, wahrhaftig, würde er ihr verzeihen, was sie geantwortet hatte, als er im Eifer seiner jungen Liebe erlaubte, daß sie einige Kapitel seines Meisterwerkes lese. Er hatte sie voll Zuversicht um eine Meinungsäußerung gebeten, und da hatte sie ausweichend geantwortet:

»Ich verstehe leider nicht genug davon.«

»Natürlich, ich erwarte ja gar nicht, daß du den philosophischen Gehalt erfassest, meine Liebe. Aber der Stil ... der handlungsmäßige Aufbau ... die innere Entwicklung in dem Buch –?«

»Wirklich, Harrington ... ich kann das nicht beurteilen ...«

»Nun, keine Zurückhaltung.« Spielerisch hatte er gelacht, ihre Hand getätschelt. »Sei so kritisch, wie du magst. Sprich die volle Wahrheit.«

Ein mühsames Schweigen war gefolgt. Dann, in die Enge getrieben, hatte sie ihr schattenhaftes Lächeln gelächelt, als bäte sie um Verzeihung.

»Wenn du wirklich wissen willst, Harrington, es hat mich grauenvoll gelangweilt.«

Nun ja, auch Malebranche hatte seinen Leidensweg hinter sich. Jetzt lag das alles weit zurück, das Manuskript war der Vollendung nahe, und wie im Vorgefühl triumphierender Rechtfertigung griff der Konsul zur Feder. Während er das tat, pausierte er unerwartet und hob den Kopf. Einen Augenblick lang glaubte er die Demütigung auf Josés Stirn zu sehen, sein Blick ging in die Ferne, seltsam hell in dem fahlen Gesicht. Dann aber, als er die Feder zum Schreiben ansetzte, lächelte er.

6

Als der Sonntag kam, entschied der Konsul, er wolle die Deckers im Freien empfangen und den Tee im Garten servieren lassen. Der Nachmittag war hell und warm; zudem war zu bedenken, daß es um diese Jahreszeit noch früh dämmerte, seine Gäste also weniger Vorwand finden konnten, sich festzusetzen und über die Zeit zu bleiben. Er wies Garcia an, den Tisch in der Gartennische zu dekken, Sandwiches, Buttersemmeln und einige von diesen ortsüblichen glacierten Kuchen zu servieren, die pan de jabon genannt wurden und von denen er annahm, daß sie Mrs. Deckers Geschmack entsprechen mochten.

Als die Stunde heranrückte, war er in vorzüglicher Stimmung. Er hatte einen köstlichen Tag mit Nicholas verbracht, ganz mit dem Knaben allein, einen Folioband andalusischer Druckkunst aus dem achtzehnten Jahrhundert durchblätternd, den er als echter Kenner in einem kleinen Buchladen in der Nähe des Konsulates für ein paar Pesetas aufgetrieben hatte. Jetzt betrachtete er seinen Sohn, der schon in der Gartennische saß, ungewöhnlich adrett in seinem marineblauen Anzug mit dem weißen Umlegekragen, und es wurde ihm bewußt, daß die Gesundung des Knaben bedeutende Fortschritte gemacht hatte. Die Zartheit, die Gebrechlichkeit war minder fühlbar, und an die Stelle kränklicher Blässe war ein erster Anflug von gesundem Braun getreten. In der Tat, sogar seine schmalen Schultern schienen eine entschiedenere Form angenommen zu haben. Natürlich durfte man nicht vorschnell urteilen. Dennoch erfüllte es den Konsul mit tiefer Befriedigung, daß Nicholas zu guter Letzt auf all die Fürsorge, die man ihm angedeihen ließ, doch reagierte.

Alvin und seine Frau fuhren pünktlich in einem Mietwagen vor, und der Konsul schlug, nachdem er sie huldvoll in Empfang genommen, einen kleinen Rundgang durch den Garten vor. Alvin ging mit Nicholas voraus, er folgte langsamer mit Mrs. Decker. Sie war eine stille junge Frauensperson, die Brillen trug, hatte einen frischen Teint und war, wie der Konsul fand, für einen nicht allzu anspruchsvollen Geschmack recht hübsch; sie trug ein bescheidenes braunes Voilekleid, das sie, wie er scharfsinnig erriet, nach einem Schnittmuster selbst genäht hatte. Sie stammte aus einer kleinen Stadt in Michigan, gehörte einer kinderreichen Familie an und hatte Alvin auf der

Staatsuniversität kennengelernt. Daß sie vernünftig und gutmütig schien, bewahrte den Konsul keineswegs davor, sie unverzüglich als nicht zur Gesellschaft zählend zu klassifizieren. Immerhin war ihre Besorgtheit, ihm nur ja zu gefallen, rührend. Schon darum ließ er es sich angelegen sein, sie nett zu behandeln, und als man sich in der Gartennische zum Tee setzte, wandte er sich in seinem besten Stil an sie.

»Vielleicht sind Sie so freundlich, die Rolle der Hausfrau zu übernehmen? Wie Sie wissen, führen wir hier eine Junggesellenwirtschaft. Die Feinheiten, die man weiblicher Gesellschaft verdankt, bleiben uns vorenthalten.«

Es belustigte ihn leicht, zu beobachten, wie sie seine Aufmerksamkeit aufnahm und mit unbeholfener Scheu die Teetassen füllte und verteilte. In einem neuerwachten Bedürfnis, seine Fähigkeiten zur Schau zu stellen, begann er auf die gewinnendste Weise Konversation zu machen. Wenn er wollte, war er ein anregender Plauderer, und jetzt überbot er sich selbst, erging sich freizügig in den Gefilden leichter Konversation, zeigte sich als geschulter Gesellschaftsmensch und wohlwollender Ratgeber, erzählte kleine Anekdoten und entwarf von seinem Leben in Europa ein Bild, das vielleicht mehr glanzvoll als den Tatsachen entsprach.

»Ach, wie wundervoll«, seufzte Alvin, als der Konsul eine Beschreibung von der Krönung König Alberts gab, der in der Kathedrale von Brüssel anläßlich seines Aufenthaltes in Belgien beigewohnt hatte. »Das hätte für uns viel bedeutet, an einer so glanzvollen Zeremonie teilzunehmen. Nicht wahr, Carol?«

»Ja«, räumte sie eifrig mit niedergeschlagenen Augen ein.

»Nun, nun, Ihre Chance kommt auch noch«, ermutigte sie Brande.

»Ach, wir hoffen es so sehr! Nicht wahr, Liebste?«

Sie antwortete nicht, richtete aber einen Blick von solcher Innigkeit auf ihren Gatten, daß der Konsul, der eheliches Glück nie sehen konnte, ohne an seinen eigenen Fehlschlag zu denken, einen jähen Stich fühlte. Die beiden hatten erst vor achtzehn Monaten geheiratet, nun ja, aber sie waren offenbar schon innig einander verbunden. Wie ging das nur zu, daß dieser Bursche, diese Null, einer, der zu stottern begann, wenn man ihn scharf ansprach, und der oft lächerlich unreif war in seinem Betragen, solche weibliche Zuneigung erwecken konnte, während er selbst, in jeder Beziehung überlegen, so gänzlich außerstande gewesen war, die einzige Frau in seinem Bann zu halten, die er je geliebt?

Mit einem Zynismus, dessen er sich kaum für fähig gehalten hätte, wandte er sich an Mrs. Decker.

»Es ist mir zuvor nicht so recht bewußt geworden«, sagte er mit seiner freundlichsten Stimme, »aber San Jorge muß doch für eine Frau ein recht langweiliger Ort sein?«

Überraschung stand in ihren grauen kurzsichtigen Augen.

»Ach nein . . . durchaus nicht, Sir.«

Daß sie ihn mit Sir ansprach, flößte ihm ein Gefühl des Altseins ein und rief neuerliches Mißbehagen hervor.

»Sie hat ja so viel mit der Wohnung zu tun«, sagte Dekker herzlich. »Und ich muß schon sagen, sie hat ein richtiges gemütliches Heim daraus gemacht.«

»Ein Heim?« wiederholte der Konsul in unbeschreiblichem Ton.

»Ja, Sir. Wie ich mir schon zu bemerken erlaubte, klein, aber schrecklich behaglich.«

»Immerhin, ich könnte mir vorstellen, daß ein junges Paar nicht viel gesellschaftlichen Anschluß findet«, beharrte der Konsul, »hier in einer Seitengasse dieser schmutzigen spanischen Kleinstadt.«

Zum erstenmal sah Carol Decker ihm gerade in die Augen. War es möglich, fragte er sich, daß sie trotz seiner liebenswürdigen Miene die tiefere Absicht seiner Bemerkung erriet?

»Ach, wir haben eine Menge Freunde, Sir, wirklich. Keine großen Leute, aber sehr nette Menschen . . . der Bäcker und der Gemischtwarenhändler, dann ein alter Geistlicher, Pater Limaza, und der Zigarettenmacher aus dem unteren Stockwerk. Oft gehen wir auch mit Miguel, dem Sohn des Alcalden, segeln. Und abends gehen wir manchmal in das Teatro – diese alten spanischen Kinos sind so schrecklich komisch – und nachher essen wir im Chantaco. Das eisgekühlte Bier dort müßten Sie versuchen, wirklich erstklassig. Dann haben wir jetzt auch einen kleinen Klub für die jungen Leute des Ortes gestartet. Mit Ping-Pong und Kegelbahn. Ich mache Eiscreme, und Alvin versucht sogar, ihnen Baseball beizubringen.« Ihre Wangen hatten sich gefärbt; ganz ernsthaft, ein wenig unbedacht, fuhr sie fort: »Es wäre so nett, wenn Nicholas einmal hinkäme. Er hätte solches Vergnügen an den anderen Kindern ... wenn er sich hier einmal zu einsam fühlt.«

Eine Pause trat ein. Die Miene des Konsuls war erstarrt. Nicholas mitten unter diese gewöhnliche Brut gesetzt, wahrhaftig! Nur die geheiligten Pflichten der Gastfreundschaft hinderten ihn, seinem Mißfallen scharf Ausdruck zu verleihen.

So war alles, wie Alvin in seiner Harmlosigkeit annahm, wunderbar angenehm verlaufen. Eine kleine Weile widmete er sich mit Carol dem Knaben, dann warf er wie von ungefähr einen Blick auf die Uhr.

»Wir wollen Sie aber auch nicht zu lange stören, Sir. Es ist wirklich an der Zeit, daß wir uns verabschieden.«

Sie waren im Begriff aufzustehen, als von dem gepflasterten Hof Schritte herüberhallten und Nicholas, der seit einiger Zeit erwartungsvoll nach dem Garten ausgeschaut hatte, plötzlich die gespannte Miene verlor, die er fast den ganzen Nachmittag lang gezeigt.

»Das ist er!« rief er aufgeregt. »Endlich! Und es scheint, er hat wirklich welche gefangen!« Und bevor sein Vater ihn zurückhalten konnte, rief er mit gellender Stimme: »José! José! Hier sind wir!«

Um den Tisch war verwundertes Schweigen. Der Konsul richtete sich mit gerunzelter Stirn auf.

»Was soll denn das, Nicholas? Sei sofort still«, befahl er unwirsch. Aber es war zu spät.

Unter dem Vordach der Garage, wo er unentschlossen herumgestanden haben mochte, trat José vor, näherte sich bescheiden, aber mit einem triumphierenden Lächeln auf den Lippen, der Gruppe. Er hatte seinen catalanischen flachen Hut auf und hielt ein Paket, etwas in grüne Bandweide Eingewickeltes in der Hand.

Brande beobachtete, als könne er alles das immer noch nicht glauben, mit starrem Blick, die Lippen aufeinandergepreßt, den näher kommenden Burschen, der sich auf den Ruf seines Sohnes so unerwartet eingestellt hatte. Warum war er am Sonntag und zu dieser Stunde hier? Ein seltsames kaltes Gefühl überlief ihn. Und als ob das alles noch nicht genug wäre, hüpfte Nicholas jetzt auf seinem Sitz umher und schrie vor den Gästen wie ein ungezogener Junge. »Bravo! Hurra! Bravo, José!«

»Willst du wohl still sein?« mahnte Brande leise, aber streng.

José war jetzt an die Nische herangekommen, und mit einer leichten Verneigung, wie ein ländlicher Matador, nahm er seinen absurden Hut ab und schob ihn unter den linken Arm. Erst lächelte er Nicholas zu, dann aber waren seine Augen gespannt und ernst, zugleich jedoch um Vergebung bittend auf den Konsul gerichtet.

»Señor«, begann er, »wollen Sie mir gütigst verzeihen, daß ich störe. Ich bringe Ihnen ein kleines Geschenk. Die Blumen haben mir nicht gehört, ich tat unrecht, sie zu pflücken, und das tut mir leid. Das aber gehört mir, Señor, und ich bitte Sie, es von mir anzunehmen.«

Er löste die Bandweide und enthüllte nicht ohne Stolz zwei schöne Forellen, rosig getupft, die Seite an Seite auf Blättern wilder Minze lagen.

Der Konsul, erstarrt in seiner Regungslosigkeit, äußerte nichts, Nicholas aber, der sich in glühender Begeisterung vorgebeugt hatte, brach in wilden Jubel aus.

»Die schönen Forellen, José! Und so groß! Hast du sie im Mühlteich oder oben im Bach erwischt? Sag!«

José, der erst jetzt zu merken schien, daß alle Blicke auf ihm ruhten, errötete leicht und bewegte unschlüssig seine schweren Schuhe, die mit gelbem Staub bedeckt waren; dunklere Schweißspuren zeichneten in dem Staubbelag ihr Muster.

»Im fließenden Wasser«, antwortete er und lächelte Nicholas zu – dann wandte er sich, als gälte es etwas zu erklären, den anderen zu: »Ich gehe immer zu dem Bergbach, dem Arengo, weit drüben in den Bergen. Kristallklar ist er und wunderschön, auf mein Wort. Aber die Forellen sind schwer zu fassen. Den ganzen Vormittag über dachte ich, ich würde keine einzige bekommen. Ich war schon fast im Weggehen, da erwischte ich diese beiden, jede über ein Kilo schwer.« Sein warmer Blick ruhte auf dem Konsul, mit der Hand strich er sich den Schweiß von der Oberlippe.

»Sie sind ganz frisch, Señor. Sie werden Ihnen gewiß schmecken.«

Harrington Brande hatte seine Hände vor sich auf dem Tisch liegen; er saß vollkommen still – statuenhaft, ja, irgendwie erinnerte er an die Statue eines großen Mannes, die auf einem öffentlichen Platz auf ihrem Sockel steht. Sogar die marmorne Härte seines Gesichtes stimmte zu diesem Bild, doch pulste in seinen Schläfen das Blut, und es war, als verwandelte sich all dieses Blut in Galle.

»Tut mir leid«, sagte er schließlich mit gezwungenem Ton, »ich esse nie Forellen. Und für meinen Sohn sind sie wohl zu üppig.«

»Aber es sind weiße Forellen, Señor . . . die richtige trucha, wie sie nur in den Bergen vorkommt«, stammelte José. »Sind wirklich sehr gut und köstlich . . .«

»Danke«, sagte der Konsul und schüttelte den Kopf. Dann wandte er sich mit eisiger Höflichkeit an seine Gäste. »Hätten Sie etwa Lust darauf?«

»Ach nein, durchaus nicht«, beeilte sich Alvin Decker betreten zu versichern.

»Dann mag man sie in die Küche bringen.« Der Konsul wandte seinen eisigen Blick auf Josés mit dunkler Röte überzogenes Gesicht. Unwillkürlich vermochte er eine höhnische Miene, ein leises Beben der Stimme nicht zu unterdrücken. »Vielleicht haben die Dienstleute Verwendung dafür.«

»Aber nein, Vater!« rief Nicholas zutiefst erschrocken. »José hat sie doch für uns bestimmt.«

»Du hast deine Diätvorschriften. Du darfst das nicht essen.«

Tränen traten dem Kleinen in die Augen.

»Aber, Vater . . .«

»Genug.« Die Stimme des Konsuls war ätzend wie Säure. »Sie können nun gehen, guter Mann.«

Eine kurze Pause folgte. José richtete sich auf, als müßte er eine plötzliche Ermüdung bekämpfen. Seine Brust hob sich schmerzlich, während er einen Anlauf nahm, etwas zu sagen, und doch hatten seine Worte, wenn er sie auch stockend sprach, eine seltsame schlichte Würde.

»Es tut mir leid, wenn ich Ihr Mißfallen erregt habe, Señor. Ich bin heute morgen aufgestanden, als es noch dunkel war, und bin zwölf Kilometer gelaufen, um diese Fische für Sie zu fangen.« Seine gleichmäßig gerötete Haut zeigte jetzt eine fleckige Blässe, und in seinen schwarzen Augen brannte eine drohende Glut. »Ich hätte wissen sollen, daß diese Fische nicht fein genug für Sie sind. Immerhin werden Sie mir vielleicht erlauben, sie nach Hause zu bringen. Wir sind sehr arm, Señor, es gilt, viele Mäuler zu stopfen, und diese Fische werden eine gute Mahlzeit für uns alle sein.«

Er verschnürte sein grünes Bündel und machte mit einer steifen kleinen Verneigung kehrt. Nicholas, in dem heißer Schmerz aufstieg, ballte seine Fäuste.

»Mach dir nichts daraus, José«, rief er laut und unbekümmert. »Macht euch ein Abendessen davon! Und sieh zu, daß der alte Pedro auch etwas abbekommt.«

Dann aber, als José schon verschwunden war, sprang er auf, bat mit ein paar überstürzten Worten um Entschuldigung und lief zum Haus.

Nur der Stolz half dem Konsul, Herr der Situation zu bleiben. Trotz der Erregung, die in ihm aufgewallt war, wandte er sich gelassen und sogar mit einem spaßhaften Unterton an seine Gäste.

»Die Kinder sind heutzutage so unberechenbar.« Er schmunzelte belustigt. »Bei Nicholas ist das schon so, je dümmer ein Dienstbote sich anstellt, um so mehr kann er der Sympathie des Kleinen sicher sein.«

Und in wohlgesetzten Worten sprach er weiter, brachte seine Gäste mühelos mit einer Geschichte von einem anderen unbeholfenen Diener zum Lachen, einem leicht erregbaren Neapolitaner, der früher Schiffskoch gewesen war und es sich absolut nicht nehmen ließ, einen Papagei in der Geschirrkammer zu halten. Das Gehaben des Konsuls zeigte, als er seine Gäste zum Wagen begleitete, nichts von dem Chaos der Empfindungen, das in ihm wallte und brodelte.

Und als sie dann abgefahren waren, stand er mit zusammengezogenen Brauen da, starrte, ohne etwas zu sehen, zu den blauen Bergen hinüber, dahin, wo der kristallklare Arengo schäumte – hinauf zum Himmelsgewölbe, das die Berge in zeitlosen Dunst hüllte.

7

Am nächsten Morgen kam Brande fühzeitig zum Frühstück herunter. Er hatte befürchtet, die Nacht würde schlimm werden, aber seltsamerweise hatte er tief geschlafen. Garcia servierte Kaffee und Früchte, die appetitlich auf einem runden Silbertablett angerichtet waren, und hielt sich dann schweigend und regungslos, um zur Hand zu sein, im Hintergrund. Der Konsul beobachtete die Zurückhaltung des Bedienten, sein Geschick, sich abwartend und im Dunkel zu halten, und erwog, daß er wohl in seinem Dienst bei hochstehenden Familien mancherlei Geheimnise erfahren haben mochte, die nun hinter seinen undurchdringlichen Lippen versiegelt waren; und so entschloß er sich, ihm sein Vertrauen zu schenken.

»Garcia«, sagte er, »ich möchte eine Frage an Sie stellen.«

Der Diener trat näher, ohne ein Wort zu äußern, unpersönlich und unergründlich.

»Es betrifft José, den neuen Gärtner.« Brande tat, als rührte er seinen Kaffee um. »Haben Sie ihn jemals mit meinem Sohn sprechen gesehen?«

Eine Pause. Nicht einmal der Schatten eines Lächelns glitt über Garcias unbewegte Züge, kein Muskel in seinem matten Gesicht rührte sich.

»Jemals, Señor? Immer, das wäre wohl die Antwort. Sie sind beständig beisammen . . . schwätzen, lachen, arbeiten sogar miteinander.«

»Arbeiten!« Obwohl Brande sich Mühe gab, gleichmütig zu scheinen, stieß er sich doch an diesem Wort.

»Ja doch. Es ist sogar recht schwere Arbeit.« Der Diener sprach die ganze Zeit über tonlos, beobachtete aber den Konsul aufmerksam mit Augen, die halbgeschlossen waren wie die einer Katze.

»Vorige Woche hatte der Kleine sogar sein Hemd abgelegt. Ich sah ihn von meinem Fenster aus, bis zu den Hüften bloß, wie er in der heißen Sonne die Machete schwang.«

»Warum haben Sie mir nichts davon gesagt?« fragte der Konsul mit einem Stirnrunzeln.

»Ich bin keiner, der Dinge herumträgt.« Garcia zuckte die Achseln. »Trotzdem ist es mir nicht recht gewesen. Ich weiß, daß Ihr Sohn zart ist . . . empfindlich . . . leicht zu beeindrucken. Und dieser José . . . Señor, was ist schon an ihm, wer ist er eigentlich?«

Ein Schweigen folgte, während der Konsul ruhelos mit seinem Kaffeelöffel spielte. Er hatte nicht recht den Mut, weitere Fragen an den Diener zu stellen.

»Danke, Garcia«, sagte er schließlich. »Sie haben mir einen nicht unbeträchtlichen Dienst erwiesen. Ich rechne auf Ihre Diskretion.«

Der Mann antwortete mit seiner gewohnten respektvollen Verneigung. Und als er sich abwandte, glitzerte Spott in seinen Augen, und ein verschwiegenes Lachen verzog sein glattes Gesicht zu einer Maske des Hohnes.

Allein geblieben, hatte Harrington Brande keine Lust auf die Zigarre, die er sonst nach dem Frühstück gerne rauchte, sondern saß, mit tauben Fingern auf die Tischplatte klopfend, da. Seine erste Regung war, José sofort zu entlassen, um ihn ein für allemal los zu sein. Bedachte er aber alles richtig, so sah er, daß ein so einfacher Entschluß sein schwieriges Problem nicht lösen würde. So verrückt das scheinen mochte, hier war der Kampf zwischen diesem Burschen aus dem Pöbel und ihm selbst im Gange – latent wohl, aber darum nicht minder erbittert –, ein Kampf um Nicholas' Zuneigung und Achtung. War es richtig, seine eigene Position in diesem Kampf zu entblößen, sich selbst als ungerechten Herrn abzustempeln und aus dem Burschen einen Märtyrer zu machen, indem er ihn ohne greifbaren Vorwand davonjagte? Nein, tausendmal nein! Früher oder später mußte sich die gleiche Situation von neuem ergeben. Irgendwo würde er, um sich die Liebe seines Sohnes zu erhalten, gegen einen weit gefährlicheren Gegner zu streiten haben. Da war es noch besser, die Entscheidung jetzt und unter Bedingungen, die ihm genehm waren, abzuwarten. Und als er zu diesem Entschluß gekommen war, schlug sein Herz schneller und kräftiger in dem aufwallenden geheimen Verlangen, den Feind zu züchtigen, ihn niederzuschlagen und zu demütigen.

Als er zu seinem Wagen schritt, sah er aus einem Augenwinkel den Gärtner, der gerade die Petunienbeete goß, ließ sich aber nichts anmerken. Am gleichen Nachmittag jedoch kam er nach langem, rastlosem Grübeln eine Stunde früher als sonst nach Hause, weil er hoffte, José und seinen Sohn miteinander zu überraschen. Doch Nicholas war bei seiner Hausarbeit im Oberstock, und der Gärtner stand allein im hohen Gras, schärfte seine Sichel mit geistesabwesenden, fast trägen Bewegungen. Harrington Brande ging geradenwegs auf ihn zu.

»Ich habe mit Ihnen zu sprechen.«

»Ja, Señor.« Sein Ton war ruhig und achtungsvoll, das Glimmen, das gestern in seinen dunklen Pupillen gebrannt hatte, war erloschen; dagegen war in der Miene des Burschen eine neue Festigkeit zu fühlen, eine Unbekümmertheit, eine schlaue, störrische Zähigkeit, die den Unmut des Konsuls reizte.

Unumwunden erteilte er seinen Befehl: »Ich verbiete Ihnen, mit Nicholas zu sprechen.«

José betrachtete einen Augenblick lang aufmerksam seinen Wetzstein.

»Gott hat mir die Zunge gegeben, Señor. Wollen Sie mir verbieten, sie zu gebrauchen?«

»Ja«, erwiderte der Konsul heftig, »soweit es meinen Sohn betrifft. Und unter keinen Bedingungen dürfen Sie ihn mit Arbeit beschäftigen. Sie haben ihn umgraben und jäten, ja sogar Buschwerk abhacken lassen.«

»Ich wollte ihm nur helfen, stärker zu werden«, antwortete José, »damit er nicht immer so auf dem Rücken daliegt wie ein krankes Mädchen.«

»Wie können Sie wagen –«

»Und es geht ihm schon besser, weit besser sogar«, beharrte José hartnäckig. »Sie müssen doch selbst bemerken, wie gebräunt und gesund er aussieht. Und es macht ihm Spaß, mit der leichten Sichel, die ich für ihn zurechtgemacht habe, Farnkraut zu schneiden . . . und in meiner Nähe zu sein, seine Muskeln zu rühren, in der guten frischen Luft.«

Ein Ansturm der Wut ließ Brande erblassen, aber mit einer gewaltigen Kraftanstrengung bemeisterte er sich. Steif erwiderte er:

»Entweder Sie versprechen, nicht mehr mit ihm zu reden, oder Sie verlassen unverzüglich meinen Dienst.«

Eine lange Pause folgte. José warf einen Blick auf den Konsul, sah zur Seite; dann murmelte er mit ausdrucksloser Miene:

»Ich verspreche es.«

Machtgefühl durchflutete Brande, verstärkte sein Verlangen, den Gegner zu verwunden, den Vorteil auszunutzen und diesem frechen Jungen eine Lektion zu erteilen, die er nicht allzubald vergessen würde. Als José sich mürrisch anschickte, wieder seine Sichel zu schleifen, rief der Konsul so jäh, daß der Junge zusammenzuckte:

»Warten Sie! Noch etwas: der Garten sieht nicht so gut aus, wie ich erwartet habe. Ich bin enttäuscht. Da, zum Beispiel.« Er deutete auf ein Stück unbebauten Grundes hinter dem Catalpabaum. »Wie kahl das ist! Ich habe mich entschlossen, hier einen Steingarten anzulegen.«

»Einen Steingarten, Señor?« fragte José verwundert.

»Ja. Wenn Sie Steine von da drüben, hinter dem Steilhang, herüberschaffen, haben Sie alles Material, dessen Sie benötigen.«

José wandte seine Augen in der angegebenen Richtung.

»Aber das sind sehr schwere Felsblöcke, Señor.«

»Sie fürchten wohl harte Arbeit?« höhnte Brande.

»Ich hoffe, Ihnen bewiesen zu haben, daß ich das nicht tue, Señor.« José sprach beherrscht, als ob er geduldig einem Kinde etwas erklärte. »Dazu müßte man ein paar Leute haben, Eisenketten und einen Kran.«

»Unsinn! Ein handfester Bursche schafft das.«

»Sie sind ein handfester Mann, Señor«, erwiderte José im gleichen milden Ton. »Könnten Sie diese Felsblöcke herüberschaffen?«

»Werden Sie nicht unverschämt.«

José hielt seine volle Lippe zwischen den weißen Zähnen festgeklemmt und blickte über Steinwall und Hang zu den Felsblöcken hinüber, die auf der Heide lagen. Große, scharfe, rohgeformte Steine mit Quarzadern waren es; einige waren mächtige Blöcke, tief in den mit Kies versetzten Boden eingebettet; um die Sache noch schlimmer zu machen, zogen sich die weitausgreifenden Wurzeln einiger alter, gefällter Eukalyptusbäume durch das Erdreich. Solche Ungestüme aufzuheben und fortzubewegen, mußte die kräftigsten Muskeln für geschmeidigere Dinge, sonderlich für das Pelotaspiel, ungeeignet machen. Bei dem bloßen Gedanken fühlte der junge Mensch sich niedergeschlagen und traurig. Bedachte er hinwiederum seine Lage zu Hause, das Leben der Mutter, die den ganzen Tag über an dem öffentlichen Waschplatz auf den Knien herumrutschte, und der fünf Schwestern, die immer ihre Münder offenhielten wie junge Spatzen, ganz zu schweigen von dem alten Pedro, der in seinem Leben keinen Groschen mehr verdienen konnte – dann wußte er, daß er seine Arbeitsstelle um jeden Preis halten mußte. Dann war da auch noch Nicholas, an dem er hing. So hob er den Kopf . . . schwer . . . mit edler Gelassenheit.

»Nun gut, Señor, ich werde es tun.«

»Das hab ich erwartet«, sagte Brande mit einem bitteren, spöttischen Lächeln. »Und sehen Sie zu, daß Sie es ordentlich machen. Andernfalls werde ich wissen, warum Sie es nicht können.«

Er kehrte ihm den Rücken und schritt davon; wohlwollend nickte er Garcia zu, der im Haustor bereitstand, um ihm Stock und Hut abzunehmen. Heute abend, nach dem Gebet, wollte er mit Nicholas sprechen.

Am folgenden Morgen machte sich José an die Arbeit für den Steingarten. Er verfügte nur über das allereinfachste Werkzeug – eine Hacke, zwei leichte Hebestangen und einen Schubkarren mit beschädigter Radachse. In den meisten Fällen war es notwendig, den eingebetteten Felsblock rundum auszugraben, ihn mit Hilfe der beiden Brechstangen zu heben, dann auf den gekippten Schubkarren zu wälzen und schließlich diese schwerfällige, schwankende Last auf unebenem Grunde etwa fünfzig Meter weit zu der gewünschten Stelle zu schaffen. Oft genug kollerte ein Felsen, wenn er mühselig aus seinem Bett gehoben war, im letzten Augenblick von dem Brecheisen und grub sich nur um so tiefer in die Erde. Oder er schwankte bei dem Transport wie betrunken auf dem gebrechlichen Schubkarren, so daß man ihn mit aller Plage zurechtrücken mußte, um sein Gleichgewicht herzustellen.

Es war Arbeit, bei der man geröstet wurde. Die warme Jahreszeit stand vor der Tür, und obwohl die Dämmerung rasche Abkühlung brachte, brannte die Sonne bereits vom strahlend blauen Himmel, und Wellen der Glut wogten in dem kleinen Garten wie Luftspiegelungen. Josés Hände bedeckten sich mit Blasen, Blut strömte unter einem abgebrochenen Fingernagel hervor und verharschte zu einer schmutzigen Kruste, Schweiß überströmte den ganzen jugendlichen Körper. Um die herabtropfende Feuchtigkeit von seinen Augen fernzuhalten, zerriß José sein rotes Kattuntaschentuch und band sich einen Streifen um die Stirn. Ach, was war das für ein Aufatmen, welch eine köstliche Linderung, wenn die orangefarbene Sonne schließlich unter den Meereshorizont sank! Und doch wollte, wollte er einfach nicht aufgeben; es war, als hätte das bittere Bewußtsein erlittenen Unrechts sein sanftes Gemüt verhärtet, und während die Tage verstrichen, verharrte er bei seinem mühseligen Werk mit stiernackigem, zähem Stolz.

Von der Gartennische aus, wo Nicholas in unnatürliches Schweigen versunken über seinen Büchern saß, beobachtete er den Freund mit bekümmerten Augen und wehem Herzen. Er sah die Müdigkeit, die Josés Gang verlangsamte. Einmal, als ein Stein schwer auf Josés Fuß fiel, sprang ihm das Herz in die Kehle. Und das schlimmste von allem war, daß José ihm nicht einmal einen Blick zuwarf, kein einziges Lächeln, nur geradeaus vor sich hin blickend ab und zu ging, immer den gleichen starren Ausdruck in seinem leidvollen Gesicht.

Aufquellendes Gefühl marterte das Knabenherz. Obwohl Nicholas es nicht wagte, an dem strikten Befehl des Konsuls zu nörgeln, lag doch der Sinn all dieser Anordnungen weit jenseits seines Verständnisses. Er liebte den Vater, daran war nicht der leiseste Zweifel möglich. Andererseits, wenn auch auf besondere Art, hatte er auch José gern. Warum also, warum nur war dieser Bann des Schweigens, der einen frösteln machte, über sie verhängt?

Und plötzlich, als er schon glaubte, diesen Zustand nicht länger ertragen zu können, kam ihm ein Gedanke, eine Eingebung, flink, grell wie das Licht eines Blitzes. Es wunderte ihn, daß ihm dieser Gedanke nicht schon zuvor gekommen war. Er brauchte seinem Vater nicht ungehorsam zu sein, und doch war es leicht, diese gräßliche erzwungene Entfremdung zu überbrücken. Einen Augenblick lag er wie überwältigt von seinem Gedanken da, dann nahm er mit zitternden Fingern von dem Tischchen, das neben ihm stand, ein Schreibblatt und einen Bleistift und kritzelte folgende hastige Zeilen:

»Lieber José,

ich habe mein Wort gegeben, nicht mit Dir zu sprechen,

aber daß ich Dir nicht schreibe, habe ich nicht versprochen. Also kann ich Dir wohl diesen kleinen Brief senden. Ich glaube nicht, daß etwas Schlimmes daran ist. Und auf jeden Fall muß ich es tun, denn Du fehlst mir so sehr, und ich habe nicht einmal bei Nacht schlafen können, weil ich immer an Dich habe denken müssen.

José, Du arbeitest viel zu schwer, mach es Dir doch, bitte, leichter. Wenn ich Dir nur helfen könnte! Erinnerst Du Dich noch, wie Du gesagt hast, ich sei Dir eine große Hilfe gewesen, als wir die Tamarisken stützten? Und wie lustig das war!

Wenn Dein Rücken steif ist, mußt du Maria bitten, daß sie ihn Dir mit Gänsefett einreibt, so wie Du es mir gesagt hast. Obwohl ich allein nichts zu arbeiten weiß, mache ich noch die Übungen, die Du mir gezeigt hast, und ich werde immer stärker. Vielleicht werde ich auch einmal ein Pelotaspieler. Schick mir eine Antwort und schreib, wie es Dir geht.

P.S. Wie haben dem alten Pedro und den fünf kleinen Mädchen die Forellen geschmeckt?

P.P.S. Ich hoffe, ich fehle Dir auch.«

Nachdem er diesen Brief beendet hatte, faltete Nicholas das Papier viele Male, bis es zu einem kleinen, kompakten Würfel wurde. Dann hielt er sorglich Umschau, um sich zu vergewissern, daß er nicht von den Fenstern der Villa aus beobachtet wurde, und wartete, bis José langsam mit dem Schubkarren in der Nähe vorbeikam. Dann schleuderte er, während sein Puls zum Zerspringen schnell klopfte, sein Wurfgeschoß auf den hochbeladenen Schubkarren. Es war ein gutgezielter Schuß. Der Papierwürfel landete zwischen zwei Steinen und lag dort sicher.

Wenn José überrascht war, so ließ er es sich jedenfalls nicht anmerken, sondern setzte unbekümmert seine Arbeit an den Steinen fort. Vielleicht hatte er nichts bemerkt, vielleicht, schlimmer noch, wollte er die Botschaft nicht zur Kenntnis nehmen. Das Herz des Knaben verzagte, lebte aber wieder auf, als er sah, wie José, bevor er die Steine ablud, das Papier gelassen aufhob, in seiner

Faust verbarg und dann zum Geräteschuppen hinüberschritt. An jedem anderen Tage hätte das bedeutet, daß er in der kühlen Dunkelheit des Schuppens einen Schluck aus dem bastumwickelten Steinkrug nehmen wollte, den er dort verwahrte. Diesmal aber blieb er etwas länger außer Sicht, und als er wieder auftauchte, war das erste, was Nicholas mit freudiger Erregung bemerkte, ein gelber Bleistiftstummel, der hinter Josés Ohr wie ein Krokus blühte. Gemächlich schlenderte José zurück, sein Gesichtsausdruck war unverändert, ruhig und beherrscht. Ein leiser Schauer des Zweifels lief über die Haut des Knaben hin. Als der Gärtner aber auf der Höhe der Gartennische war, lächelte er plötzlich, das altvertraute, freundliche Lächeln, das sein schweißüberströmtes Gesicht aufhellte und das Nicholas' erstrahlen ließ. Und gleichzeitig, mit einer raschen Bewegung seines wohltrainierten Handgelenks, schleuderte er fast unmerklich das Papier in Nicholas' Schoß. Einen Augenblick später war er hinter der Myrtenhecke verschwunden.

Nicholas tat einen tiefen, freudigen Atemzug; nach einer langen Minute, während welcher er still dalag, jenes herzliche Lächeln nachkostend, das eine Freundschaft wiederhergestellt hatte, zog er das Papier unter der Decke hervor, die über seine Knie gebreitet war, und entfaltete es sacht. Da stand, mit runden Buchstaben, ein wenig unbeholfen mit dem kurzen Bleistiftstummel hingeschrieben, Josés Antwort.

»Amigo mio,

Du hast schon wirklich mehr Hirn als José, daß Du auf einen so gescheiten Gedanken gekommen bist. Schreib nur öfter, das tut sicher niemandem einen Schaden. Die Arbeit hier bedeutet mir gar nichts. Du weißt, ich bin stark wie ein andalusischer Esel – die andalusischen sind die stärksten. Und ich werde mich schon gehörig erholen, wenn ich sonntags zum Arengo fischen gehe. Ich wollte nur, Du kämst mit. Den fünf Schwestern geht es gottlob gut, und der alte Pedro hat kräftig von den Forellen gegessen. Fehl ich Dir wirklich, mein Kleiner? Dann ist mein Herz wieder froh. José«

Eine ganze Minute lang hielt Nicholas die Augen geschlossen, als wollte er diese köstlichen Worte auf einem inneren Bilde festhalten. José hatte ihn also nicht vergessen. Sein ganzes Wesen erwiderte diesen köstlichen Gedanken, indem es golden aufglänzte. Plötzlich aber lachte er laut auf, setzte sich hoch und nahm seinen Bleistift.

»Wie kannst Du ein andalusischer Esel sein, wenn Du doch der beste Pelotaspieler in San Jorge bist? Und außerdem der liebste Freund, den ich je gehabt habe! Ich habe aber noch nie einen Freund gehabt, also ist das kein großes Lob. Ha! Ha! Warum schmierst Du nicht diese dumme Radachse? Wie die gräßlich quietscht. Aber mir macht es nichts, ich höre es gern, weil ich dann weiß, daß Du in der Nähe bist. Ich muß immerfort lachen, kann gar nicht aufhören, weil ich so froh bin.

Nicholas«

Das Papier flog in den Schubkarren; und nicht viel später flatterte es wieder auf die Decke.

»Soll die Radachse schon quietschen, dann weiß wenigstens ein jeder, daß der faule Gärtner an der Arbeit ist. Wenn Du aber Quietschen gern hast, werd ich Dir einmal auf meiner Blockflöte vorspielen. Eine catalanische Melodie würde Dich hüpfen und springen lassen. Tataratedabumbum! Weißt du, auf diese Art brauchen wir gar nicht mehr miteinander zu reden. Können, ohne den Mund aufzutun, Ball spielen. Du siehst, ich bin gar nicht so dumm.

Joé, der Esel«

Und darauf: »Wenn Du schon unbedingt ein Esel sein mußt, dann will ich ein Floh sein. So kann ich bei Dir sein, ohne daß es einer merkt. Und hüpfen, so hoch Du willst. Eines aber sag ich Dir, wenn Du nicht mehr mein Freund bist, dann beiß ich Dich fürchterlich. Nicco, der Floh«

Als José das nächste Mal vorüberging, lächelte er nicht, und Nicholas las in dem aufgefalteten Papier:

»Vorsicht, kleiner amigo. Garcia steht im Patio. Bis jetzt hat er nichts bemerkt, aber es ist besser, wir schreiben heute nichts mehr. Auf morgen! Ich denke an dich. José«

Der Knabe wurde unmerklich steif, erstarrte wie eine jener zarten Meerespflanzen, die auf das erste Anzeichen einer Gefahr hin das sanfte Wallen ihrer Greifäste einstellen, bevor sie sie einziehen. Mit aller Vorsicht versteckte er das Papier unter seinem Hemd. Noch angemessener, das wußte er aus seinen Büchern, wäre es gewesen, den Zettel zu zerkauen und zu schlucken. Aber dazu wäre das Blatt zu groß gewesen, da hätte ihm übel werden können.

Und außerdem wünschte er aus ganzem Herzen, den Brief zu behalten. So blieb er, die Augen unter den gesenkten Lidern in die Ferne gerichtet, liegen und genoß den sanften Druck, den die steifen Kanten des zusammengefalteten Blattes auf seine Haut ausübten, wenn es sich mit seinem Atmen bewegte und mit dem leichten Schlag seines Herzens.

8

Wenn der Konsul jetzt José bei der ihm auferlegten Arbeit beobachtete, wie er, in tiefes Schweigen versunken und sichtlich abgemagert, den Karren hin und her zog, so holte er in genießerischer Befriedigung Atem. Schade nur, vielleicht, daß der Steingarten beinahe schon fertig war. Aber mit einem grimmigen Lächeln erwog er, daß sich noch andere gärtnerische Aufgaben finden ließen, ernstes und schöpferisches Werk, wohl darauf berechnet, die Sehnen zu stählen und die Glieder in Bewegung zu halten. Der Konsul würde nicht nachgeben, solange er diesen aufrührerischen und rebellischen Geist nicht gezähmt hatte.

In dem gleichen Ausmaße, in dem Brandes Feindseligkeit gegen den jungen Catalanen wuchs, war er sich seines außerordentlichen eigenen Wohlbefindens bewußt. Nie hatte er sich besser, voller im Besitz seiner körperlichen und geistigen Kräfte gefühlt, nie so intensiv lebensvoll. Er liebte warmes Wetter; der kraftvolle Sonnenschein dieses glühenden Frühlings tat ihm wohl. Sein Büro, so seiner unwürdig er es ansonsten befand, lief wenigstens reibungslos, und das Manuskript über Malebranche gedieh zu den letzten Stadien der Revision.

Die tiefste Befriedigung aber empfing Brande aus der Art, wie Nicholas sich seiner Autorität unterworfen hatte. Gleich nach den ersten Tagen scheuer Niedergeschlagenheit hatte der Knabe seine Launen abgelegt, hatte zu dem Vater zurückgefunden, wie es einem liebenden, gehorsamen Kinde zukam. In letzter Zeit hatte Nicholas sogar eine gewisse Heiterkeit und Unbekümmertheit gezeigt, war zuweilen in unbändiges Gelächter ausgebrochen, das den Vater zwar bewog, beschwichtigend den Finger zu heben, jedenfalls aber als Beweis dafür gelten konnte, daß die peinliche Affäre aus seinen Gedanken entschwunden war.

Ach, es tat wohl, das Leben pulsieren zu fühlen, erfüllt zu sein von einem Bewußtsein des Herrentums, der Macht, ja beinahe, wenn man das so aussprechen durfte, eines Verjüngtseins. Ein ungewöhnlicher Optimismus rührte ihm das Blut auf, ließ die engen Nasenflügel sich weiten und eine bessere Zukunft wittern. War es möglich, daß das Glück ihm zu guter Letzt doch nicht die Stirn runzelte, ja ihm vielleicht sogar die Gunst eines Lächelns erwies?

Freitag nachmittag gegen fünf machte er sich im warmen Sonnenschein auf den Weg, um beflügelten Schrittes zu seinem Konsulatsbüro zu gehen. Es war Feiertag – zumindest hatte der Tag vor Brandes Ankunft in San Jorge, als hier ein gelockerter und etwas träger Arbeitsstil herrschte, als solcher gegolten. Neuerdings aber bestand Brande, leidenschaftlich auf Leistung bedacht, darauf, daß wenigstens ein Mitglied des Personals im Büro den Dienst aufrechterhalte. An diesem Tag hatte er Decker freigegeben – Alvin war mit seiner Frau und den Kindern des Alcalden (eine Vertraulichkeit, nebenbei bemerkt, die der Konsul nicht ganz billigte) zu einem Picknick nach Huesca gefahren – aber Fernando, der ältere der beiden

Büroangestellten, war angewiesen worden, auf seinem Posten zu bleiben.

Es war der Wunsch, sich der Ausführung dieses Befehls zu vergewissern, der Brande bewog, zu dieser Stunde das Konsulat zu betreten. Er gedachte überdies die Post durchzusehen, die niemand außer ihm öffnen durfte, und die jeden Tag von Barcelona mit dem Nachmittagszug hereinkam.

Diese späte Zustellung war äußerst lästig, aber er hatte bereits einen Druck auf die Postbehörde ausgeübt und durfte hoffen, daß die Sache zu seiner Befriedigung geregelt würde.

An diesem Nachmittag war er keineswegs in der Stimmung, Beschwerde zu führen. Vor sich hin summend schloß er selbst die Tür des Büros auf und stellte mit unmittelbarer Befriedigung fest, daß Fernando an seinem Schreibtisch war.

»Schön«, rief er mit ungewöhnlicher Zugänglichkeit, »Sie halten die Festung, wie, Fernando? Etwas zu melden?«

Der Angestellte richtete sich hastig auf, die Augen noch schlafverhangen.

»Nein, Señor. Und dabei war es ein so schöner Nachmittag. Ein rechter Jammer!« Er wagte einen schüchternen Protest. »Da hätte man ebensogut am Strand liegen können!«

»Nun, Sie haben wenigstens die Befriedigung, Ihre Pflicht erfüllt zu haben, Fernando.« Brande sprach mit leisem Vorwurf. »Sagen Sie, ist die Post schon gekommen?«

»Ja, Señor, sie liegt im Postfach. Der Briefträger hat eigens erwähnt, daß ein versiegelter Brief darunter ist ... aus Madrid. Ich habe ihn natürlich nicht berührt.«

»In Ordnung.« Brande nickte. »Schön ... Sie können jetzt gehen, wenn Ihnen daran gelegen ist.«

Er sah zu, wie Fernando aufsprang, seinen Hut ergriff und mit einer hastigen Verneigung davonrannte wie ein Schuljunge, der vom Nachsitzen befreit worden ist. Er schüttelte leicht den Kopf, trat zu dem Postfach und schloß es mit dem Spezialschlüssel, der an seiner Uhrkette hing, auf. Und da lag, mit dem schweren roten Siegel verschlossen, der Brief aus Madrid.

Sogleich, da er ihn mit seinen manikürten Fingern aufnahm, fühlte er eine sonderbare, unerklärliche vorausahnende Erregung. So oder so, aus seiner eigenen Unruhe spürte er heraus, daß dieses Schreiben eine für ihn lebenswichtige Mitteilung enthielt. Hastig riß er den Umschlag auf. Und auf den ersten Blick sah er, daß die Neuigkeiten von höchster Bedeutung waren.

Der Brief kam von Leighton Bailey, dem Generalkonsul in Madrid. Er stellte in aller Kürze fest, daß George Tenney ernstlich erkrankt war; ein Anfall von Nervenfieber mußte ihn, wenn er nicht ganz und gar verhängnisvoll wurde, zumindest für immer dienstunfähig machen. Der Brief forderte Brande auf, sich unverzüglich in der Botschaft zu melden.

Einen Augenblick stand der Konsul vollkommen still; seine Brust weitete sich, nur der Herzschlag war in dem reglosen Körper zu fühlen. Gespannt las er den Brief ein zweites Mal. Das konnte nur eines bedeuten – er sollte an Tenneys Platz berufen werden. Das war die Beförderung, die ihm nun endlich, nachdem man sie ihm so lange versagt hatte, zufiel.

Es kostete Harrington Brande beträchtliche Anstrengung, einen freudigen Aufschrei zu unterdrücken. Nur sein ausgeprägter Sinn für Würde hielt ihn zurück. Aber endlich ... endlich hatten die also doch seinen Wert erkannt! Er atmete tief auf, warf den Kopf zurück und überließ sich seiner Freude.

Schließlich aber bemeisterte er sich, ordnete seine Gedanken, schritt durch die Tür ins Vorzimmer und studierte gespannt den Fahrplan, der neben dem Wandtelefon an einer Schnur hing. Wie er vorausgeahnt hatte, war die Verbindung elend. Wenn er sich aber nach dem Dinner von Garcia nach Barcelona fahren ließ, so konnte er den Mitternachtszug nach Zaragoza erreichen, der dort Anschluß an einen Lokalzug nach Alagon hatte. In Alagon konnte man nach einer Stunde des Wartens den zentralkastilischen Expreß bekommen, der am Samstag kurz vor Mittag in Madrid einlief. Natürlich war das Ganze eine fürchterliche Rackerei; im Hinblick auf die Ehre aber, die ihm zugedacht war, wünschte der Konsul durch seine Promptheit und Pünktlichkeit auf Bailey Eindruck zu machen.

Trotz seiner Hochgestimmtheit erwog er – war er nicht vor allem ein methodischer Mann? – sofort alle Einzelheiten der Reise. Mutmaßlich blieb er etwa drei Tage fort. Ein Glück nur, daß man im Hause Leute hatte, auf die man sich verlassen konnte – Nicholas würde von Magdalena und dem vortrefflichen Garcia aufs beste betreut sein. Überdies konnte man auf Decker als einen offiziellen Gehilfen zählen, und wenn er Alvin anrief – das mußte er von zu Hause sofort tun –, konnte er die Deckers bitten, ein Auge auf den Knaben zu haben.

Bei dem Gedanken an Nicholas wurde des Konsuls feuchter Blick klarer. Was war das doch für eine Freude, die frohe Nachricht dem lieben Sohn zu überbringen, ihm alle Vorteile dieses bedeutsamen Schrittes vorwärts auseinanderzusetzen, all die Vergnügungen und Annehmlichkeiten des Lebens in der spanischen Hauptstadt! Welch ein Genuß, dem Kinde zu erklären, was für eine hübsche Wohnung sie nun finden würden, welch ausgezeichneten gesellschaftlichen Anschluß, auch vom intellektuellen Standpunkt aus betrachtet! Er würde dem Knaben Besuche im Prado versprechen . . . im Palacio Real . . . in den Pavillons von Buen Retiro. Und das schönste von allem würde sein, zu fühlen, wie sich in die warme Zuneigung des Kindes Bewunderung mischte!

An dieser Stelle angelangt, konnte Brande sich nicht mehr beherrschen. Eine unkontrollierbare Begierde überkam ihn, zu dem Knaben zu eilen. Er schob den Brief in sein Notizbuch, schloß das Büro ab und eilte auf die Straße.

9

Als in dieser Nacht um zehn Uhr Nicholas in seinem Bett das Summen des davonfahrenden Wagens hörte, wälzte er sich nervös unter der Decke. Noch konnte er den Reflex der Scheinwerfer sehen, der über den Plafond seines Zimmers huschte, den Fühlern einer großen Spinne gleich, und dann verschwand. In der Dunkelheit, die nun folgte, licht- und tonlos, konnte er das laute Schlagen seines Herzens hören. So selten war er von seinem Vater getrennt, daß er sich immer wie von seiner Wurzel losgerissen fühlte, wenn der Konsul auch nur für wenige Tage fern war. Diesmal aber verschärfte, obwohl er nicht davon zu sprechen, ja, es sich selbst kaum einzugestehen wagte, eine andere Sorge seine natürliche Unruhe. Wie konnte er allein und ohne Hilfe gegen Garcia bestehen?

Seine Hellwachheit hatte nichts mit dem rastlosen Herumwälzen zu tun, das ihn sonst quälte, wenn er krank war; es war eher eine Art schweigender Gespanntheit, in der er befangen lag, starr und mit offenen Augen, einsam in diesem alten, dunklen spanischen Haus lauschend, immerfort lauschend, bis der Diener mit dem Wagen zurückkehrte. Das Knarren einer trockenen Diele, die sich nach der Hitze des Tages wie mit einem Seufzer wieder dehnte; Mäuse, die scheu hinter der Wandverkleidung ihr Wesen trieben; das hastige Trommeln eines Mimosenzweiges gegen die Fensterscheibe; all diese freundlichen Geräusche der Nacht, die ihm so oft Sicherheit gegeben, drangen nun an seine Ohren, ohne daß er ihrer achtete. Mitternacht schlug die Standuhr in der Halle. Hatte Garcia den Motor abgestellt und den Wagen lautlos in die Garage gebracht? Wenn dem so war, dann war der Diener zurück, schon im Hause, und jeden Augenblick konnte sein tastender Schritt heimlich die Treppe heraufkommen. Nicholas erschauerte, fröstelnd unter diesem instinktiven Mißtrauen gegen den Diener, das er weder sich zu erklären noch zu bezwingen vermochte.

Schließlich mußte er eingeschlummert sein, denn als er

erwachte, war es schon heller Tag, und Magdalena, die bereits das Frühstückstablett auf den Nachttisch gestellt hatte, öffnete mit munterem Geplapper die Holzjalousien.

»Hab dir das Frühstück gebracht, laß es dir nur schmekken.«

Er verstand sie jetzt schon besser und setzte sich mit einem Lächeln als Antwort auf. Trotz ihrer periodischen Trübsalanwandlungen, die immer darauf folgten, wenn aus der Küche der Lärm des Streites heraufgeklungen war, mochte er Magdalena gern.

»Hat Vater seinen Zug noch erreicht?« fragte er und griff nach dem Glas Orangensaft.

»Ja, ja.« Sie nickte. »Gewiß doch.«

»Ich habe aber den Wagen nicht zurückkommen hören.«

Sie bückte sich, um irgend etwas Unsichtbares vom Boden aufzuheben. Als sie dann sprach, klangen ihre Worte harmlos, aber sie warf ihm einen Seitenblick zu, als wollte sie deren Wirkung kontrollieren.

»Garcia ist heute nacht nicht zurückgekommen. Es war eben sehr spät. Darum denke ich, er wird wohl fürs Wochenende in Barcelona bleiben. Er hat Freunde dort. Und allerlei Geschäftliches zu erledigen.«

Mit weit aufgerissenen Augen blickte er sie an, fast ungläubig, von einem Aufatmen, einer unaussprechlichen Freude überwältigt.

»Ist doch in Ordnung?« Dabei hielt sie immer noch seine Miene im Auge. »Wir brauchen darüber gar nicht weiter zu reden. Wir zwei kommen schon miteinander aus, du und ich.«

»Aber ja, gewiß!«

»Dann sag mir jetzt, was du zu Mittag haben willst.«

»Oh, alles, was Ihnen recht ist, Magdalena. Sie wissen es schon . . .«

»Für dich mach ich schon gern etwas Besonderes.« Sie nickte, daß ihre Ohrringe hüpften, zeigte ihm ihr breites, seltsam gedrücktes Lächeln, strich die Decke zurecht und ging davon.

Allein gelassen, streckte sich Nicholas mit einem behaglichen Ächzen, wälzte sich dann in dem großen Bett, von seinem Glück überwältigt, und genoß im Vorgeschmack die köstlichen Stunden, die er ungestört, gänzlich unüberwacht, mit José verbringen würde . . .

»Und morgen auch!« jubelte er seinem Wollhund zu. »Vielleicht sogar Montag!«

Er setzte sich auf, beendigte das Frühstück, während er sich anzog, mit kleinen Bissen und blickte von Zeit zu Zeit durch das Fenster zu der Myrtengruppe hinab, wo José bereits mit seiner Arbeit begonnen hatte. Dann aber, mit beachtlicher Selbstbeherrschung, setzte er sich an seinen Schreibtisch und warf ein paar Zeilen auf das Papier.

»Lieber José,

Vater ist für mindestens drei Tage nach Madrid gefahren. Garcia ist auch fort. Ist das nicht herrlich? Ich brauche gar nicht ungehorsam zu sein. Wir werden weder arbeiten noch reden – und doch die ganze Zeit zusammen sein. Hurra!! Dein getreuer Nicco«

Einen Moment später war er unten, beförderte seinen Brief und empfing mit strahlendem Lächeln seines Freundes pantomimische Darstellung des Entzückens als Antwort.

Den ganzen Morgen waren sie zusammen. Die meisten Steine waren nun schon fortgeschafft, und die Arbeit, die aufgerissenen Löcher mit Erde auszufüllen, war nicht allzu mühselig. Wenn José seinen Karren schob, trottete Nicholas geduldig hinter ihm her. Grub der Gärtner weiche Erde aus, so saß der Kleine in der Nähe auf einem Stein, sah ihm, das Kinn in den Händen, aufmerksam zu und wartete auf dieses herzerwärmende Lächeln, das ihm unausbleiblich zukommen mußte. Zuweilen brachte José ihn damit zum Lachen, daß er mimisch übertrieben so tat, als redete er, die Lippen bewegte, ohne daß dabei Worte zustande kamen, schließlich die Wangen aufblies und plötzlich mit einem explosiven »Wuff« entspannte.

Als der Tag aber fortschritt, wurde Josés Gehaben zunehmend gedankenvoll; irgend etwas Bedeutsames und

Geheimnisvolles mußte ihn beschäftigen. Schließlich legte er den Spaten zur Seite, setzte sich, tastete nach seinem Bleistiftstummel, und während Nicholas ihm begierig über die Schulter blickte, befeuchtete er die Spitze und brachte die folgenden aufregenden Worte zu Papier:

»Warum willst Du nicht morgen mit mir fischen kommen? Ich kann das schon mit' Magdalena einrichten.«

Der Knabe stand noch in jäher Entzückung befangen, da schritt José schon davon, an den Lorbeerbüschen vorbei zur Hintertür des Hauses. Gleich darauf hörte Nicholas ihre Stimmen, die Magdalenas und des Gärtners, in erregtem Gespräch; dann folgte ein Gelächter, freundlicheres Geplauder. Wie geschickt José doch mit Leuten umzugehen wußte! Alle Welt hatte ihn gern, bedachte Nicholas, alle, ausgenommen, unseligerweise, Garcia und Vater. Jedenfalls war er ein besonderer Günstling Magdalenas, die ihn, wenn es gerade keiner sah, fürs Ausleeren der Eimer – eigentlich war das Garcias Pflicht – dafür belohnte, daß sie ihm ein gehöriges Stück pastelena zuschob. Konnte er sie aber jetzt überreden? Nicholas lauschte gespannt. Die Tür fiel zu, José kam zurück, sein Schritt war ohne Eile. Und wirklich, jawohl, alles war in Ordnung . . . ein einziger Blick in das Gesicht des Freundes enthüllte die frohe Botschaft.

Oh, die Freude, die unaussprechliche Wonne dieses sonnenüberstrahlten Tages und das noch weit schönere Versprechen des kommenden Morgens! Die selige Schlaftrunkenheit des Nachmittags wollte kein Ende nehmen. Die Sonne kleidete sich in die Farben des Gartens, tränkte ihn mit ihrer Helligkeit, vervielfältigte seinen Duft. Baldrian, Päonien und Flieder machten sogar die Schatten aufleuchten. Ein Schwarm Bienen umsummte die honigträchtigen trompetenförmigen Blüten eines purpurfarbenen Schlinggewächses, die von dem alten Catalpabaum herabhingen. In kristallischer Ferne waren die Berge blau wie schimmernder Stahl. Dies Gefühl, diese Wärme in seinem kindlichen Herzen – der Knabe konnte seine Bedeutung nicht begreifen, er wollte sich nur daran verlieren, in atemloser Sehnsucht, in dieses unschuldige Strahlen.

Am nächsten Morgen um acht schlug eine Handvoll Sand gegen seine Fensterläden. Sein Schlaf war leicht, er sprang aus dem Bett, schon hatte er die Kleider, die auf dem Stuhl bereitgelegt waren, angezogen und stürmte die Treppe hinab. In der dämmerigen Halle fand er den Bastkorb, mit einer weißen Serviette überdeckt, den Magdalena schon gestern abend für ihn bereitgestellt hatte. Er griff danach, schob ihn unter den Arm, zog dann die schweren Bolzen zurück, um das Haupttor zu öffnen – und draußen stand er, von dem jähen Sonnenlicht überwältigt, fiel beinahe in die Arme seines Freundes.

José hatte zwei lange Bambusstöcke geschultert, ein selbstgefertigter Knappsack hing von seiner Achsel, er trug mächtige Stiefel und einen alten, aus Segeltuch geschneiderten Poncho. Als sie dann den Weg entlangschritten, der zur Hauptstraße führte, gab er Nicholas mit einem kleinen, munteren Zeichen zu verstehen, daß sie es eilig hätten. Und wirklich, sie kamen gerade zurecht, da hörten sie auch schon das Ächzen und Schnarren der alten Maschine, und gleich darauf kam der Torrido-Autobus in Sicht. Das vorsintflutliche Fahrzeug, das auf einen Wink Josés anhielt, war gräßlich überfüllt, aber es wurde Platz für sie geschaffen, als sie sich unter vielem Gelächter nach rückwärts schoben. Eine muntere Gesellschaft bevölkerte den sonntäglichen Autobus. Manche Leute wollten ihre Verwandten, die auf den Höfen im Vorgebirge lebten, besuchen – Arbeiter mit flachen Hüten und steifen schwarzen Boleros, von ihren Frauen begleitet, die den Wust ihrer unzähligen Röcke schwenkten, bunte Tücher um die Köpfe geschlungen hatten und ihre Futterpakete bewachten: Flaschen von Manzanilla, in rosa Papier eingeschlagen, Körbchen voll mit Eiern, reifen Aprikosen, Granatäpfeln und frischer Quesadilla. Andere hatten, wie José, Angel und Fischgerät bei sich. Einige führten komische kleine Käfige mit sich, in die sie Grillen zu fangen gedachten. Einer, ein langer, magerer Bursche, der etwas von einem Clown an sich hatte und in ein mächtiges Cape gehüllt war, biß gierig von einer Wurst ab; er trug ein Gewehr mit einem ungeheuer langen Lauf. Ein Alter, der einen Ziegenfellschlauch voll Wein mit sich führte, hatte bereits mit seiner Fiesta begonnen.

José war, sofort erkannt und herzlich begrüßt, unverzüglich zum Mittelpunkt einer angeregten Unterhaltung geworden. Die Aussichten für das nächste Pelota-Match wurden erörtert. Manche meinten, Jaime, der Veteran, müsse durch einen Jüngeren ersetzt werden, aber José stand getreulich zu seinem Partner. Dann ging der Ziegenfellschlauch reihum. Jedermann hob ihn hoch, legte den Kopf zurück und ließ den dünnen roten Strahl geschickt bis tief in den Hals springen. Hernach gab es allgemeines Gelächter, Scherze flogen hin und her, sonderlich auf Kosten des Mannes mit der langen Flinte, dessen ebenfalls lange Nase aufs Korn genommen wurde. Doch war der Spott herzlich und gutmütig, und der Kleine, dem nie erlaubt worden war, sich mit gewöhnlichem Volke gemein zu machen, konnte sich des Gedankens nicht erwehren, dies sei doch so ganz anders, als er es sich vorgestellt, so nett, frei und unbekümmert. Und er konnte auch den Gedanken nicht ganz loswerden, wie anders das alles wäre, wenn jetzt sein Vater einträte, wie der Konsul all diese freundliche Wärme mit seinem ernsten, förmlichen Wesen unter Frost setzen würde.

Darüber waren sie aus dem Gebiet der Weingärten und der Haine des Niederlandes herausgekommen, in denen gefügige Olivenbäume brav in Reih und Glied standen, und man gelangte in das wildere Gelände der Torrida-Vorberge. Bedächtig, auf seinem niedrigsten Gang, begann der Autobus die Steigung zu nehmen, überholte Esel, die sich, mit klingendem Zierat, aufwärtsplagten, folgte der Straße, die sich um ginsterbewachsene Bergvorsprünge wand. Hier und da hielt man an, um Fahrgäste bei einer an der Straße gelegenen Posada oder einem Bauernhof aussteigen zu lassen – sehr zum Glück, wie Nicholas bedachte, für den alten Motor, dem so eine letzte Chance geboten wurde, wieder zu Atem zu kommen. Der Knabe war jetzt sehr aufgeregt, saß in die Ecke seines Platzes gedrückt und spähte zwischen Buchen und Korkeichen nach einem ersten Ausblick auf den Bergfluß aus. Gelegentlich, während sie sich höher und höher in die Berge hinaufschraubten, musterte er das Halbdutzend Fahrgäste, die noch im Autobus verblieben waren, alles Angler, und ein klein wenig eifersüchtig fragte er sich, ob es denn für sie alle einen guten Platz geben werde. Doch José, der seinen Blick verstanden hatte, schüttelte sanft den Kopf, um anzudeuten, daß zu Sorge kein Anlaß sei. Und wirklich stiegen alle beim nächsten Dorf vor dem Gasthof aus und ließen die beiden mit vielen herzlichen Glückwünschen allein.

Als der Autobus sich wieder in Bewegung setzte, betrachtete José seinen Reisegefährten auf eine direktere Art als bisher, und intuitiv fühlte Nicholas, daß sein Freund jetzt den Bann des Schweigens, der auf ihnen lastete, brechen würde.

»Nicco«, sagte José und nickte ihm beschwichtigend zu, als der Knabe zurückschrak, »doch, ja, . . . ich spreche zu dir. Es nicht zu tun, wäre kindisch. Und gefährlich obendrein. Wir kommen jetzt zum Fluß. Ich muß dir erklären, was du zu tun hast.« Er lächelte. »Ich will nicht haben, daß du mir hineinfällst. Dein Vater würde mich dafür weit mehr tadeln als fürs Sprechen. Du brauchst ja kein Wörtchen zu sagen.«

Mit weitgeöffneten Augen blickte Nicholas seinen Freund an. Plötzlich aber durchflutete ihn eine ganze Welle herzlicher Innigkeit.

»Ich will aber sprechen, José.« Die Worte sprudelten nur so hervor, als wollten sie sich überpurzeln. »Wenn du sprichst, tu ich es auch.«

»Schön also«, antwortete José, und sein Lächeln wurde tiefer, »dann benehmen wir uns also wie Männer und nicht wie verschüchterte Kinder. Dann werden wir auch mehr Vergnügen an der Sache haben. Komm jetzt, hier steigen wir aus.«

Er nahm Angel und Knappsack auf und half Nicholas zum Eingang des Autobusses, beugte sich vor und klopfte an die zersprungene Glaswand. Als der Autobus seine Fahrt verlangsamte, sprang er hinaus, und im nächsten Augenblick, die Arme ausstreckend, hatte er seinen

Gefährten heruntergeholt. Sie winkten dem Fahrer, der sich aus seinem Verschlag herausbeugte, um ihnen Petri Heil zuzurufen. Als das Fahrzeug dann wieder loslegte, verließen sie die staubige Straße und bogen auf ein Wiesengelände ein, das mit jungen blassen Farnen bewachsen war.

Obwohl die Sonne grell auf sie herabstrahlte, war die Luft kühl und sogar schneidend, gewürzt vom Duft des Thymian und des Harzes. Dicht vor ihnen lagen jene Gipfel, die aus der Ferne sich so zum Greifen nahe dargeboten hatten, jetzt aber, wenn auch deutlich und von den Silberfäden der Wasserfälle durchzogen, zurückzutreten schienen, majestätisch und unzugänglich, ihre grauen Flanken und hohlen Wangen zärtlich vom Sonnenlicht umspielt, keinem unterwürfig und nur den Fichten gefügig, die da oben, hoch, zwischen den nackten Felsen, eine einsame Zuflucht gefunden hatten.

Die Reinheit des Lichtes war fast betäubend, so daß man die Augen schließen mußte. Über seine Schulter zurückblickend, konnte Nicholas auf einer Kuppe zur Linken eine kleine Siedlung erkennen, die aussah, als wäre sie aus der Luft geschnitten; weiter unten gewahrte er kleine Vierecke, Felder und Weingärten, und dahinter ein ganz anderes Schimmern, eine besondere Art von Nebel – und das war das Meer – so tief unter ihm, daß er vermeinte, auf dem höchsten Gipfel der Welt zu stehen.

Durch das hohe Farnkraut wandernd, dessen Wedel seine bloßen Knie bürsteten und kitzelten, tat Nicholas einen langen tiefen Atemzug von dieser köstlichen Frische.

»Es ist ein herrlicher Tag, José.«

»Ja.« José nickte, verzog aber ein wenig die Lippen. »Nur etwas zu grell für den Angler. Nun, wir werden ja sehen.«

Sie gelangten jetzt in ein Gehölz und stiegen zwischen Buchen, die mächtig und in weitem Abstand voneinander wuchsen, auf rauhe Grasmatten, auf denen Ziegen weideten, ohne sich um die Herannahenden zu kümmern. Plötzlich aber kamen sie aus diesem Grasgürtel ins

Offene, und da dehnte sich just zu ihren Füßen ein grünes Tal, in dem ein breiter Bergfluß an einer alten Steinmühle vorbeiwirbelte, sich schäumend über ein Wehr in ein weites Becken ergoß.

»Das ist die Stelle«, sagte José wie nebenhin, aber doch mit verhaltenem Stolz.

»Oh, José! So etwas Schönes habe ich noch nie gesehen! Es ist das Hübscheste von allem! Kennen die anderen die Stelle nicht? Warum kommen sie nicht auch hierher?«

»Es ist zu weitab vom Wirtshaus«, lachte José. »Die wollen nicht nur angeln, sondern auch trinken.«

Er schlug den Weg zu der Mühle ein, von der eigenen Spannung vorwärtsgetrieben, während Nicholas auf den Fußspitzen munter neben ihm herhüpfte. Hier im Tal war es wärmer, Büschel von wilden blauen Schwertlilien und buttergelben Primeln wucherten auf den Grashängen. Die Mühle war, wie Nicholas jetzt erkannte, eine Ruine ohne Dach (von dem nur ein paar Sparren übriggeblieben waren) und ein regungsloses, bemoostes Rad; aber gerade dies trug noch dazu bei, das Gefühl köstlicher Abgeschiedenheit zu verstärken, die über das ganze Tal gebreitet lag.

Auf den Steinstufen der Mühle, dem Fluß gegenüber, legte José sein Angelgerät nieder und begann eine leichte Schnur durch jede der beiden Bambusstangen zu ziehen. Es war wohl das einfachste und billigste Angelgerät, mit hölzernen Haspeln, aber José behandelte es mit zärtlicher Fürsorge, obwohl seine Finger vor nervöser Erregung zitterten, als er die langen Darmsaiten daran befestigte.

»Du angelst gern, nicht wahr, José?«

»Mit Begeisterung, amigo«, nickte José aufgeräumt. »Du nicht?«

»Herzlich gern. Nur hab ich noch nie Gelegenheit dazu gehabt.«

»Die wirst du jetzt haben.« José lächelte. »Paß auf, Nicco, mein Freund, du bist noch nicht groß genug, um mit einer Fliege zu angeln, also wirst du dich mit einem Köder begnügen müssen. Warte nur . . . ich will dir etwas zeigen, da sind die Forellen wie verrückt hinterher . . .« Er zog aus seinem Knappsack ein glattes rundes Zinndöschen, hob den Deckel ab, schüttete daraus einen fetten Mehlwurm auf seinen Handteller, den er dann bedachtsam an dem Haken befestigte. Nun nahm er Nicholas an der Hand, führte ihn ein paar Schritte auf den Steindamm des Wehrs hinaus, wählte für ihn einen bequemen Platz, von dem aus er die Beine herabbaumeln lassen konnte, warf die Schnur aus und reichte ihm die Angel.

»So«, sagte er, »und wenn du jetzt fühlst, daß einer anbeißt, dann zieh aus Leibeskräften.«

»Du gehst doch nicht weit fort?«

»Aber nein, amigo.« Er deutete auf das unruhige Wasser unterhalb des Dammes. »Nur bis dahin.«

Zuerst saß Nicholas steif und gespannt da, hielt die Angel fest mit beiden Händen gefaßt, und in seinem Kopf tönte das Brausen des Wassers wider, flößte ihm eine leise Bangigkeit ein, er könnte hineinfallen. Allmählich aber überkam ihn ein Gefühl des Selbstvertrauens. Wie wundervoll war das, so richtig als ein Junge behandelt zu werden, als ein ganz gewöhnlicher Junge und nicht wie ein überzartes, kränkliches Kind! Vorsichtig, um nicht das Gleichgewicht zu verlieren, wandte er den Kopf und blickte stromabwärts, wo er José knietief im schäumenden Gefälle stehen sah, seine lange Angel handhabend, deren Schnur hübsche Kurven bildete, wie sie so im hellen Licht stieg und fiel. Einmal glaubte er im Sturzwasser des Wehrs eine Forelle aufspringen zu sehen. Genau konnte er das nicht sagen. Der zerbröckelnde Mörtel, auf dem er saß, war warm. Aus den Rissen und Sprüngen wucherten Farne hervor, und graue Flechte überzog das alte Gestein.

Plötzlich aber zuckte er zusammen. Er hatte nicht gefühlt, wie die Forelle anbiß, doch mit einemmal wurde sein Angelgerät lebendig, krümmte sich zitternd zu einem belebten Bogen, vermittelte ihm aus der Tiefe des Wassers, weit unter der Oberfläche, ein unaussprechlich köstliches Gefühl von sich regendem Gewicht.

»Ich hab eine«, keuchte er, bis in die Lippen erblassend.

Instinktiv von einer Panik ergriffen, spähte er zu José hinüber, der jetzt wohl an hundert Meter entfernt stand, ihm den Rücken zukehrte und durch die dröhnende Wassermasse von ihm getrennt war. Unmöglich, um Hilfe zu rufen! Da mußte man alles allein bewerkstelligen! Verzweifelt umklammerte er den Angelstock, während die plumpe Holzhaspel gegen seine Brust schwirrte. Die Forelle kämpfte wie eine Verrückte, suchte in wilden Sprüngen den schäumenden Katarakt hinunterzubekommen, vergrub sich tief bis zum sandigen Boden, und jeden Augenblick schien es, sie würde sich losreißen. Plötzlich aber sprang sie hell aus dem Wasser und fiel dann mit einem Aufklatschen zurück, das dem Knaben das Herz in die Kehle jagte.

»Oh, wie schön, wie schön sie ist!« keuchte er. »Bitte, lieber Gott, laß sie nicht mehr ausrücken!«

Behutsam, ganz behutsam begann er die Haspel aufzuspulen. Die Forelle wurde jetzt sichtlich müde. Nicholas konnte die kräftige, schöne Kurve ihres gesprenkelten Leibes dicht unter der Oberfläche des Wassers sehen. Am ganzen Körper zitternd kam er auf die Füße, tastete sich den Damm entlang zum Ufer zurück, das sich hier sanft in das Becken vorschwang. Und hier, immer noch haspelnd, zog er die Forelle ins seichte Wasser, bis er sie mit einem letzten krampfhaften Ruck heil auf den Kies brachte.

Er hatte es geschafft, hatte diese prächtige Forelle ganz allein gefangen. Seine erste Regung war, fiebernd vor Freude zu José zu eilen und ihm die große Neuigkeit zu melden. Dann aber kam ein neuerwachter Sinn der Selbstbemeisterung in ihm auf, hielt ihn zurück. Er machte sich hart, kniete nieder, hakte die Forelle los, betäubte sie mit einem harten Schlag auf den Kopf und legte sie dann zwischen Farnblättern in den Schatten der Steinstufen vor der Mühle. Einen Augenblick später war er wieder auf dem Damm, hatte seine Schnur mit einem neuen Köder versehen, und wartete mit brennenden Augen auf die nächste Forelle.

Als José nach ein Uhr herüberkam, hatte Nicholas zwei

weitere Fische neben sein erstes Beutestück gelegt, vielleicht nicht ganz so große, aber immerhin ganz ansehnliche Forellen.

»Glück gehabt?« fragte José.

Da aber war es um die Zurückhaltung des Knaben geschehen. Er wand seine Schnur auf, rannte zum Ufer, José hinter sich herzerrend, schleppte ihn leibhaftig zu seiner Beute.

»Schau doch, José, schau! Sind sie nicht wunderschön? Die größte hab ich zuerst erwischt. Oh, es war wunderbar. Zu Tode war ich erschrocken. Aber gekriegt hab ich sie. Hab sie selber vom Haken genommen, und alles. Also ich sag dir, noch nie in meinem Leben hat mir etwas so viel Spaß gemacht. Aber halt, sei nicht böse, José, ich hab ganz vergessen – hast du etwas erwischt?«

Es ergab sich, daß José ihrer vier in seinem Knappsack hatte, doch er machte nicht viel Aufhebens davon. Schien vielmehr allzu glücklich über Nicholas' Erfolg. Seine Hose war naß zum Auswinden und sein Gesicht schweißüberströmt.

»Nun«, sagte er lächelnd, »ist es wohl an der Zeit, daß wir etwas essen. Ich hoffe, du hast einen so gesunden Hunger wie ich.«

Er setzte sich auf die Stufe, holte ein großes Stück derben Brotes, einen in Zeitungspapier eingeschlagenen Ziegel Käse und eine rohe Zwiebel aus dem Knappsack; dann klappte er mit einer koketten Schnörkelbewegung sein Taschenmesser auf und schlug ein rasches Kreuzzeichen. Nicholas erinnerte sich erst jetzt, daß er kein Frühstück gegessen hatte, und da wurde ihm bewußt, daß er halbtot vor Hunger war. So hockte er neben José nieder und nahm die Serviette von seinem Bastkorb, ein wenig beschämt, weil das Tuch so fleckenlos rein war, und wegen all der Köstlichkeiten, die Magdalena da für ihn eingepackt hatte, der hartgekochten Eier, des kalten Huhnes, der Buttersemmeln, der frischen Früchte und der Honigscheibe – zugleich aber doch wieder froh, daß er nun endlich Gelegenheit hatte, seinem Freunde etwas anzubieten.

Zuerst lehnte José es ab, diese ungewohnten Köstlichkeiten zu berühren, als er aber die schmerzliche Enttäuschung in Nicholas' Augen gewahrte, lachte er ein wenig verlegen und willigte ein, schlug aber vor, sie sollten sich in das Mitgebrachte teilen. Es war eine herrliche Mahlzeit, in der warmen Sonne auf der Erde verspeist, das Rauschen des Flusses in den Ohren. Nicholas fand das Schwarzbrot und die Zwiebel weit schmackhafter, als er erwartet hatte, und aus der Art, wie José die Hühnerknochen mit seinen weißen Zähnen abnagte, konnte er erraten, daß der Freund an dem Huhn Gefallen fand. Immer wieder warf José heimliche Blicke nach seinen Forellen, die kühl in ihrem Farnbett lagen. Man plauderte vom Angeln, und José erklärte, wo die Forellen zu verschiedenen Jahreszeiten ihre Standorte hatten, bald im schnellfließenden Wasser, bald in der schwachen Strömung, und wie man sie mit dem Köder anlocken müsse, mit einer winzigen Fliege bei trockenem Wetter, einer Elritze an der über die Rolle laufenden Angelschnur bei Hochwasser. Er berichtete von früheren Unternehmungen, wie er in der Nacht Grundangeln auszulegen pflegte und einmal einen riesigen kannibalischen Hecht am Haken gehabt, den Großvater aller Hechte, eine Stunde lang mit ihm gekämpft und ihn dann doch wieder verloren hatte.

Nicholas hätte diesem hinreißenden Gespräch immer weiter zuhören mögen, aber José bemerkte wohl die Zeichen der Müdigkeit im Gesicht des Kindes und stand plötzlich auf.

»Jetzt darfst du aber nicht vergessen, daß du heute sehr früh aufgestanden bist, amigo. Es ist Zeit für deine Siesta.«

Und alle Proteste beiseite schiebend, schnitt er mit seinem Messer einen Armvoll weicher Farne ab, breitete sie im Schatten der Mühle aus und deckte seinen Ponco darüber. »So«, sagte er, »und jetzt sag mir, ob das nicht bequem ist . . . du kleiner Schlaukopf, der du dich nur so anstellst, als ob du krank wärst!«

Gehorsam streckte Nicholas seine Glieder aus, die schon vor gesunder Müdigkeit schmerzten. Er schob seine Hände unter den Kopf und sah José zum Fluß zurückgehen, Teller und Besteck waschen und alles sorglich in Magdalenas Korb legen. Dann beobachtete er ihn, wie er noch mehr Farne pflückte, einige wilde Minzen dazwischen, und die Forellen verpackte. Die Buchen und Korkeichen hatten ihren mittäglichen Silberglanz angenommen. Mattigkeit und Stille lagen über dem ganzen Tal. Träg rief ein Vogel in der goldenen Luft. Es klang warm und einschläfernd. Nicholas schloß die Augen.

Als José zurückkam, lag der Knabe flach auf dem Rükken, tief eingeschlummert. Und José, der vermeint hatte, noch einmal seine Angel vorzunehmen und die Stromschnellen unterhalb des Wehrs zu erproben, änderte seine Absicht, als er die gebrechliche, schutzlose Gestalt vor sich liegen sah. Schweigend setzte er sich neben dem Knaben nieder, ganz nahe, und seine warmen dunklen Augen, noch dunkler durch tiefes Mitgefühl, blieben auf das unbewußte, zwischen den Sommersprossen ein wenig blasse Gesicht gerichtet, auf die weichen Wangen, die von langen, geschwungenen Wimpern überschattet waren, und auf die milchigweißen Zähne, die leicht unter der kurzen Oberlippe hervorschimmerten.

Josés Jugend war hart gewesen. Als sein Vater starb, hatte er erst zwölf Jahre gezählt, und ein paar Monate später hatte man ihn aus der Schule genommen und aufs Feld zur Arbeit geschickt. Er hatte die Armut kennengelernt, anstrebende Plage, die quälende Angst dessen, der Brot erwerben muß. All das aber hatte ihn entschlossen und selbstsicher gemacht: eitlen Launen und zarten Gefühlen war er keine billige Beute. Dafür aber hatte seine heitere Veranlagung und seine Geschicklichkeit im Pelota-Spiel ihn zum Liebling aller gemacht, ihm viele Freunde verschafft. Und dann hatte er ja seine Mutter, die fünf Schwestern und den alten Pedro – an ihnen allen hing er mit pflichtbewußter Liebe. Doch war das nichts gegen diese neue, ans Herz greifende Zuneigung für den kleinen Knaben, der, sanft wie ein Südwindhauch, von irgendwo – woher, das begriff José nicht – plötzlich erschienen war, ihm Zärtlichkeit einflößte und ein seltsam schutzbereites Mitgefühl. Klar wurde er sich nicht darüber. Er wußte nur, daß dieses Gefühl sein Herz zum Singen brachte.

Josés Verstand war rege, aber keineswegs sonderlich spitzfindig; dennoch las er taghell die Wahrheit von diesen nervösen Zügen, die selbst jetzt, im Schlaf, leise bebten. Die besitzergreifende Liebe des Konsuls, die zwischen Nicholas und der Welt eine unüberschreitbare Schranke gezogen, jene Angst vor Krankheiten, die das Kind durch allerlei Grillen und Umständlichkeiten in einem Zustand dauernder Gebrechlichkeit hielt . . . seine krankhafte Eifersucht, die dem jungen Geist so schwere Lasten auferlegte, seine Launen und verhaltenen Wutausbrüche, sein törichter Stolz . . . instinktiv argwöhnte José das alles, und mit ganzer Seele wünschte er, er könnte das ahnungslose Opfer befreien und, jeder Bürde ledig, einem natürlichen Leben wiedergeben.

Die Sonne hatte bereits begonnen, sich auf den hohen Grat der Hügelkette herabzusenken, als Nicholas die Augen aufschlug.

»Mein Gott, ich habe geschlafen!« Sein Blick fiel auf den Fluß, unvermittelt setzte er sich auf. »Fischen wir heute noch einmal?«

José wandte einen prüfenden Blick zum Himmel, der sich narzissengelb gegen die Gipfel abhob, die jetzt eisiger waren als zuvor, blau wie Schatten, der auf Schnee fällt.

»Ich denke, amigo, es ist höchste Zeit, daß wir aufbrechen.«

»Ach, José . . .«

Lächelnd schüttelte José den Kopf und legte seine Hand auf Nicholas' Schulter.

»Wir müssen den Autobus erreichen. Es wäre nicht gut, wenn wir den verfehlten. Aber keine Sorge, Nicco – wir kommen wieder hierher.«

Dieser Gedanke, mit dem Freund wieder zu diesem hübschen Platz kommen zu dürfen, brachte strahlende Freude in die Augen des Knaben. Mit einem Jubelruf, der sich nicht unterdrücken ließ, sprang er auf die Füße.

Sie spulten die Haspeln auf, lösten die Angelruten ab,

ordneten das Gerät. Dann hoben sie ihre Fische auf. Nicholas bestand darauf, die seinen selbst zu tragen. Und so wanderten sie zusammen hügelan.

10

Es war ziemlich spät, fast schon neun Uhr, als Nicholas die Casa Breza erreichte, aber er war so hochgestimmt, daß ihn die Dunkelheit nicht einschüchterte. Die Fahrt in dem überfüllten Autobus war vergnüglich gewesen, viel Gelächter hatte es gegeben und Gesang, schrillen catalanischen Gesang voll sonderbarer Intervalle und Kadenzen, voll ungewohnter Modulationen – in den er zu seiner Überraschung miteingestimmt hatte. Man hatte viel Aufhebens von ihm gemacht, ihn wegen seines Fanges gerühmt – sonderlich der Mann mit der langen Nase, der nichts geschossen hatte, lobte ihn –, und im allgemeinen als tapferen und herzhaften Jungen behandelt. Von seinem Erfolg berauscht, hatte er sogar Josés Angebot, ihn nach Hause zu begleiten, abgelehnt.

So war er nun angelangt, ganz allein, schritt auf die Vortreppe zu, ohne sich weiteres vor den Schatten zu fürchten, die in den Steineichen lauerten und raschelten. Das erste, was er zu tun gedachte, war ein Besuch in der Küche. Dort wollte er Magdalena seine Forellen übergeben, und sie bitten, sie ihm morgen zu bereiten. Er öffnete das Haustor, fand sich in der Dunkelheit der Halle. Mein Gott, war das finster – wie in einer großen schwarzen Höhle! Magdalena hatte vergessen, die kristallene Gaslampe anzustecken, die an einer Metallkette von der hohen Decke herabhing. Nur vom Schimmer der Sterne geleitet, tastete er sich mit vorgestreckten Händen behutsam einige Schritte weiter. Plötzlich jagte ein Schreck durch seine Glieder. Aus der Abwaschküche hörte er Streit, eine dumpfe, hitzige Männerstimme und die einer Frau, von Angst geschärft – Garcia und Magdalena.

Nicholas hatte nicht erwartet, daß der Diener schon

zurück sein werde; das Blut stockte in seinen Adern; all seine Fröhlichkeit, seine neue Selbstsicherheit waren wie fortgewischt. Vorsichtig, auf den Fußspitzen, wandte er sich um, versuchte knarrende Dielen zu vermeiden; da, plötzlich, ergriff ein Windstoß, der vom Meer herüberkam, das Tor, das halboffen geblieben war, und schlug es mit erschütterndem Knall zu.

Nun in völlige Finsternis getaucht, stand Nicholas wie erstarrt da, gleichsam von dem Echo betäubt, das von allen Wänden des Vorraumes widerhallte. Im selben Augenblick blendete eine Flut von Licht seine Augen, und Garcia kam, eine Argandlampe in der Hand, aus dem Abwaschraum. Immer war an der lautlos gleitenden Gestalt für den Knaben etwas Unbehagliches gewesen, jetzt aber war der Diener, im Lampenschein vergrößert, im Gehen ein wenig schwankend und dabei die Füße mit eigentümlicher Vorsicht aufsetzend, beängstigender als je. Unfähig, sich zu widersetzen, fühlte Nicholas sich bei der Hand genommen und in die Abwaschküche gezogen, wo seine vom jähen Licht geweiteten Pupillen sich auf die Gestalt Magdalenas richteten; mit verschwollenen Augen und verschüchtert saß sie an dem weißen Emailtisch, auf dem die Reste einer Mahlzeit und eine schon fast leere Flasche Aguardiente standen.

»Der junge Herr ist zurückgekehrt.« Garcia sprach mit beunruhigender Langsamkeit, setzte seine Worte mit wohlbedachter Sorgfalt. Sein Gesicht war beinweiß, sein Mund, bläulich angelaufen wie eine Wunde, nach unten verzerrt. »Wo ist der junge Herr gewesen?«

Nicholas fand seine Sprache nicht, vermochte auch seinen Blick nicht von diesem schrecklichen, höhnischen Gesicht zu lösen. Schließlich brachte er hervor:

»Fischen!«

»Fischen . . .«, wiederholte der Diener in unbeschreiblichem Ton. »Und wo sind die Fische geblieben?«

Sprachlos hielt Nicholas ihm den Bastkorb hin, den er noch immer in seiner zitternden Hand hielt. Garcia griff danach, schüttete dann mit einer einzigen jähen Bewegung den ganzen Inhalt auf den Tisch. Zwei der Forellen glitten heraus und fielen auf den Fußboden. Die dritte, kleinste, blieb auf der emaillierten Tischplatte liegen, die Rückenflosse überhängend, armselig anzuschauen.

»Pah«, höhnte Garcia, »so bringt man mir keine Fische ... schmutzig und noch nicht zurechtgemacht.«

Während Nicholas wie angewurzelt dastand, nahm der Diener ein Brotmesser vom Tablett, und mit einem einzigen Streich schlug er den Kopf der kleinen Forelle ab. Ein dünner Faden rosafarbenen Blutes träufelte auf die weiße Tischplatte.

»Mich behandelt man nicht wie einen Küchenjungen«, rief der Diener und starrte den Jungen an. »Verstanden?«

»Ja«, stammelte Nicholas, da offenbar eine Antwort erwartet wurde.

Garcia lächelte, ohne die Lippen zu verziehen.

»Warum zittern Sie denn, junger Herr? Sind Sie vielleicht unangenehm überrascht, mich hier zu finden? Wissen Sie nicht, daß ich hier komme und gehe, ganz wie es mir beliebt?«

»Doch, natürlich«, flüsterte Nicholas krampfgeschüttelt.

»Nun gut, daß Sie das einsehen.« Der Diener reckte sich in drohender Haltung hoch. »Leute, die gegen mich sind, zertrete ich wie Insekten.«

Magdalena, die sich auf ihrem Sitz schwankend hin und her bewegte, flüsterte ihm zu:

»Halt doch den Mund, Narr ... sei doch um Himmels willen still!«

Garcia nahm keinerlei Notiz von ihr. Zärtlich spielte er mit dem Griff des Messers. Nicholas, der totenblaß war, konnte, als der Diener weitersprach, den wolkigen Schleier genau sehen, der wie ein Überzug von schmutzigem Öl auf seinen trüben Augen lag.

»Wie Insekten ... Eines Tages, weißt du, erzähl ich dir von allem, was ich schon getan habe. Das hab ich dir versprochen ... vielleicht hast du es vergessen. Tut nichts, der Tag kommt schon noch, an dem du mir alles glauben wirst. Vorläufig aber rate ich dir, stell dich nicht gegen mich. Kein Herumspionieren, kein Nachschnüffeln! Du weißt, ich schlafe nie ... ich bin immer wach ... geh auf den Korridoren herum ... schau in dein Zimmer hinein.«

»Nein ... nein!« Der erschrockene Aufschrei blieb dem Knaben in der Kehle stecken, hing schwebend in der Luft.

Wieder lächelte der Diener, als täte ihm dieser Anblick wohl, und kam bedachtsam, das Gleichgewicht haltend, einen Schritt näher. Der Blick aus diesen wahnsinnigen Augen, die in dem fahlen Gesicht brannten, erfüllte das Kind mit Grauen und Abscheu. Verzweifelt versuchte es sich zurückzuziehen, aber sein Körper gehorchte seinem Willen nicht mehr.

»Ja, ja«, murmelte Garcia, »du bist mir schon ein armseliges Kerlchen. Aber ich werd dir schon etwas beibringen ... von mir kannst du das große Geheimnis lernen.« Sein Blick war jetzt starr und in die Ferne gerichtet; halblaut, als spräche er zu sich selbst, fuhr er fort: »Die Wonne des Nichtmehrwissens ... das Meer der Vergessenheit ... die furchtbaren, drohenden Stimmen ...«

Jetzt richtete sich Magdalena, nicht mehr niederzuhalten, mit zusammengezogenen Brauen auf.

»Sei doch still«, schrie sie heiser, »du betrunkenes Schwein ... du verrückter, betrunkener Teufel ...«

Aus seinem Traum gerissen, wandte Garcia sich nach ihr um, und als sie aufrecht stand, schlug er ihr mit der linken Hand ins Gesicht.

Es war kein harter Schlag, aber der Schrecken schien die gelähmten Muskeln des Knaben zu lösen, gab ihm die Kraft zur Flucht. Mit einem schrillen Aufschrei, der in Magdalenas Geheul unterging, fuhr er herum und stürzte aus der Abwaschküche. Er rannte die Treppe hinauf, fiel, schnellte wieder hoch, fühlte keinen Schmerz, fühlte überhaupt nichts als diesen überwältigenden Zwang, fortzulaufen.

Jetzt war er in seinem Zimmer. Er schlug die Tür zu, drehte mit klammen Fingern den großen Schlüssel im Schloß herum. Dann schob er den Riegel der Tür, die sein

Zimmer mit dem Schlafzimmer des Vaters verband, vor. Die Fensterläden waren schon geschlossen. Am ganzen Leibe zitternd, das Herz flatternd wie ein Vögelchen in seinem Käfig, stand er mitten im Zimmer in der Dunkelheit. Er hatte nicht den Mut, das Gas anzustecken. Wollte sich nur verbergen. Er schlüpfte aus seinen Schuhen, tastete sich zum Bett und vergrub sich, noch in den Kleidern, unter den Decken. Aber auch jetzt konnte er Garcia sehen, wie er auf ihn zukam, mit diesem Ausdruck im Gesicht, der die ganze kleine Welt des Kindes durcheinanderschüttelte; und er fühlte die Scham und das Entsetzen, die ihm Tränen in die Augen trieben. Ach, wenn jetzt nur José, der Gute, dagewesen wäre, ihn zu schützen! Und bei dem Gedanken an José begann er zu schluchzen, wie er noch nie zuvor geschluchzt hatte.

Diese lange, nimmer endende Nacht – würde er sie je vergessen können? Magdalenas Jammerrufe, die von unten heraufdrangen, das Gebrüll, das Klirren einer Flasche, die zerschellte, Gelächter, unwirkliches, unglaubhaftes Gelächter – wieder Geräusch von Schlägen und dann das Schweigen, diese plötzliche Stille, weit unheimlicher als das Getöse zuvor, dieses Schweigen, das durchtränkt war vom Grauen der Ungewißheit, vom Entsetzen vor eingebildeten und unausdenkbaren Annäherungen. Was war das nur? Träumte er oder lag er wach? Hatte er wirklich die Tür verriegelt? Er wagte nicht, sich zu bewegen, aufzustehen und sich zu vergewissern. In kalten Schweiß gebadet, der das Kissen benetzte, lag er da, regungslos mit weit geöffneten Augen, in einem Angsttaumel verloren.

Schließlich, als alle Hoffnung schon fast geschwunden war, sah er schwache Streifen dämmernden Lichtes zwischen den Jalousien. Eine kleine Weile, schien es, war er eingenickt. Als das Bewußtsein zurückkehrte, lag er wieder gespannt lauschend da. Kein Laut, nicht das leiseste Geräusch im Hause. Er fand den Mut, aufzustehen und einen Fensterladen zu öffnen. Und da – unausdenkbare Beruhigung – sah er José im Garten, in seinem Unterleibchen stand er da, jätete das Petunienbeet mit knappen und leichten Bewegungen; den Schubkarren und die Gießkanne hatte er neben sich, und das goldene Licht eines neuen Tages überstrahlte ihn.

Anzuziehen brauchte er sich nicht erst. Er sperrte die Tür auf, flüchtete die Treppe hinab, rannte den Kiesweg entlang, stürzte auf seinen Freund zu.

»José, ach, José!«

Eine geraume Zeit lang konnte er nur immer wieder den Namen wiederholen, dann aber, bruchstückweise, jedoch ohne zu weinen, entlud er sein angstbedrücktes Herz.

Auf dem Schubkarren sitzend hörte José ihm wortlos zu, sah ihn kaum jemals an, warf ihm höchstens gelegentlich einen Seitenblick zu. Als Nicholas geendet hatte, schien er einen Moment lang zu überlegen, dann stand er auf. Eine härtere Reife stand jetzt in seinem harmlos freundlichen Gesicht.

»Zunächst einmal mußt du etwas zu essen haben, Nicco. Wart hier, ich sehe zu, was sich machen läßt.«

Langsam, aber entschlossen ging er auf die Hintertür zu; und schon nach einer kurzen Weile kam er zurück.

»Magdalena hat dir dein Frühstück vorgerichtet, amigo. Kümmere dich nicht um Garcia. Der schläft noch.« Eine Pause. »Und ich bin ja in der Nähe.«

Niemand außer José hätte Nicholas bewegen können, noch einmal das Haus zu betreten. So aber gehorchte er wortlos. Magdalena brachte ihm sein Frühstück ins Eßzimmer, das übliche, nur war der Toast angebrannt. Sie bewegte sich mit trägen, apathischen Gebärden, das Haar hing aufgelöst über den Rücken herab, ihr Gesicht war verquollener als je. Noch war der Branntweingeruch in ihrem Atem. Bis er sein Glas Milch geleert hatte, beachtete sie ihn nicht; dann, an der Küchentür stehend, faltete sie ihre Hände über der schwarzen Schürze und blickte ihn trübe und matt an.

»Garcia hat das gar nicht bös gemeint, gestern abend. Er hat bloß zuviel Aguardiente getrunken. Es wird nicht wieder vorkommen.«

Schweigend starrte er sie an.

»Du bist ein artiges Kind«, fuhr sie fort, »du wirst doch Señor Brande nichts davon erzählen?«

»Wenn ich nicht muß, werde ich es nicht tun«, antwortete er gepreßt.

»Nun schön. Und jetzt mußt du gehen und dich waschen.«

Nicholas ging die Treppe hinauf, wusch sich eilig, putzte sich die Zähne und wechselte sein Hemd. Danach fühlte er sich besser, denn er hatte die Empfindung gehabt, seine Haut sei unrein; als er aber dann in den Spiegel seines Kleiderschrankes blickte, schaute er in ein bleiches, abgehärmtes Gesicht. Ein Gefühl hatte er, als wäre er nicht er selbst, sondern ein fremder Knabe; auch schien es ihm unerträglich, länger in diesem Zimmer zu verbleiben, sonst seinem traulichen Zufluchtsort – jetzt war es für ihn verändert, durch das Grauen der letzten Nacht verwandelt, düster und unheimlich. Er lief wieder in den Garten. Den ganzen Vormittag verbrachte er in engster Nähe Josés; er sprach wenig, nahm auch keinen Anteil an der Arbeit, blickte nur immer wieder ängstlich zu dem Küchenfenster hinüber, das wie ein heller Bilderrahmen in der Fassade des Hauses hing, und in dem jeden Augenblick jenes glatte und hassenswerte Gesicht auftauchen konnte.

Auch José äußerte nicht viel, und es war deutlich aus seinen herabgezogenen Brauen und zusammengepreßten Lippen zu erkennen, daß er die Sache nicht leicht nahm; vielleicht beschäftigte ihn das persönliche Problem, das ihm da gestellt war. Auch er blickte gelegentlich zu dem Haus hinüber.

Um ein Uhr ließ sich der Diener noch immer nicht blikken. Als Magdalena ein Zeichen gab, das Essen sei angerichtet, hätte Nicholas wohl vorgezogen, nicht hineinzugehen, aber Josés Miene, die gleiche Festigkeit zu verlangen schien, duldete kein Ausweichen. Doch bemerkte der Knabe, daß sein Freund sich, während er selbst im Hause war, in der Nähe des Eßzimmerfensters hielt. Auch als Nicholas wieder bei ihm war, entfernte sich José nicht von der Villa.

Er säuberte den Kiesweg von Unkraut, schweigsam und gespannt.

Um drei Uhr ging die Vordertür auf, und Garcia erschien auf dem Portikus, barhaupt, nur mit Hose und Hemd bekleidet, die nackten Füße in strohbesohlten Alpargatas. Als Nicholas seinen Feind erblickte, verlor er beinahe die Fassung. Der Diener war bleich und übermächtig, schien nur halbwach; bräunliche Schatten lagen um seine Augen; unsagbares Übelwollen war von seiner Stirn zu lesen. Vorwärtsschlurfend lehnte er sich an eine der Säulen des Eingangs, legte seinen Arm um sie, um sich aufrechtzuhalten, und sog in kurzen Zügen Luft ein. José hatte sich inzwischen von seiner Arbeit aufgerichtet, und als Garcia sich halb umwendete, fiel sein Blick auf den Gärtner und Nicholas.

Er machte keine Bewegung, und ebensowenig rührte sich José; während sie so regungslos dastanden und einander anstarrten, konnte Nicholas am Zerren seiner Nerven den Kampf fühlen, den sie wortlos miteinander führten. Fast eine Minute dauerte dieses Duell. Kein Wort wurde gesprochen. Dann senkte der Diener den Blick, murmelte etwas, spie aus – eine Schlange, die ihr Gift verspritzt –, machte eine Wendung und trottete in der Richtung nach dem Wagenschuppen davon. Einen Augenblick später hörte Nicholas deutlich, wie Garcia das Auto mit dem Spritzenschlauch bearbeitete.

Der Knabe wandte sich seinem Beschützer zu, doch José zeigte, mochte er auch aus diesem Zweikampf der Willenskräfte als Sieger hervorgegangen sein, keinen Triumph.

Im Gegenteil, seine Stirn war tiefer gefurcht als zuvor, dunkle Gestalten schienen sie zu zerpflügen. Unvermittelt fragte er:

»Amigo, dein Vater kommt heute zurück?«

»O nein – er wird frühestens morgen wieder hier sein.«

»Und möchtest du die Nacht hier im Hause bleiben?«

»Nein, José, nein, alles, nur das nicht! Du willst das doch auch nicht?«

Eine Pause folgte. José betrachtete den Boden, dann sah er Nicholas mit einer Mischung von Zuneigung und Betroffenheit an.

»Weißt du, Nicco, es ist schwer für mich. Ich mag mir auch keine Schwierigkeiten auf den Hals laden. Und trotzdem ... nein, ich kann dich nicht mit diesem Picaro hier allein lassen.«

»Danke, José, ich danke dir.«

Aber diesmal war José nicht willfährig, Nicholas' befreites Gefühl zu teilen. Es klang unvermittelt, als er sagte:

»Schluß jetzt. Heute tu ich nichts mehr. Du kommst mit mir nach Hause.«

11

Nicholas hatte keine Vorstellung davon, wo José wohnte. Ihm genügte es, daß er mit ihm zusammensein sollte, mit ihm in die Stadt ging, fort von Garcia und der Casa Breza. Im jähen Wechsel seiner Stimmung war alles, was er an Argem ausgestanden hatte, wie mit einem Schlage vergessen. Höchstens, daß er in nervöser Geschwätzigkeit über alles plauderte, was ihm nur irgend vor Augen kam: über einen schwarzgelb gestreiften Vogel, eine unbekannte Pflanze, die im Straßengraben stand, über das lohfarbene Segel einer Barke, die draußen in der Bai trieb. José dagegen schien mit seinen Gedanken beschäftigt. Als sie die Plaza erreichten, blieb er an der breiten Treppe stehen, die zu der rosig stuckgezierten Kirche führte.

»Wart einen Augenblick, Nicco.«

»Wohin gehst du denn?«

»Dahin, wohin ich sonst nicht oft gehe.« Josés Mundwinkel verzogen sich zu einem Lächeln. »Ich glaub aber, heute ist es wohl am Platz, daß ich es tue.«

»Dann will ich mit dir kommen.«

José zögerte, zuckte die Achseln, dann führte er ihn,

eher widerstrebend, die lange Reihe der ausgetretenen Stufen hinan.

Die Kirche erschien Nicholas ungeheuer in ihrer Größe, erfüllt von weiter Dunkelheit und einem seltsam köstlichen Duft. Das Dach verlor sich in bemalten Wölbungen, und an den Seiten gab es viele dunkle Nischen, in denen Kerzen brannten und rauchten. Zu einer dieser Nischen wandte sich José und kniete, sich bekreuzigend, vor einem Glasschrein nieder, der mit vergoldeten Herzen verziert war; darin stand, von einem roten Samtbehang sich abhebend, ein Figürchen, halb Weib, halb Kind, in Blau gekleidet - die Kleider, soweit Nicholas sehen konnte, aus echtem Stoff –, mit einer winzigen juwelenbesetzten Goldkrone auf dem Haupt. Nur einige Sekunden kniete José; dann trat er näher, warf eine Münze in den Opferstock und zündete auf dem Gestell, auf dem rote Glasuntersätze aufgereiht waren, eine Kerze an.

Als sie wieder hinauskamen, hatte Nicholas das Gefühl, José wolle über das Geschehen in der Kirche nicht sprechen, doch sagte ihm ein unklarer Instinkt, daß er irgendwie mit diesem Vorgang im Zusammenhang stand. Und plötzlich verkündete er:

»Ich möchte diese Kerze bezahlen, José.«

Es war ihm ganz unverständlich, warum sein Freund zuerst in ein Gelächter ausbrach und ihm dann beruhigend auf die Schulter klopfte.

Sie verloren sich jetzt in jenem Netzwerk enger Gäßchen nördlich der Plaza, das Nicholas mit seinem Vater durchschritten hatte, als sie damals zu dem Pelota-Match gegangen waren. Nun bogen sie in eine Sackgasse an der Calle Corriente ein, in einen Durchgang, der zum Fluß hinabführte; gerade hier mündete der Abfluß des öffentlichen Waschhauses in den Fluß. Häuser von erdbrauner Farbe säumten die andere Seite der Straße. In den offenen Fenstern war Bettzeug ausgelegt. Irgendwo spielte jemand Mandoline; die zirpenden Töne verzitterten in der Luft. Einige Esel wurden an einem eisernen Brunnentrog getränkt, während der Treiber, ein barfüßiger Bursche, am Uferrand des Flusses ausgestreckt rastete. Auf dem brüchigen Pflaster, das mit Kalkresten besprenkelt war, spielten Kinder in stummer, geheimnisvoller Anspannung. Die Szene, sonderlich die Gegenwart dieser Kinder, beunruhigte Nicholas ein wenig, und er warf einen fragenden Blick auf seinen Freund. Doch Josés Blick hatte die Gestalt einer Frau erfaßt, die unter einem großen, in weißes Zeug gehüllten Bündel vor ihnen einherschritt, und er beschleunigte seine Gangart.

»Das ist meine Mutter, Nicco. Das ist Maria Santero.«

Und gleich darauf waren sie an ihrer Seite, José nahm ihr das Wäschebündel ab und flüsterte lebhaft auf sie ein, um ihr zu erklären, was geschehen war. Nicholas konnte wohl bemerken, daß es nicht leicht war. Auf den abgehärmten Zügen, die durch die dunklen Brauen und das schwarze, dichte Haar noch mehr verdüstert schienen, waren der Reihe nach Überraschung, Zweifel und sogar Furcht erkennbar. Bevor jedoch mehr gesagt werden konnte, waren sie in einen engen Durchlaß eingebogen und stiegen zwischen schokoladebraunen Mauern eine endlose Treppe hinan. Ganz oben in der Gasse öffnete José mit seiner freien Hand eine Tür.

»Vorwärts, Nicco«, ermunterte er ihn frohgemut. »Jetzt ziehst du in unseren Palast ein. Bloß zwei Räume. Aber wir haben die schönste Aussicht auf die Stadt.«

Sie betraten einen sonderbaren niedrigen Raum, ein Mittelding aus Küche und Wohnraum, mit einem eisernen Kochherd auf der einen Seite und einem verschossenen gelben Plüschdiwan auf der anderen. Ein lackierter Tisch, auf dem für das Abendessen gedeckt war, und Stühle aus dem gleichen Holz standen inmitten des Raumes. Die hellgrünen Wände waren dicht mit Fotografien behangen, deren Rahmen mit Muscheln inkrustiert waren; dann gab es da einen an der Wand hängenden Glaskasten mit ausgestopften Kolibris, einen anderen mit Schmetterlingen, ein paar Pelotaschläger, einen Wandkalender und einige buntgedruckte Heiligenbilder. Am Fenster saß auf einem niedrigen Schemel ein sehr alter Mann, der einen runden schwarzen Capillo trug und mit langen Beinnadeln strickte; am Herd stand ein dunkelhäutiges, kräftig gewachsenes Mädchen von ungefähr zwölf Jahren und rührte in einem dampfenden Eisentopf.

»Pedro . . . und Paquita«, erklärte José Nicholas, während er das Bündel von seiner Schulter herabgleiten ließ. »Wo sind die anderen?«

»Noch nicht von der Schule zurück«, antwortete Paquita, ohne ihr Rühren zu unterbrechen, und richtete ihren erstaunten Blick auf Nicholas. »Du bist heute aber früh dran.«

»Mag schon sein«, bemerkte José gleichmütig.

Maria, die Mutter, hatte ihren Schal nicht abgenommen; auch ihre bestürzte Miene hatte sich nicht geglättet. Jetzt murmelte sie José zu:

»Komm, mein Sohn, wir müssen das bereden.«

Und sie verschwanden im Nebenzimmer.

Kaum waren sie gegangen, als Nicholas lebhaftes Fußgetrappel auf der Treppe hörte, die Tür flog auf, und vier kleine Mädchen, die hausgeschneiderte Schürzen trugen, wirbelten herein, jede einen Katechismus, ein Rechenbuch mit Eselsohren und ein Nähkörbchen unter dem Arm.

Nicholas wurde es heiß und kalt. In seinem ganzen Leben war er noch nie so vielen kleinen Mädchen auf einmal nahegekommen. Er trat von einem Fuß auf den anderen, wußte nicht, was er sagen sollte, betrachtete interessiert die Schmetterlinge und fühlte dabei, wie er dunkelrot anlief. Überraschend half ihm der alte Mann aus der Verlegenheit.

»Wie ist der Name, junger Señor?«

»Nicholas.«

»Und das sind Josés Schwestern. Zuerst einmal Juana, die jüngste, fünfjährig, dann die artige Luisa, sieben, die gescheite Elena, noch nicht ganz neun, und schließlich Bianca, die durchtriebene, der nichtsnutzige Schalk, zwei Jahre jünger als Paquita.«

Sie alle scharrten sich ohne die leiseste Verlegenheit um Nicholas, musterten ihn mit unverhohlener Neugierde, betasteten seine Krawatte, seine Hosenträger, seine Schnürsenkel, und bombardierten ihn mit Fragen.

»Wo kommst du denn her, fremder Junge?«

»Und warum besuchst du uns?«

»Wer, in Gottes Namen, bist du denn?«

Die letzte Frage, gestellt von der durchtriebenen Bianca, schien zuvörderst einer Antwort würdig.

»Ich bin der Sohn Mr. Harrington Brandes.« Die Worte wurden ihm im Munde steif. »Des Konsuls der Vereinigten Staaten in Spanien.«

»Eh . . . eh!« schrie Luisa erstaunt. »Der junge Señor americano! Der Sohn von Josés Herrn.«

Die Mädchen zogen sich ein wenig zurück, respektvoll eingeschüchtert, und begannen leise miteinander zu schwätzen. Nicholas wurde noch röter, denn natürlich war ja von ihm die Rede. Indessen kamen in diesem Augenblick José und seine Mutter aus dem Nebenzimmer, und aus ihren Gesichtern war, obwohl Maria noch immer verstört schien, zu erkennen, daß alles geordnet war.

»Kommt jetzt . . . alle zu Tisch!« Marias bedrücktes Gesicht entspannte sich, und sie lächelte ihm mit besonderer Freundlichkeit zu. »Ich hoffe, Nicholas, du wirst Olla podrida nach deinem Geschmack finden.«

Sie setzten sich rund um den Tisch, und Maria teilte bedachtsam aus, den großen Topf in ihrer weißen, aufgedunsenen Hand haltend – selbst die Nägel waren vom vielen Waschen gebleicht; jedem lud sie einen Teil von dem Eintopfgericht auf den Teller. José, der zu Häupten des Tisches saß, schnitt kräftige Scheiben von einem Laib schwarzen Brotes, wie Nicholas es damals beim Fischen (ach, wie weit lag das zurück!) gekostet hatte; Luisa, »die Artige«, sagte den frommen Dankspruch, und man begann zu essen.

Es gab weder Wein noch sonst irgendwelche Zutaten, und statt Butter wurde Olivenöl dünn auf das Schwarzbrot gestrichen. Das Fleisch in der Gemüsesuppe war dunkel und flachsig, gewiß von der billigsten Sorte, und reichlich war es auch nicht zugemessen, aber es war so schmackhaft, kräftig gezwiebelt und mit dunkelroten Klecksen von Pimento besprenkelt, daß Nicholas vermeinte, noch selten etwas so Köstliches gegessen zu haben.

Maria hatte sich selbst, wie sie bemerkte, nur wenig zugeteilt, und Pedro hatte mit der bescheidenen Gebärde eines, der seinen Platz wohl kennt, die Hand gehoben, als er meinte, es könnte ihm zuviel aufgelegt werden. Nur José, der hier im Hause den eigentlichen Mann abgab, wurde ein zweites Mal bedient.

Dem Beispiel der anderen folgend benützte Nicholas die übriggebliebene Brotrinde, um seinen Teller sauber zu machen; dann erhob sich Paquita, holte einen Tonkrug vom Herd und goß jedem eine Tasse heißen Kaffees ein. Das setzte Nicholas etwas in Verwirrung, denn er war wohl belehrt, daß ein solches Getränk Kindern nicht bekömmlich sei. Doch wollte er um keinen Preis von der Welt irgend etwas anderes haben als die übrigen, und so trank er wacker und ohne das Gesicht zu verziehen das üble Gebräu, das nach verbranntem Korn schmeckte.

Kaum war der Kaffee auf dem Tisch, so begann das Geplauder; und der Sohn des Konsuls, der an das Grabesschweigen gewöhnt war, das in dem heimischen Mahagonispeisezimmer zu herrschen pflegte, fand es wundervoll, daß hier an diesem Tisch alle zugleich redeten. Die Kinder, deren magere Körperchen eine ganze zappelnde Welt zu enthalten schienen, berichteten mit vielen Seitenblikken nach dem ungewohnten Gast von ihren Erlebnissen in der Schule; Maria schilderte Paquita ein Kleid, das sie in einem Schaufenster in den Arkaden gesehen hatte – ein wundervolles Kleid, magnifico –, während José, der es sich gemütlich gemacht und seine Jacke über die Sessellehne gehängt hatte, mit Pedro die Chancen der Revanchepartie Huesca gegen San Jorge erörterte. Und nun wurde Nicholas trotz seiner Scheu von seinem Freund ins Gespräch gezogen.

»Nun, was hältst du davon, amigo mio?«

Nicholas schöpfte tief Atem.

»Wenn du so spielst wie voriges Mal, dann kannst du dich auf den Sieg verlassen.«

Er zögerte, dann aber faßte er sich ein Herz und brachte einen Gedanken zum Ausdruck, den er lange schon gehegt hatte. »Du müßtest in einer großen Stadt spielen, José, und du müßtest eine Menge Geld dafür bekommen.«

José zeigte in einem breiten Lächeln seine Zähne.

»Nein, für eine große Stadt reicht es bei mir noch nicht. Außerdem würde ich dort gar bald ersticken, Ich brauche das freie Land, Nicco, frische Luft und das Fischen.«

»Wir Santeros sind von jeher Pelotaspieler«, erklärte Pedro wohlwollend, »aber wir spielen nur um die Ehre, nicht ums Geld. Josés Vater war ein berühmter Spieler ... das dort ist sein Foto.« Und er deutete auf das Bildnis eines untersetzten Mannes mit aufgezwirbeltem Schnurrbart und der Cresta. »Auch ich ... sogar ich bin, in aller Bescheidenheit, als Spieler öffentlich hervorgetreten.«

»Du warst der Beste von uns allen, Pedro«, versicherte José. »Einmal mußt du Nicco von deinem Match gegen Zaragoza erzählen.«

Der alte Mann schmunzelte geschmeichelt.

»Willst du etwa heute abend üben gehen?« fragte er. »Jaime hat sagen lassen, daß er dort sein wird.«

Aber José schüttelte, ohne zu zögern, den Kopf. Eine warme Glückswelle überflutete Nicholas, als sein Freund antwortete: »Heute abend bleibe ich bei Nicco. Holla! Ihr schnatternden Elstern da! Wie wär's mit einer Partie Estallido? Wir müssen diesem großen Amerikaner da zeigen, daß wir mehr können, als er denkt.«

Beifallsgeschrei begrüßte diese Anregung. Bianca lief zum Schrank und brachte ein Paket abgegriffener Spielkarten herbei. Alsogleich war der Tisch abgeräumt, und mit Ausnahme Marias, die sich abseits halten mußte, um Leinenzeug zu flicken, wandte sich die ganze Gesellschaft dem Spiele zu.

Es war ein nettes Spiel, das, sobald Nicholas erst einmal die einfachen Regeln erfaßt hatte, schneller und schneller von der Hand ging, mit lebhaftem Aufklatschen der Karten, mit aufgeregtem Geschrei Juanas und wildem Gelächter. Von draußen, durchs offene Fenster, drang der Lärm der Stadt herein, das Getrappel der Fußgänger, das Geschrei der Zeitungsjungen, die die Ausgabe der »Gaceta« ausriefen, Räderrollen und Glockenschellen.

Lichter flimmerten auf der Straße wie funkelnde Halsbänder und auf dem Teatro flammte in kurzen Pausen eine Lichtreklame auf. All diese strahlende Bewegtheit, dieser ermutigende Widerschein menschlichen Lebens, dazu die freundliche Munterkeit hier im Zimmer, übten ihre Wirkung auf Nicholas. Die Schatten des Alptraumes, die noch auf ihm lagen, wichen weiter und weiter zurück, bis sie fast ganz verschwunden waren. Wie ging das nur zu, daß er in dieser elenden Behausung, in der alles den Stempel der Armut trug, nach einer Mahlzeit, die nur den schieren Hunger gestillt hatte, unter diesen gewöhnlichen Arbeitsleuten so herzlich froh und unbekümmert war? Sein Denken setzte nicht aus, aber er nahm die Gelegenheit wahr und trank die Freude in tiefen Zügen. Seine Augen glänzten; sein Lachen wurde lauter, wenn er nach den Karten griff.

Sie spielten weit länger, als er es für möglich gehalten hätte, aber gegen neun, als wieder einmal eine Runde um war, ließ Maria ihre Näharbeit sinken und fragte freundlich von ihrem Sitz am Fenster herüber:

»Wollt ihr nicht jetzt Schluß machen? Es ist an der Zeit, zu Bett zu gehen.«

Gänzlich unvorbereitet saß Nicholas da, brachte den Mund kaum zu und starrte Maria ratlos an; eine Schwierigkeit, die er nicht in Erwägung gezogen hatte, tat sich vor ihm auf. Wie sollten sie alle in dem engen Raum dieser Wohnung schlafen? Das war unmöglich. Würden sie ihn also fortschicken? Sollte er zu dieser Nachtzeit nach Casa Breza zurückkehren?

Seine Miene war so eindeutig, daß José lachen mußte.

»Keine Sorge, Nicco. Ich hab noch nie einen Burschen gesehen, der sich so viele Sorgen macht. Höchst einfach ist das! Schau nur!«

Er lehnte sich in seinem Stuhl zurück, streckte den Arm aus und stieß die Tür zum Nebenzimmer auf. »Das Frauenvolk schläft da drinnen.«

Ein Blick in den Nebenraum zeigte Nicholas, daß zwei breite Messingbetten ihn fast ganz ausfüllten. Nun ja, bedachte er, wenn auch immer noch nicht ganz überzeugt, vielleicht war es doch möglich, daß sie alle dort Platz hatten.

»Aber was ist mit uns?«

José deutete auf Maria, die hinter dem Ofen einen quastenbehangenen Kattunvorhang zur Seite zog; eine viereckige Nische wurde sichtbar, in der ein Tafelbett stand, das sie eben frisch zu überziehen begann.

»Sonst schlafen Pedro und ich hier«, erklärte José unbefangen. »Heute aber werden wir es teilen ... du und ich. Pedro wird sich auf dem Diwan einrichten – das wirst du doch, altes Roß?«

»Zweifellos«, erwiderte Pedro gefällig. »Und ich werde mich sehr wohl dabei befinden.«

Nicholas rang mit seinem Atem. Er hatte in seinem Leben noch nie das Bett mit einem anderen geteilt, und bei dem bloßen Gedanken zog sich seine Haut zusammen. Doch schien niemand dieses Zögern zu bemerken. Die fünf Schwestern, von der Mutter angeführt, wünschten ihm gute Nacht – jede bot ihm die Hand und machte einen Knicks; dann zog die Truppe, Maria an der Spitze, ab.

Pedro stand auf, sah nach dem Wetter und verabschiedete sich für fünf Minuten, um noch einmal seine Beine zu strecken. José hatte sich von einem Stoß ein zerflatterndes Magazin mit einem grellbunten Umschlag gelangt.

Zögernd begann Nicholas sich zu entkleiden, legte seine Sachen säuberlich einzelweise auf den nächsten Stuhl. Eine außerordentliche Schüchternheit, die fast an Scham grenzte, hemmte seine Bewegungen. Eine neue furchtbare Schwierigkeit bedrückte ihn. José aber sprach, ohne aufzublicken, ein paar Worte, holte das Utensil unter dem Bett hervor, und Nicholas wandte sich damit ab. Nachdem dies geschehen war, fühlte er sich beträchtlich erleichtert. Maria hatte für ihn eine sonderbar geformte Nachtjacke, die bis zur Fadenscheinigkeit weißgewaschen war, bereitgelegt. Er schlüpfte hinein, knüpfte die langen Bänder um Hals und Taille, dann sprang er in das Bett, drückte sich gegen die Wand und lag ganz still.

Nun kehrte der alte Mann zurück, tappte im Raum

umher, sprach leise zu sich selbst, tat schließlich ein Stück Holz in den Herd. Dann war das Krachen der Sprungfedern zu hören, als er sich auf dem Diwan ausstreckte.

José saß noch ein wenig länger bei Tisch, blätterte in dem Magazin. Als er sich endlich erhob, gähnte er, kratzte sich versonnen den Kopf, beugte sich ein paarmal vor, um seine Muskeln zu entspannen, und legte dann die Schuhe ab. Dann drehte er das Licht aus. Eine Minute später lag er neben Nicholas unter der Decke.

Irgend etwas mochte ihn erraten lassen, daß sein Bettgenosse noch nicht schlief. Er flüsterte:

»Liegst du gut, amigo? Genug Platz?«

»Ja«, wisperte Nicholas.

Und allmählich löste sich der Körper des Knaben aus der steifen Haltung, in der er gegen die Wand gepreßt lag. Das Tafelbett war weich und bequem. Bald sank er in Schlaf.

12

Eine Stunde vorher verließ Harrington Brande, ohne von all diesen Ereignissen eine Ahnung zu haben, den Ostküste-Expreß im Hauptbahnhof von Barcelona. Selber seinen Koffer tragend, schob er sich hastig auf den Torbogen zu, der in das Estación-Hotel führte. Hier wies ihm ein gleichmütiger Hotelbediensteter ein Zimmer im zweiten Stock, das auf den Hinterhof hinausging, an. Es war keineswegs ein gutes Zimmer, aber seiner Gewohnheit entgegen legte Brande keinen Protest ein – dieser Raum verschaffte ihm wenigstens die Ruhe, nach der er mehr als nach irgend etwas anderem verlangte. In dem dichtbesetzten Abteil hatte er auf der ganzen Fahrt von Madrid her seine Gedanken nicht zu ordnen vermocht; jetzt aber saß er breit und schwer da, die Zähne aneinandergepreßt, die Stirn von tiefen, in Schmerz erstarrten Furchen durchzogen.

»Wünscht der Señor zu speisen?«

Brande sah den Mann, der ihn in das Zimmer geleitet hatte, gedankenverloren an.

»Nein. Ich will nichts.« Dann fiel ihm ein, daß er seit dem Frühstück nichts genossen hatte. »Oder doch ... bringen Sie mir etwas ... egal, was ... Kaffee und Schinken.«

»Sehr wohl, Señor.«

Als der Mann sich abwandte, hielt der Konsul ihn zurück.

»Halt. Sie können ein Telegramm für mich zur Post bringen.«

Er riß das Blatt ab, schrieb seine Botschaft darauf und gab es dem Zimmerkellner.

GARCIA VILLA BREZA SAN JORGE ABHOLT MICH MIT WAGEN BAHNHOF SAN JORGE FRÜHZUG SIEBEN FÜNFUNDVIERZIG MORGEN DIENSTAG HARRINGTON BRANDE

Dann sagte er in seinem herrischen Ton zu dem Zimmerkellner: »Sehen Sie zu, daß es sofort befördert wird. Und dann geben Sie Anweisung, daß ich um sechs Uhr geweckt werde.«

»Zuverlässig, Señor.«

Als die Tür geschlossen war, begann Brande in dem Zimmer auf und nieder zu gehen, die Fäuste geballt, die Brauen zusammengezogen; zum hunderstenmal fragte er sich, wie das zugegangen war, daß er sich durch den Wortlaut des offiziellen Briefes hatte täuschen lassen. Aber es war nur ein naheliegender Schluß, den er gezogen hatte, darum konnte er sich keinen Vorwurf machen. Und dennoch ... wie blind in seinem Zutrauen er gewesen war! Wenn er sich vorstellte, wie er vor seiner Abreise zu Decker und dem kleinen Nicholas gesprochen, wie er Luftschlösser auf Hoffnungen gebaut hatte, die sich als trügerisch erwiesen, brach ihm der Schweiß bitterer Beklemmung aus allen Poren.

Nur mit einer gewaltigen Kraftanstrengung raffte er sich zusammen; das Bewußtsein seiner Erschöpfung und der Anblick seines eingefallenen, unrasierten Gesichtes im Garderobenspiegel brachten ihn zu sich. Er öffnete seinen

Koffer, entnahm ihm einige Toilettenartikel und ging in das Badezimmer. Während das Wasser in die Wanne einlief, rasierte er sich; dann lag er geraume Zeit im heißen Wasser, als wollte er eine körperliche Schmach von sich abspülen.

Hernach, in Schlafrock und Pantoffeln, saß er vor dem Tablett, trank hastig zwei Tassen Kaffee und aß eine Schinkensemmel. Sein Appetit war rasch gestillt. Er stand auf und läutete dem Zimmerkellner, um abservieren zu lassen.

Der Mann kam und ging, endlich war der Konsul wieder allein, allein mit seinen Gedanken, mit der brennenden Erinnerung an seine Demütigung. Ein nervöses Zukken lief über sein Gesicht, als er sich wieder dem Schreibtisch zuwandte, ein paar Blätter auf der Löschpapiermappe zurechtlegte und nach der Feder griff.

»Estación-Hotel
Barcelona

Montag
22.30

Mein lieber Halévy,

ich schreibe direkt vom Hotel aus, getrieben von dem Wunsche, mich vor Ihnen – meinem Freund und Arzt – meiner Last zu entledigen, und von dem dringenden Bedürfnis nach Rat und Hilfe.

Sie haben ja wohl Kenntnis von den Ungerechtigkeiten, die meine dienstliche Laufbahn begleitet haben – in der Tat haben Sie mir oft genug Ihren Beifall dafür ausgesprochen, wie ich das alles mit Würde und Mut ertrage. Aus meinen Briefen wissen Sie wohl auch, daß ich mir Mühe gegeben habe, mich hier einzugewöhnen und aus meiner letzten Versetzung nach der Costa Brava das Bestmögliche zu machen. Hier erhielt ich nun vorigen Freitag eine Mitteilung Leighton Baileys, derzufolge George Tenney, der Erste Konsul in Madrid, einen lähmenden Schlaganfall erlitten hatte; mein sofortiges Eintreffen in der Hauptstadt wurde gewünscht.

Ich bin, wie Sie wohl wissen, lieber Halévy, kein eitler Mann. Es ist auch nicht meine Gepflogenheit, voreilig

Schlüsse zu ziehen. Sie mögen mir aufs Wort glauben, daß jener Brief so formuliert war, daß ich eindeutig daraus entnehmen mußte, ich sei zum Nachfolger Tenneys ausersehen. Mit aller erdenklichen Eile begab ich mich nach Madrid.

Als ich am Samstag dort eintraf, mußte ich zu meinem Erstaunen feststellen, daß ich Bailey nicht sofort erreichen konnte – er war übers Wochenende auf das Land gefahren. Und als er dann zurückkam, setzte er mich mit der Ankündigung in tiefste Verblüffung, daß ich nur als kurzfristiger Lückenbüßer herzitiert worden war. Herbert Meyer, bisher in Warschau, war als Nachfolger Tenneys bestellt, aber man werde mir dafür Dank wissen, wenn ich freundlicherweise das Büro weiterführte, bis Meyer ankam.

Ich brauche Ihnen nicht zu sagen, wie bitter mich dieser Schlag getroffen hat. Dennoch habe ich ihn nicht ohne Einspruch hingenommen. Ich wies mit einiger Deutlichkeit auf meine bisherigen Dienste, auf meine tadellose Conduite hin. Ich brachte zur Geltung, daß meine Beförderung an eine bessere Stelle längst überfällig sei. Ich verlangte kurzerhand, daß die Frage noch einmal in Erwägung gezogen werde.

Einen Augenblick lang, mein lieber Halévy, antwortete Bailey gar nicht. Dann sagte er: ›Nun, Sie haben ja eine ganz gehörige Meinung von sich.‹

Diese Unverschämtheit war mir denn doch zu arg. Ich stand auf, erklärte ihm in aller Form, ich hätte in San Jorge meine eigenen Aufgaben und darüber hinaus meinen kränkelnden Sohn, ein Familienband, das mich fesselte; und daß ich, wenn Tenneys Posten mir nicht zugedacht sei, bitten müsse, auf meinen weiteren Verbleib in Madrid zu verzichten.

Dieser Äußerung folgte Schweigen. Ich hatte einen Ausbruch von Unmut erwartet, aber zu meiner Überraschung begann Bailey zu lächeln, als ob aus undurchschaubaren Gründen sein abnormer Humor doch die Oberhand gewonnen hätte. Dann sagte er:

›Sie sind ein merkwürdiger Mensch, Brande. Komischer Vogel. Mir ist schon viel über Sie zu Ohren gekommen. Sie sind nachgerade ein Begriff geworden. Aber man muß Sie gesehen haben, damit man all das Zeug glaubt. Eigentlich müßte ich melden, was Sie mir da gesagt haben. Müßte einen Bericht schreiben. Aber ich werde es nicht tun. Fahren Sie heim nach San Jorge. Und versuchen Sie doch um Himmels willen, menschliche Gewohnheiten anzunehmen. Lassen Sie doch Ihre Geschraubtheit, überwinden Sie Ihren grandiosen Egoismus. Versuchen Sie doch mit der Entwicklung der Dinge ein bißchen Schritt zu halten. Avancieren werden Sie darum noch nicht, aber Sie werden wenigstens etwas mehr vom Leben haben.‹

Was konnte, was sollte man auf eine solche Tirade antworten? Ich verneigte mich kalt, machte kehrt und verließ den Raum. Ohne weiteren Aufschub reiste ich mit dem Elfuhrzug ab. Und nun, mein lieber Freund, da wäre ich, verstrickt in ein Wirrsal von Bitterkeit, Trostlosigkeit und gerechter Empörung, und so muß ich mich ganz Ihrer Güte anheimgeben und Ihrem Geschick als einem Heiler der Seelen.«

An dieser Stelle unterbrach sich Brande, jäh schwollen ihm die Adern auf der Stirn an. Konnte er so weiterschreiben? Doch, zu seinem eigenen Besten, wie sehr es ihn auch schmerzen mochte, er mußte. Wie oft hatte er sich in vergangenen Tagen auf dem Ruhebett des Professors in dem kleinen Ordinationsraum in der Rue des Capucines ausgestreckt, in den der Lärm der Straße nur gedämpft durch die schweren Portieren drang, und hatte Linderung in völliger, hemmungsloser Selbstoffenbarung gefunden! Mit geschlossenen Augen hatte er sich den gemurmelten Anweisungen des klugen Psychiaters unterworfen, der im Dunkeln hinter ihm saß. Jetzt fühlte er sogar auf die Entfernung das Bedürfnis nach solchem Zuspruch. Er preßte seine Zähne zusammen und nahm seine Schreibarbeit wieder auf.

»Was ich Ihnen sagen muß, mein lieber Halévy – sagen, obwohl ich dabei meine eigene Selbstachtung aufs Spiel setze, ist das folgende. Als Bailey diese verletzenden Worte sprach, überkam mich eine Art Betäubung, und ich hatte die seltsame, die grauenvolle Illusion, es sei meine Frau, die alles dies äußerte. In dem Nebel, in dem alles vor mir verschwamm, glaubte ich sie zu sehen, genau wie damals, als sie nachts allein im Regen aus ihrem Haus in der Dreiundzwanzigsten Straße in New York hervortrat. Ich hatte ihr aufgelauert, hatte mindestens zwei Stunden gewartet, überzeugt, daß sie den Besuch eines Geliebten empfangen habe. Als ich aus dem Schatten hervortrat, ihr in den Weg, und als das volle Lampenlicht auf ihr Gesicht, auf ihre ungläubigen Augen fiel, und als sie sagte ... aber nein, es hat keinen Sinn, daß ich mich weiter zerquäle, Sie erinnern sich ja des Vorfalles, ich habe ihn Ihnen vorbehaltlos enthüllt, damals, als ich mich zum erstenmal Ihrer Analyse unterwarf.

Sie sehen, lieber Freund, wie tief mich das alles aufgewühlt hat. Zweifellos haben Baileys beleidigende Worte keine ernste Bedeutung – sie sind ja zu absurd, um glaubhaft zu sein. Was aber ist von meiner Reaktion auf sie zu halten? Werden diese immer noch blutenden Wunden, die Sie allein kennen und so sanft zu lindern versuchten, nie mehr heilen? Wird mein unersättliches Verlangen danach, geliebt, zärtlich, leidenschaftlich, allein und ausschließlich geliebt zu werden, wird es nie in Erfüllung gehen? Oder soll ich immer einer von diesen Menschen bleiben, deren Schicksal es ist, von unterlegenen Geistern stets mißverstanden, falsch beurteilt, mißhandelt zu werden? Soll mir denn nie Anerkennung des Geistes und des Herzens werden?

Und wie, teurer Freund, soll sich die Zukunft gestalten?

Ich kann nicht abstreiten, daß ich in einem gewissen Ausmaße darauf erpicht bin, den Rang einzunehmen, der einem wirklichen Konsul zukommt. Darüber hinaus glaube ich, daß ich meinem ganzen Wesen nach geeignet und befähigt bin, die Pflichten und Funktionen auszuüben, die mit diesem Amt verbunden sind. Nichtsdestoweniger gibt es eine Grenze, über die hinaus man selbst das willigste Herz nicht zwingen kann, eine Grenze, an der wir uns ein feierliches Halt zurufen müssen.

Sie wissen, daß meine Arbeit über Malebranche so gut wie fertig ist; ich erwarte, daß ich sie der Welt binnen drei Monaten werde vorlegen können. Ohne Vermessenheit kann ich mich doch der Überzeugung nicht erwehren, daß dieses monumentale Werk, nun beinahe schon ein Teil meiner selbst, in den intellektuellen und philosophischen Kreisen beider Kontinente Aufsehen erregen wird. Wenn dem so ist, soll ich dann nicht lieber den Dienst quittieren und mich ausschließlich meiner literarischen Arbeit widmen? Ich verfüge über gewisse Mittel, die mich davor bewahren würden, in gemeine Abhängigkeit vom Publikum zu geraten. Vor allem aber habe ich die Wohlfahrt und die Interessen meines geliebten Sohnes im Auge zu halten.

In solchen Zeiten, mein lieber Halévy, wenn tiefe Kümmernis sich über unsere Seele herabsenkt, kann man Gott wirklich nur danken für den Segen, ein Kind wie Nicholas zu besitzen. Aus allem, was ich Ihnen unter dem Siegel des Berufsgeheimnisses über mich anvertraut habe, müssen Sie ja wissen, in wie hohem Maße mir die Tragödie meiner Ehe durch die süße, reine, überquellende Liebe ausgeglichen worden ist, die mein Sohn mir entgegenbringt. Wäre ich ein freier Mann – seine Feder kann man schließlich an jedem Ort der Erde gebrauchen –, so könnte sich das zugunsten der zarten Gesundheit meines Kindes auswirken. Wir könnten alle erdenklichen Kurorte aufsuchen, von denen zu erwarten stünde, daß sie seiner nervösen Konstitution zuträglich wären. (In der Tat könnte auch mein eigenes reichlich überanstrengtes Nervensystem daraus Nutzen ziehen.) Ich wäre dann in der Lage, mich ausschließlich dem Kinde zu widmen, es gerade in den schwierigen Jahren der Pubertätskrise vor feindlichen und schlimmen Einflüssen zu bewahren ... ach ja, es sorglich zu überwachen und das Aufblühen dieser meiner zarten Blume zu schützen.

Sie allein, mein lieber Doktor, können mir bei einer solchen Entscheidung beratend zur Seite stehen. Darum bitte ich Sie, den versprochenen Besuch in Casa Breza früher anzusetzen. Sie hatten den Juni als Zeitpunkt vorgesehen. Kommen Sie doch statt dessen jetzt oder wenigstens im Laufe der nächsten zwei Wochen. Ich will Ihnen einen königlichen Empfang bereiten. Sie sind ja doch nicht von den Dringlichkeiten einer gewöhnlichen Praxis abhängig. Einer Ihrer Kollegen wird gern so lange Ihre Klinik übernehmen. Versagen Sie sich mir nicht, lassen Sie mich nicht im Stich!

Es ist nun nahezu Mitternacht. Ich muß ein wenig Schlaf finden ... selbst wenn das bedeutet, daß ich vier von diesen Tabletten nehme, die Sie mir verordnet haben und deren Wirkung leider in letzter Zeit nachzulassen scheint. Gewiß habe ich genug geschrieben, um Sie zu überzeugen, daß ich Ihrer bedarf. Ich wiederhole: lassen Sie mich nicht im Stich. Ich erwarte mit Spannung in den nächsten Tagen Ihre Antwort. Mittlerweile werde ich mit Nicholas in Ruhe leben, werde meine Wunden lecken und versuchen, mich im Sonnenschein seines Lächelns zu erneuern.

Ihr getreuer und leidender Freund
Harrington Brande«

Den Kopf auf seine ausgestreckten Finger gestützt, saß der Konsul regungslos – starr bis auf das unmerkliche Zucken seiner Gesichtsnerven. Ein aufquellendes Selbstbedauern, dieses ihm so vertraute Gefühl seines Martyriums, durchtränkte ihn. Und doch fühlte er sich besser, weil er diesen Brief geschrieben hatte, fühlte sich befreit von einem Teil seiner Bedrängnis. Es war, wenn auch in geringerem Ausmaße, das gleiche Gefühl des Gereinigtseins, das ihn nach jenen kathartischen Sitzungen im Ordinationsraum des Professors überkommen hatte. Er seufzte, sein Kinn hob sich zu einer Gebärde wiedergewonnenen Mutes. Ohne Hast stand er auf, verließ das Zimmer und warf den Brief in den Rohrpostschacht am Aufzug.

Eine Stunde später war er mit Hilfe der Droge ins Vergessen des Schlafes gesunken.

13

Diesmal war der Zug der Küstenbahn pünktlich. Fünfzehn Minuten vor acht traf Harrington Brande am Morgen in San Jorge ein; Garcia erwartete ihn auf dem Bahnsteig. »Sie haben also mein Telegramm erhalten«, bemerkte der Konsul, überließ ihm den Koffer und schritt zum Wagen.

»Gewiß, Señor. Aber warum haben Sie mir nicht erlaubt, Sie von Barcelona abzuholen? Ich hätte doch, um bequemer zur Hand zu sein, nachts hinüberfahren können.«

Trotz seiner düsteren Stimmung empfand der Konsul eine vage Freude an der Aufmerksamkeit des Mannes – Garcia war in der Tat ein ungewöhnlicher Bursche. Nicht oft ließ Brande sich zu seinen Dienstboten herab, aber als Garcia ihm die Decke über die Knie breitete, sagte er:

»Sie dienen mir gut, Garcia ... darum ist es mir nur lieb, Ihnen meinerseits Anerkennung zu zollen.«

Sie fuhren ab. Die Straßen, noch neblig vom aufsteigenden Morgendunst, waren menschenleer, und so erreichten sie nach fünf Minuten die Auffahrt der Villa. Im angenehmen Gefühl des Heimkommens, in froher Erwartung empfand Brande, wie sich der Druck von seiner Brust löste, und stieg aus dem Wagen. Er hatte fast gehofft, Nicholas werde im Patio bereitstehen, um ihn zu begrüßen, aber das wäre, genau besehen, doch wieder ein Verstoß gegen die Regeln gewesen, die er selbst dem Knaben auferlegt hatte. Ernst, aber doch beflügelten Schrittes trat er in die Halle und stieg, von Garcia mit dem Koffer gefolgt, die Treppe hinauf. Zuerst trat er in seinen Schlafraum, legte den Reisemantel ab und wusch sich die Hände; dann eilte er im Drang frohen Vorgefühls zu der Tür, die in das Zimmer seines Sohnes führte. Kaum aber hatte er die Schwelle überschritten, da erlosch sein Lächeln, seine Augen waren verwundert, erschrocken. Wo war Nicholas? Versteckte sich der Knabe? Trieb er kindisches Spiel mit ihm? Nein. Das Bett war unberührt. Der Raum war leer.

Mit erregtem Gesicht wandte der Konsul sich um. »Garcia! Garcia! Wo ist mein Sohn?«

Der Mann stellte den Koffer behutsam ab, richtete sich auf und blickte mit undurchdringlichen Zügen auf eine Stelle, zwei Zoll unterhalb des Gesichtes seines Herrn.

»Ihr Sohn, Señor? Zu meinem Bedauern muß ich Ihnen melden, daß . . . daß er nicht hier ist.«

»Was?«

»Jawohl, Señor.« Der Diener sprach bedachtsam, als liebkoste er jedes seiner Worte zwischen den Lippen. »Gestern nachmittag . . . bevor Magdalena oder ich dazwischentreten konnten, ist er fortgelaufen.«

Harrington Brande starrte ihn an, seine erste Verblüffung stieg zu jähem Entsetzen.

»Aber wohin ist er gelaufen? Und mit wem?«

»Ich kann nicht genau sagen, wohin er sich gewandt hat, Señor . . . in die Stadt, nehme ich wohl an.« Garcia pausierte, in seinen Augen spielten Zungen dunklen Feuers, und in einem Ton, der kaum hörbar war, fügte er hinzu: »Er ist mit José gegangen.«

»José!«

Zwischen den Zähnen preßte der Konsul den verhaßten Namen hervor.

»Mit keinem andern als José, Señor. Lachend und schwatzend zogen sie davon . . . Arm in Arm.« Garcia nahm einen Ton falschen Beschwichtigens an. »Oh, keine Furcht, Señor! Sie werden heute morgen zurückkommen. Verlassen Sie sich darauf. Sie waren eben nur die letzte Nacht beisammen.«

Der Konsul fühlte, wie seine Beine unter ihm nachgaben – totenblaß ließ er sich auf den Rand des Bettes sinken. José war mit seinem Sohn weggegangen . . . gegen den ausdrücklichen Befehl . . . und das jetzt, da er geglaubt hatte, diese Sache sei beigelegt. Garcias Wendungen »lachend und schwatzend« . . . »Arm in Arm« . . . »nur die letzte Nacht beisammen« bohrten sich wie glühende Eisen in sein Gehirn. Er ballte in einem wahren Höllenfeuer der Wut die Fäuste; Haß und mißachtete Liebe flammten in seiner Brust. Großer Gott, dies mußte ihm geschehen, dies in der Stunde seiner härtesten Prüfung, jetzt, da er überquellend von väterlicher Zärtlichkeit heimgeeilt war, der kindlichen Zuneigung bitterer bedürftig als je zuvor! Bei diesem Gedanken bäumte sich etwas in ihm auf. Nein, nein, das war unglaublich ... das konnte, das wollte er nicht glauben.

»Garcia«, rief er in fieberhafter Erregung, »was Sie mir da sagen, ist einfach unmöglich. Mein Sohn mag wohl zu Mr. Decker gegangen sein. Es muß da ein Irrtum vorliegen.«

Der Diener beobachtete ihn aufmerksam aus seinen düster brennenden Augen, und in einer geheimen Ekstase des Hohnes zuckte er leicht die Achseln.

»Es kommt mir nicht zu, Ihnen zu widersprechen, Señor. Von mir hat man immer sagen können, daß ich den Platz, auf den ich gestellt bin, kenne. Und dieser Platz ist oft kein niedriger gewesen. Wenn Sie indessen meinen, daß ich von der Wahrheit abweiche ...«

»Nein, Garcia.« Brandes Blick suchte in seltsamer Abhängigkeit die Augen des anderen. »Das liegt mir ganz fern ... Sie stehen über jedem Verdacht. Aber ...«

Er brach ab, preßte die Hände gegen seine Schläfen.

»Es ist für den Señor ohne Zweifel schwer zu glauben.« Vom Argwohn des Konsuls befreit, schien Garcia in seiner Rolle vor dämonischer Lust zu beben. »Ich hege den allerhöchsten Respekt für den Señor und seinen Sohn. Es widerstrebt mir, dem Señor Schmerz zu bereiten. Wenn es indessen darauf ankäme, Beweise zu erbringen ...«

Als Harrington Brande mit unsäglicher Mühe den Kopf hob, hielt Garcia ihm ein zerknittertes Stück Papier entgegen.

»Das, Señor, hab ich zerknüllt im Garten gefunden. Und noch andere. Aber dies mag wohl genügen.«

Mechanisch nahm der Konsul das Papier, aber so gestört war seine Sicht, daß er das Bleistiftgekritzel kaum zu entziffern vermochte – nur das Wort »liebe« sprang ihm in die Augen. Um Zeit zu gewinnen, suchte er umständlich nach seinen Gläsern. Sein Herz war bleischwer, als er sie aufsetzte.

»Ach, bester José, wie sehr liebe ich es, mit Dir zusammenzusein, jede freie Minute . . .«

Er las das ganze Blatt durch – in einer seltsam automatischen Ruhe las er all diese zärtlichen Botschaften, die so spielerisch heiter zwischen José und seinem Sohn hin und her gegangen waren. Zuerst stieg eine leichte Röte in seine Schläfen, bald aber wich sie einer fahleren Blässe als zuvor. Er fühlte sich betäubt, hatte ein leeres Gefühl im Magen, aber aus dieser Öde stieg ein rasender, erstickender Zorn hoch.

Ein leichter Aufruf Garcias drang durch den rostfarbigen Nebel, der um Harrington Brande wogte.

»Da kommen sie eben heim, Señor.« Der Diener wies durch das Fenster. »Sehen Sie nur . . . da, im Garten!«

Eine Pause folgte. Dann sagte der Konsul:

»Ich danke Ihnen, Garcia. Ich brauche für den Augenblick nichts mehr. Ich werde meinen Sohn sofort sprechen.«

Doch blieb er einige Minuten sitzen, nachdem der Bediente gegangen war; dann erhob er sich steif und füllte in tiefem Aufatmen seine Lungen. Unerklärlicherweise brachte er es nicht über sich, aus dem Fenster in den Garten zu blicken. Er wandte sich ab und stieg langsam die Treppe hinunter. Als er die Halle erreichte, ging das Tor auf und mit einer Flut von Sonnenlicht trat Nicholas ins Haus.

Sofort sah er seinen Vater, erschrak sichtlich und blieb mit einem unterdrückten Aufschrei stehen. All das Strahlende erlosch in seinen Augen. Dagegen bedeutete es nichts, daß der Knabe nun mit einem Lächeln der Begrüßung näher trat. Der Konsul hatte im Gesicht seines Sohnes die erste Regung der Furcht gelesen, und sein Herz trommelte einen neuen Wirbel.

»Guten Morgen, Nicholas«, sagte er mit erstorbener Stimme.

»Guten Morgen, Vater«, stammelte der Knabe.

»Hast du schon gefrühstückt?«

»Ja, Vater.«

»Ah! Dann bist du ja glücklicher dran als ich. Vielleicht

ist es dir, wenn du nichts Besseres zu tun weißt, recht, bei mir zu sitzen, während ich mein Frühstück nehme.«

Er ging zum Speisezimmer voraus, von Nicholas gefolgt, und nahm den Platz am Tisch ein, auf den Garcia jetzt das gewohnte Tablett mit Kaffee, Semmeln und Früchten niedersetzte. Der Konsul goß sich mit einer Hand, die unglaublicherweise nicht zitterte, eine Tasse Kaffee ein. Er hatte seinen Sohn nicht aufgefordert, sich zu setzen, und der Knabe stand ihm gegenüber wie ein Angeklagter vor Gericht. Nachdem Garcia sich davon überzeugt hatte, daß alles in Ordnung war, zog er sich zurück. »Als ich heute morgen ankam«, begann der Konsul, »hoffte ich – voreiligerweise allerdings –, du würdest zur Stelle sein, um mich zu begrüßen.«

»Aber, Vater ... ich wußte ja nicht, daß du so bald zurückkommen würdest.«

»Offenbar wußtest du das nicht.« Brandes Lippen verzogen sich krampfhaft. »Aber lassen wir das beiseite. Wo bist du gewesen?«

»Bei José.«

»Du hast die Nacht bei ihm verbracht?«

»Ja, Vater.«

Der Konsul brach eine Semmel.

»Und ich dachte, du hättest mir dein Wort gegeben, nicht mit ihm zu sprechen?«

»Ich tat es auch nicht, Vater, zuerst nicht. Und dann redeten wir ein wenig.« Die Augen des Knaben wurden feucht. »Aber dann konnte ich nicht anders. Ich war so allein ... und hatte solche Angst.«

»Wahrhaftig. Angst vor wem, wenn ich fragen darf?«

Unter den langen Wimpern stahl sich ein scheuer Blick nach der Küchentür. Sehr leise antwortete Nicholas:

»Vor Garcia, Vater.«

»Was!« Der Konsul fuhr auf, seine Miene war empört. »Wie kannst du mich so anlügen?«

»Ich lüge nicht, Vater. Er hat mir Angst eingejagt. Dann aber hat Magdalena mich gebeten, dir nichts davon zu sagen. Das ist der Grund, warum ich mit José nach Hause gegangen bin, Vater. Bitte, glaub mir doch!«

»Ich glaube dir nicht«, antwortete Brande ernst. »Du hast dir diese absurde Geschichte nur ausgedacht, um mich zu täuschen.«

»Nein, Vater. Bitte, glaub mir.« Tränen liefen über Nicholas' Nase und Wangen. »Wenn ich es dir sagen muß . . . Garcia war schrecklich. Er hatte ein Messer. Er hat damit meinem kleinen Fisch den Kopf abgeschlagen. Das Blut lief auf den Tisch. Ich dachte, nun werde er mich auch töten. Verstehst du denn nicht, Vater? Er ist nicht so, wie er sich stellt . . . er treibt nur seinen Spott mit uns, die ganze Zeit. Er ist böse und hinterlistig, ja, er ist nicht gut wie du und José.«

»Wie kannst du es wagen, uns in einem Atem zu nennen!« rief der Konsul, dem das Blut zu Kopf stieg.

Nicholas erstarrte, löste seinen Blick von dem aschgrauen Gesicht des Vaters und brach in wildes Schluchzen aus.

»Jetzt weißt du wohl nicht mehr weiter?« fragte Brande heiser. »Messer und Blut und abgehackte Köpfe. Jemand hat dir das eingegeben . . . nur um Garcia zu verleumden. Ich dulde das nicht. Garcia ist über jeden Vorwurf erhaben, ein durchaus verläßlicher Mensch, weit überlegen diesem . . . diesem Kerl aus der Hefe, aus der Gosse.«

»Nein, Vater«, schluchzte Nicholas. »José ist gut.«

Der Konsul war von einer Wut geschüttelt, die gleich den Wogen von Äther durch seinen Kopf wallte. Er mußte sich an die Armstützen seines Sessels klammern, um sich selbst in Schach zu halten – verzweifelt an seine einzige Stütze klammern, an diesen Thron des Inquisitors.

»Dein Freund ist also gut? Du hast ihn gern?«

»Ja, Vater.«

»Man könnte sagen, du liebst ihn?«

Der Knabe nickte unter Tränen.

»Heißt es nicht, daß wir alle Menschen lieben sollen?«

Der Konsul fuhr zurück, als hätte ihn eine Viper gebissen.

»Keine Ausflüchte. Sag jetzt – wo warst du mit ihm heute nacht?«

»Bei ihm zu Hause.«

»Wo ist das?«

»In der Calle Corriente.«

»Oh? Im übelsten Elendsviertel von San Jorge.«

»Oh, so ist das nicht, Vater. Es ist sehr sauber dort. Man sieht auf die Berge hinaus, und an den Wänden sind Kästen mit Schmetterlingen und Kolibris. José hat die Schmetterlinge selbst gesammelt ... auch selber präpariert ... und auch die Kästen hat er selbst gemacht. Und es hat Olla podrida gegeben, die beste Gemüsesuppe, die ich je gegessen habe, Paquia hat sie gekocht ... Maria hat keine Zeit, sie hat so viel im Waschhaus zu tun. Und der alte Pedro kann doch nichts anderes mehr als stricken ...«

Er wurde unsicher; ein Blick auf das Gesicht des Vaters ließ ihn erstarren. Er begriff nicht, daß er in seinem kindischen Bemühen zu erklären, zu gewinnen, die Flammen in der Brust des Konsuls zu noch tollerer Hitze angefacht hatte. Er begann wieder zu weinen.

»Sehr angenehm für deinen Vater zu erfahren, wie weit die Vertraulichkeit zwischen dir und diesem Gesindel bereits gediehen ist.« Seine Stimme wurde schwer. »Weiter, was war dann?«

Von Schluchzen geschüttelt, schöpfte der Knabe tief Atem.

»Dann haben wir Estallido gespielt ... das ist ein Kartenspiel ...«

»Wer hat gespielt?«

»Wir alle.«

»Wen meinst du mit ›wir alle‹?«

»José und Pedro ... und ich ... und Paquita, Juana, Luisa, Elena und Bianca. Nein, Vater, das hab ich vergessen, Maria hat nicht mitgespielt. Sie hat frische Überzüge für das Bett zurechtgemacht.«

Die Gestalt im Sessel wurde steif.

»Für welches Bett?«

»José und meines.«

Das Gehirn des Konsuls lief ab wie eine Haspel. Er neigte sich leicht vor, als böte er seinen Kopf einem neuen Schlag dar.

»Du und er . . .«, flüsterte er heiser, dann brachte er nichts mehr hervor.

Ein Schweigen folgte – so grenzenlos und so tot, daß sogar das Schluchzen des Kindes darin erstarrte. Unwillkürlich begann Nicholas zu zittern. Von seinen Tränen geblendet, sah er die Erscheinung seines Vaters sich ins Unendliche vergrößern, wie er da mit talgweißem Gesicht vor ihm saß.

»Was . . . was hab ich denn getan, Vater?«

Der Konsul stand auf, zerrte an dem steifen makellosen Kragen, der seinen Hals einengte, tat ein paar Schritte, fürchtete zu schwanken. Er stützte sich auf das Kaminsims, sagte mit abgewandtem Kopf und gewürgter Stimme:

»Du mußt jetzt gehen . . . geh fürs nächste in dein Zimmer. Wir sprechen uns später.«

Wieder ein Schweigen, noch leerer, noch entsetzlicher in seiner Unfruchtbarkeit als das erste. Lange noch, nachdem sein Sohn hinausgegangen war, stand Brande so gebeugt, wilden chaotischen Gedanken überlassen, an dem verödeten Kamin. Zuletzt löste sich das Aufatmen eines Entschlusses von seinen trockenen Lippen. Ja . . . das war das Beste, der einzige Ausweg. Ein Mann konnte noch so tüchtig, noch so sehr allen Schwierigkeiten gewachsen sein, es gab dennoch Situationen, in denen er kundige Hilfe suchen mußte.

Schwer, als müßte er sich schleppen, schritt der Konsul quer durch die Halle zum Salon, setzte sich an den kleinen Schreibtisch im Alkoven, nahm seine Feder und schrieb:

PROFESSOR EUGÈNE HALÉVY 219 RUE DES CAPUCINES PARIS KOMMEN SIE BITTE UNBEDINGT SOFORT ES IST LEBENSWICHTIG UND DRINGEND HARRINGTON BRANDE

Er läutete, und als Garcia eintrat, schob er ihm das Blatt hin.

»Nehmen Sie den Wagen und bringen Sie dieses Telegramm gleich zur Post.«

»Jawohl, Señor.«

Brande blieb in dem Alkoven sitzen. Das Rattern des anlaufenden Wagens hatte etwas Beruhigendes, Festigendes. Dann hob der Konsul den Kopf; sein Blick schweifte in den Garten hinaus, und die Flamme in seinem Herzen sprang wieder hoch, drohte ihn zu ersticken.

Der Gärtner stand am Ende des Rasens, nackt bis zum Gürtel, der goldfarbene Torso im Sonnenlicht leuchtend, und schwenkte mit leichten, regelmäßigen Bewegungen die Sense. Fasziniert, kaum des Atmens mächtig, beobachtete Brande den kraftvollen Rhythmus; jede Bewegung schnitt ihm ins Fleisch. Seine Finger wurden vom Schweiß des Hasses feucht, glitten an der Feder ab. Er merkte es nicht. In einen Wirbel gezogen starrte er hinaus, die Pupillen geweitet, Dröhnen in den Ohren, sah diese schimmernde Sensenklinge, die in vollendetem Bogen schwang, schwang wie ein türkischer Krummsäbel, schwang über den fernen blauen Bergen.

14

Binnen vier Stunden langte die Antwort aus Paris in der Casa Breza ein.

ANKOMME MORGEN SIEBZEHN UHR DREISSIG EMPFEHLE BIS DAHIN VOLLE RUHE ERGEBENST HALÉVY

Der Professor hielt Wort. Als am nächsten Tag der Nachmittagszug ratternd in die Station San Jorge einlief, entstieg ein kleiner Mann flink dem Wagen und nahm Harrington Brandes ungelenke Finger in seine schmalen, weichen Hände; er hatte präzise Bewegungen und etwas fast Priesterliches in seinem Gehaben, in dem blassen Gesicht saßen kleine, aber durchdringende, tiefliegende Augen; sein Kinn zeigte den stark zugestutzten Ansatz eines Spitzbartes; er trug ein dunkles Reisecape und einen verbeulten schwarzen Hut.

»Armer Freund!« Mit einem einzigen raschen Blick

umfaßte er die ganze düstere und bedrückte Erscheinung des Konsuls und seine Miene schien zu sagen: Da bin ich – und somit ist alle weitere Sorge überflüssig.

Das Wetter hatte eine starke Abkühlung gebracht, und als sie im Wagen saßen und davonfuhren, fiel ein schwacher Regen, verschleierte den Hafen und verdunkelte das regungslos graue Meer.

»Ich habe Ihren Brief erhalten.« Halévy machte diese Bemerkung, ohne den gerade vorwärtsgerichteten Blick dem Konsul zuzuwenden. »Hat sich die Situation inzwischen verschlimmert?«

»Sie ist unendlich schlimmer geworden.« Brande wollte bereits weitersprechen, nachdem er diese einleitenden Worte leise und gepreßt hervorgestoßen hatte, aber Halévy hielt ihn zurück, indem er mit autoritativer Gebärde die Hand auf das Knie des Freundes legte.

»Nicht jetzt, mein Lieber. Wir haben Zeit genug dazu. Jetzt entspannen Sie sich. Ich stehe Ihnen so lange zur Verfügung, als es notwendig sein mag.«

In diesem erzwungenen Schweigen erreichten sie die Villa, fuhren zwischen triefenden Mimosensträuchern hinan, deren zartes Gezweig, mit Kristalltropfen besetzt, müde herabhing. Die Felsenküste war in gespenstischen Nebel gehüllt, über den Bergen hingen dunkle Wolken. Die Luft, von vielfältigem Geflüster belebt, war voll vom leisen Rauschen unsichtbarer Wasserläufe, die in der nassen und doch unersättlichen Erde verrieselten und versikkerten, und von fern her, durch den Nebel, der über dem Meere lag klang der melancholische Klagelaut des Muschelhorns einer Fischerbarke, steigend und fallend – immer wieder, zuweilen ganz verklingend, entschwindend wie ein verblassender Stern, in äußerster, trostlosester Verlassenheit.

Im Hause aber waren vielerlei Vorbereitungen getroffen. Feuer brannte im Speisezimmer, im Salon und oben in dem großen Gastzimmer; Wärme und der würzige Duft des Zedernholzes füllten die Luft. In der Küche rumorte Magdalena, und Garcia glitt mit lautlosen Schritten wohl ein dutzendmal treppauf, treppab.

Das Dinner für zwei Personen, um acht Uhr serviert, war der Vollendung so nahe, daß der Professor – der trotz seinem priesterlichen Gehabe keine Abneigung gegen Tafelfreuden hegte – den Konsul zu seiner Köchin beglückwünschen und sanft tadeln konnte, weil er ihrer hohen Kunst nicht genügend Achtung zolle. Nur gelegentlich, während er im Schimmer der Kerzen seine spanische Languste verzehrte, richtete er einen unauffällig beobachteten Blick auf seinen Gastgeber, wohl der Schwere von Brandes Leiden gewahr, aber zugleich entschlossen, nichts zu überstürzen; gelassen hielt er an seiner Methode ruhiger Beobachtung fest, blieb wie immer Herr der Situation.

Eugène Halévy war der Sohn eines Brester Hafenkrämers. Vor etwa zwanzig Jahren war er, ein ungehobelter, unausgewachsener Bursche aus der Provinz, nach Paris gekommen, um Medizin zu studieren. Nach einigen Fehlschlägen bei den ersten Prüfungen hatte er sein Ärztediplom erlangt. Damals stand Charcot auf der Höhe seines Ruhmes, und unter den vielen Studenten, die sein Glanz anzog, war auch der junge Halévy. Er versäumte keine der Vorlesungen des großen Mannes, frequentierte häufig die Krankensäle der Salpetrière, und nachdem er mit knapper Not die Zulassung erlangt hatte, ein paarmal bei den berühmten Demonstrationen von Massenhysterie zu assistieren, gewann er die Klarheit, daß er sich auf die Psychiatrie spezialisieren mußte.

Von einer gewissen provinzlerischen Schläue abgesehen, die ihn befähigte, die Phrasen und Gebärden seines Vorbildes nachzuahmen, besaß Halévy keine besonderen Qualifikationen zu dieser Tätigkeit. Doch kam ihm ein bescheidenes väterliches Erbteil zunutze, um nach Wien zu gehen, bei Jung zu studieren, dann zwei Semester in Heidelberg zu verbringen und schließlich achtzehn Monate in der großen mecklenburgischen Landesirrenanstalt zu hospitieren. Als er nach Paris zurückkehrte, nahm man ihn um dieser im Ausland erworbenen Kenntnisse willen in den Ärztestab des Institut Nervosthénique, einer kleinen Klinik in Passy, auf. Gleichzeitig begann er an der Akademie für geistige Hygiene Vorträge von halb populär-wissenschaftlichem Charakter zu halten. Allmählich gewann er eine kleine Klientel, darunter die üblichen Neurotikerinnen, Grenzfälle und malades imaginaires. Seine Allüren waren, wie ja zu erwarten stand, sicherer, sein Blick schärfer geworden; seine Hände wußten zuzugreifen; er legte sich eine feierlich dunkle Kleidung zu, die ihm, dem eingefleischten Junggesellen, etwas von einem gelehrten Abbé gab. Meister in diesem Hokuspokus, gedieh er von Tag zu Tag mehr, schwoll an von all diesen Ängsten und jammervollen Geständnissen, die ihm in die Ohren geflüstert wurden. Er lernte grausam zu sein, mit einem einzigen Wort Geheimnisse zu entreißen, mit einem gewissen düsteren Ernst Paradoxa zu äußern und Anweisungen zu erteilen, die in einem seltsamen Gegensatz zu seiner dürftigen Erscheinung standen.

Als er einmal im Sommer seine Ferien in Knocke verbrachte, machte er die Bekanntschaft Harrington Brandes, der damals in jenem berühmten belgischen Kurort seinen Dienst versah. Der Konsul, der gerade wieder an einer seiner periodischen Melancholieanwandlungen litt, hatte in einem raschen Impuls – dem glücklichsten seines Lebens, wie er später erklärte – den schicksalhaften Entschluß gefaßt, den Pariser Psychiater zu konsultieren. Sofort trat eine innere Affinität zwischen den beiden, im Temperament so verschiedenen, im Typ so ähnlichen Männern zutage. Und seither hatte Brande oft seinen neuen Hausarzt aufgesucht, der da allein ihm Linderung zu schaffen schien. Aus den langen Sitzungen in der Rue des Capucines erwuchs eine haltbare Freundschaft zwischen dem würdebewußten, vom Leben zurückgesetzten Beamten und dem kleinen Priester einer trügerischen Religion, der ihm nach dem Ritus seiner Wissenschaft seine geheimste Beichte abhörte und gar bald zu seinem Herrn und Meister wurde.

Nach dem Dinner begaben sich die beiden Männer in den Salon und ließen sich zu beiden Seiten des Marmorkamins nieder. Das Gaslicht brannte gedämpft in dem Luster, der weite, dekorative Raum war von den züngelnden Flammen des Kaminfeuers gerötet, deren Reflexe wie Scharen von Phantomen auf den unechten Tapisserien, den lächerlichen Konsolen, den goldplattierten Serpentintischchen geisterten. Halévy, der begriff, daß die Grenze erreicht war und daß sein Freund nicht länger zurückgehalten werden konnte, gab mit einem vielsagenden, fast gebieterischen Kopfnicken das Zeichen der Einwilligung. Tief in seinen Fauteuil versunken, neigte er den Kopf in seine schmale Hand hinab, die Augen halb verdeckend, ein Priester in seinem Beichtstuhl, bereit, zuzuhören.

Sofort begann der Konsul zu sprechen, sein Bericht brach aus ihm hervor; vom ersten Wort an ersparte er sich nichts, schonte sich nicht, sprach rückhaltlos und ohne Erbarmen. Der Professor beobachtete ihn, ohne es merken zu lassen, zwischen den Fingern hindurch, ließ sich keine Regung des anderen entgehen, und obwohl sein Gesicht nur einen berufsmäßigen Gleichmut zeigte, hatten seine tiefliegenden Augen doch etwas von der Schärfe des Chirurgenmessers. Doch als Brande schließlich aus der Tasche seines bortenbesetzten Samtjacketts ein bekritzeltes Stück Papier hervorzog und dem Arzt reichte, maskierte sich der gespannte Blick unverzüglich. Der Konsul strich sich in nervöser Unrast über die feuchte Stirn, Halévy aber setzte umständlich seinen goldgeränderten Zwicker auf und las aufmerksam zweimal das Schriftstück. Dann schürzte er die Lippen, ließ das anämisch blasse Zahnfleisch sehen und nickte.

»Guter Freund«, sagte er schließlich in gewichtigem Ton, »ich will nicht abstreiten, daß ich diese unliebsame Geschichte in ernstem Licht sehe. Wäre ich Ihnen weniger eng verbunden, so könnte ich mir darüber wohl mit einer bagatellisierenden Glosse hinweghelfen. Hätte ich eine geringere Meinung von Ihrer Intelligenz, dann wäre ich vielleicht versucht, gewisse dunklere Aspekte der Angelegenheit außer Betracht zu lassen. Doch Sie sind mein Freund, selbst ein Mann von hohem Wissen, und nicht nur ein Vater, sondern auch ein allen Problemen gewachsener Weltbürger. Sie wissen, daß Unrat selbst dort, wo wir ihn am wenigsten vermuten, zu finden ist. Daß die köstlichen Blumen aus dem Dung aufwachsen; daß der klarste Waldsee, auf dessen Spiegel Wasserlilien schwimmen, auf seinem Grunde Schlamm birgt.«

Der Konsul wollte sprechen, aber bevor er Halévy unterbrechen konnte, fuhr dieser unerbittlich fort:

»Unschuld, lieber Freund – was ist Unschuld? Wir Psychiater können über dieses abgeschmackte und alberne Wort nur lächeln – über diese sentimentale Schutzmaske eines veralteten Glaubens. Liegen nicht täglich frisch eiternde Wunden offen vor unseren Augen, empfangen wir nicht täglich neue Beweise der menschlichen Erbärmlichkeit? Sind wir nicht alle die Sklaven unserer Körper, die Opfer all der Schrecken und all des Grauens, die unsere Begierden entfachen? Wie denn?! Schon die ersten unwillkürlichen Regungen des Kindes, die ersten Bewegungen, mit denen es sich an etwas anklammert, es umfängt . . . die sinnliche Wildheit, mit der es sich auf die Mutterbrust stürzt . . .« Er unterbrach sich mit einem gleichmütigen Achselzucken. »Gerade in dieser Lebensperiode, in die Ihr Sohn nun eintritt, stehen wir dunklen Mächten gegenüber, seltsamen Zwängen und geheimem Drängen . . . Es ist natürlich ein arges Mißgeschick, daß gerade in einem solchen Augenblick diese unerwünschte Freundschaft mit einem älteren Jungen, einem Spanier noch dazu, entstanden ist.«

Der Konsul stöhnte; seine Fingernägel bohrten sich in die Handteller.

»Sie glauben aber doch nicht, daß Nicholas ernstlich Schaden genommen hat?«

»Ich fürchte in der Tat, daß ihm Schaden zugefügt worden ist«, antwortete Halévy gleichmütig. »Wieviel oder wie wenig, das zu enthüllen ist meine Aufgabe.«

»Zu enthüllen?«

»Ohne Zweifel. So sehr ich es bedaure, ich werde Ihren Sohn einer Analyse unterziehen müssen.«

Brande schrak zurück; jähe Abwehr ließ sein ganzes Wesen sich sträuben.

»Bedenken Sie nur . . .«, protestierte er stammelnd, »der Kleine ist so jung, er ist im Augenblick so außer sich, sein Nervensystem so empfindlich . . .«

Halévys Blick ruhte kalt auf dem Konsul.

»Bezweifeln Sie mein berufliches Geschick?«

»Nein . . . bester Freund . . . nur . . . gewiß, wenn Sie es für nötig halten . . .«

»Für unumgänglich notwendig. Eine Notwendigkeit, die uns aufgedrungen worden ist.« Der Professor sprach mit Schärfe, fast beleidigt. »Wie anders als durch eine Erforschung des Unterbewußtseins können wir enthüllen, was in diesen gefährlichen Nachtstunden geschehen ist?«

»Halten Sie ein . . . Halévy.« Der Konsul preßte sich die Hände an die Schläfen, als fürchtete er, sein Kopf müsse zerspringen.

»Nun, nun, mein Freund«, beschwichtigte Halévy mit einer Art wohlwollender Herbheit. »Wir sind ja keine Kinder mehr.«

»Nein«, stammelte der andere überwältigt und blickte zu Boden. »Immerhin . . . Sie kennen meinen eigenen Gesundheitszustand . . . Sie wissen, was ich bereits durch meine Ehekatastrophe durchgemacht habe . . . die Mühsale und Engpässe meiner amtlichen Laufbahn . . . das langausgedehnte schöpferische Ringen meiner literarischen Arbeit . . . und vor allem diese Liebe, die ich meinem Sohn entgegenbringe, dieses Gefühl über allen anderen Gefühlen . . .«

»Sie mögen versichert sein, daß ich so behutsam sein werde, wie ich nur kann«, unterbrach ihn Halévy nüchtern. »Ich bin schließlich nicht unerfahren.«

»Ich vertraue Ihnen voll, teurer Freund.« Brande war jetzt in seiner Sorge am Rande der Verzweiflung. »Es ist die freche, schamlose Verwegenheit dieses Burschen, die mich ganz außer Rand und Band bringt.«

»Sie haben ihn nicht entlassen?« fragte Halévy schnell.

Der Konsul schüttelte wehrlos den Kopf.

»Das ist gut«, antwortete der Professor beifällig. »Zweifellos werden wir ihn einem strengen Verhör unterziehen. Vielleicht ergibt sich die Notwendigkeit, auch Ihre Hausangestellten zu befragen. Haben Sie dagegen einen Einwand?«

»Nicht den geringsten. Es sind vortreffliche Leute. Das Paar ist einwandfrei. Nur dieser andere ... dieser José ...«

Als er den Namen aussprach, überkam ihn von neuem Wut und Haß. Er beugte sich vor, seine Augen brannten, seine Faust fiel mit mörderischer Wut auf die Armlehne des Sessels, und er schrie:

»Er muß bestraft werden.«

Der Professor neigte den Kopf, warf noch einmal einen forschenden Blick, der sich wie ein Fangarm ausstreckte, auf sein Gegenüber und wandte sich dann ab. Einen Augenblick lang saß er still, die Fingerspitzen gegeneinanderpressend; ein seltsames Lächeln ließ die Falten auf seinen gelben Wangen spielen ... das müde Lächeln eines, der die verhülltesten Geheimnisse der Menschennatur kennt, der ein bevorzugter Zeuge ihrer Maskierungen ist, ein Hüter der Seelen ...

»Lieber Freund ... Sie haben ohne Zweifel gut getan, mich herbeizurufen.«

15

Am nächsten Morgen hatte es aufgehört zu regnen, der Himmel erstrahlte in halkyonischem Blau, die erfrischte Erde wärmte sich im Glanz der strahlenden Sonne. Für Nicholas, der von seinem Schlafzimmerfenster aus bedrückt in den Garten hinabspähte – er hatte den Mut aufgebracht, es ein wenig zu öffnen –, schien die balsamische Luft, süß geschwängert von den zarten Düften, die in der Alchimie des Rasens destilliert waren, eine Verheißung besserer Zukunft zu enthalten. Vielleicht würde er heute aus der Verbannung in sein Zimmer erlöst werden. Nun, da Professor Halévy eingetroffen war – Nicholas hatte am Abend mit beherrschter Neugier die Geräusche der Ankunft und der Begrüßung belauscht –, nun würde Vaters Groll sich gewiß mindern. Immer war der Konsul bei bester Laune, wenn er sich in Gesellschaft des Pariser Arztes befand.

Mittlerweile hatte Nicholas ohne sonderlichen Appetit das Frühstück verzehrt, das ihm wie gewöhnlich auf einem Tablett hereingebracht wurde, hatte Hemd und Hose angelegt und wartete gespannt auf das Zeichen, das José ihm vom Geräteschuppen herüber geben sollte – eine rasche Winkbewegung des Armes zum Fenster heraus, die in diesen zwei Tagen erzwungener Trennung das einzige Verständigungsmittel zwischen ihnen gewesen war. Und doch, dieses ermutigende Zeichen, so voll Bedeutung und freundschaftlicher Zuneigung, genügte, um heilsamen Trost in das Herz des Knaben zu gießen. Er wußte, daß José ihn nicht vergessen hatte. Und das genügte. Was immer ihm selbst geschehen mochte – neue Krankheitsbeschwerden, die Erfüllung von Garcias gräßlichen Drohungen, selbst die Heimsuchung durch Vaters Zorn – nichts bedeutet etwas, solange José sein treuer, herzinniger Freund blieb.

Es war jetzt fast zehn Uhr. José, der den vom Regen aufgewühlten Gartenweg mit dem Rechen bearbeitete, kam mählich an den Schuppen heran, hinter dem er gegen die Fenster des Erdgeschosses gedeckt war. Nicholas' Puls ging im Vorgefühl des Kommenden bereits schneller, als er auf dem Korridor Schritte hörte. Fast unmittelbar darauf wurde die Tür geöffnet und Vater und Professor Halévy traten ein. Der Knabe wandte sich um, in Abwehr, und sein jähes Erröten ließ ihn schuldbewußt erscheinen.

»Guten Morgen, mein Kind.« Halévy nickte freundlich.

»Guten Morgen. Guten Morgen, Vater.«

Eine Pause folgte, die dem scharf von dem einen zum andern blickenden Knaben seltsam unheilverkündend schien. Der Konsul räusperte sich; seine Stimme klang gepreßt.

»Nicholas, da wir glücklicherweise Professor Halévy hier haben, wollte ich ihn bitten, dich zu untersuchen und mich wegen deines Gesundheitszustandes zu beruhigen.« Er wandte sich an Halévy. »Sie werden wohl nicht wünschen, daß ich bleibe . . .«

»Wir werden miteinander allein prächtig auskommen«, antwortete der Professor heiter, und als Brande mit einem düsteren Kopfnicken hinausgegangen war, richtete er seinen Blick mit der gleichen Miene heimlichen Einverständnisses auf den Knaben. »Es gibt schon Dinge, die man nicht einmal Papa auf die Nase binden mag. Oder stimmt's nicht? So, und wenn du dich jetzt auf deinem Bett ausstrecken willst, kommen wir rasch und mühelos vorwärts.«

Nicholas sah den Professor verblüfft an. So sehr er an dieses ärztliche Ritual gewöhnt war, das in streng abgezirkelten Perioden an seinem gebrechlichen Körper vollzogen wurde – Halévy hatte ihn schon zu öfteren Malen untersucht –, fühlte der Knabe diesmal doch deutlich eine gewisse Hinterhältigkeit im Verfahren des Arztes, eine neue, verwirrende Methode heraus. Und als er sich gehorsam hingelegt hatte, war es ihm sofort klar, daß diese Untersuchung, die Manipulation mit dem Stethoskop, all das Abtappen und Abhorchen, begleitet von ermutigendem Murmeln, nur ein Vorwand war, eine Schaustellung, die seinen Argwohn ablenken sollte. Und dieser Verdacht fand seine Bestätigung, als Halévy einige Minuten später ans Fenster trat, die Läden zuzog und sagte:

»Das Sonnenlicht tut ja geradezu den Augen weh. So! Jetzt ist es schon weit angenehmer, nicht?«

In dem Dämmer kam er zurück, setzte sich ans Kopfende des Bettes und legte seine Hand sanft auf die Stirn des Knaben.

»Wir kennen einander jetzt schon lange, lieber Nicholas.« Er sprach harmlos heiter. »Du siehst in mir doch eher den Freund als den Arzt, nicht wahr? Hast doch nicht etwa Angst vor mir?«

Da offenbar eine Antwort von ihm erwartet wurde, murmelte Nicholas, der auf dem Rücken lag und die Augen zur Decke gerichtet hatte:

»Nein.«

»Nun schön. Du sollst vor allem das Gefühl haben, daß du mit mir ganz offen reden kannst, ganz wie zu einem anderen Jungen ... übrigens –« über dem grauen Spitzbart entblößten sich gelbe Zähne in einem vertrauenerweckenden Lächeln – »übrigens wächst du dich ja unter meinen Augen zu einem großen Jungen heraus. Das muß natürlich auch manche Wandlung in deiner Denkweise zur Folge haben ... in deiner Lebensauffassung. Gerade darüber möchte ich etwas wissen ... und du brauchst nicht zu zögern, mir alles zu sagen, selbst das Ungewöhnlichste. Was, zum Beispiel, denkst du jetzt gerade?«

»Ich weiß nicht«, antwortete Nicholas zögernd.

»Nun, nun, mein lieber Junge«, scherzte der Professor, »das gibt es nicht. Die Natur scheut das Vakuum – ich bin ganz sicher, daß ein so gescheites Köpfchen wie das deine nicht völlig leer sein kann. Aber nein! In Wirklichkeit ist es die reinste Büchse der Pandora, und wir werden gleich miteinander die allermerkwürdigsten Dinge daraus hervorholen. Stell dir nur vor, daß du den Deckel der Büchse ein wenig hebst. Nun, und was siehst du jetzt? Was empfindest du?«

»Ich fühle Ihre Finger auf meiner Stirn. Die sind wie Baumwolle«, sagte Nicholas zögernd, ein wenig unbeholfen. »Und ich sehe die Lichtstreifen auf der Decke. Sie kommen von den Jalousien.«

»Vortrefflich. Weiter!«

»Worüber soll ich sprechen?«

»Worüber du zu sprechen Lust hast. So, wie dir die Gedanken kommen ... nach diesen Fensterläden.«

»Ich weiß nicht«, Nicholas war voll Zweifel. »Irgendwie geben mir diese Streifen die Vorstellung, ich sei in einem Gefängnis. Es ist dunkel ... und diese Streifen ... diese Sperre erweckt in mir den Wunsch, hinauszulaufen.«

»Und wenn du ausgehen dürftest, was würdest du dann tun?«

»Fischen gehen«, antwortete Nicholas ohne das leiseste Zögern. »Fischen?« fragte der Arzt im Ton eines, den nichts in Erstaunen setzt.

»Ja, das würde ich tun. Ich würde mit dem netten, wakkeligen Autobus direkt in die Berge hinauffahren.« Unter den Fingern, die über seine Stirn strichen, huschte ein verträumtes Lächeln über das schmale Gesicht des Knaben. »Und dann würde ich in das grüne Tal hinabsteigen und an dem Mühlendamm in der Sonne sitzen. Ich würde die Primeln sehen und die wilden Schwertlilien und die Korkeichen. Ich würde einen Köder auf den Haken spießen und dann den ganzen Tag im Staubecken fischen. Und vielleicht würde ich eine noch größere Forelle fangen.«

»Das alles würdest du natürlich allein tun?« murmelte der Professor gespannt.

»Natürlich nicht.« Das verträumte Lächeln des Knaben vertiefte sich; er sprach ohne Scheu. »José müßte mit mir kommen. Er hat mir ja gezeigt, wie man es machen muß.«

»Was machen?« fragte Halévy stimmlos.

»Was? Fischen natürlich! Er ist ein so wunderbarer Angler. Und der beste Pelotaspieler von San Jorge obendrein. Aber er bildet sich gar nichts ein. Und er arbeitet so schwer, so furchtbar schwer im Garten . . .«

»Du hast José sehr gern?« fragte der Professor mit unbeirrter Sanftmut.

»O doch, gewiß. José ist mein Freund.«

Ein kurzes Schweigen folgte; in den Lichtstreifen, die ihr Muster auf die Decke zeichneten, zitterten die Sonnenstäbchen. Die hellsichtigen Finger des Arztes bewegten sich in gemessenem Rhythmus, dann setzte die leise Stimme wieder ein:

»Als dein Vater verreist war, bist du mit José zu diesem Fluß gegangen. Und als du gefischt hattest, was dann –?«

»Dann hielt ich meine Siesta.«

»Mit José?«

»Ja, José lag neben mir im Gras. Es war so schön, so warm in der Sonne.«

»Natürlich. Ich verstehe. Und ich finde gar nichts Arges daran. Du kannst mir ohne Scheu alles sagen.«

»Wovor sollte ich Scheu haben? Es war ja nichts Böses daran. Ich sage Ihnen nur die Wahrheit.«

Der Professor biß sich ärgerlich auf die Lippen.

»Nichts Böses ... gewiß war es doch nicht recht, daß du deinem Vater ungehorsam warst.«

»Ich wollte ihm gar nicht wirklich ungehorsam sein. Es geschah ja eigentlich nur wegen Garcia.«

»Ah! Darauf kommen wir noch zu sprechen. Gleich. Zuvor ... du hast also José sehr gern, das sagst du doch selbst?«

»Dagegen vermag ich doch nichts, daß ich ihn gern habe«, sagte Nicholas ernsthaft.

»Es tadelt dich ja keiner darum, mein Kind.« Der Arzt besänftigte sich wieder, schien sich auf sicherem und vertrautem Boden zu fühlen. »Ich verstehe das durchaus; du hast es gern, wenn José dir nahe ist ... wenn er dich berührt. Es wäre dir zum Beispiel lieber, wenn er so neben dir säße und dir übers Haar striche ...«

»Doch, viel lieber.« Nicholas errötete über seine unbedachte Grobheit.

Der Professor aber, dem dieses Zeichen der Beschämung willkommen war, nahm an der Unfreundlichkeit keinen Anstoß. Die Gewöhnung an seine Arbeitsweise hatte ihn längst gegen weit schlimmere Beleidigungen unempfindlich gemacht, gegen schändliche Unterstellungen, die ihm von verwirrten Geistern an den Kopf geworfen wurden. Er suchte nur diese kindliche Verwirrung für sich auszunutzen.

»Und weil du gerne möchtest, daß er dir nahe ist ... daß er dich berührt«, er lächelte ermunternd, »darum bist du auch mit ihm nach Hause gegangen?«

Nicholas hatte ein unbehagliches Gefühl; er machte eine Bewegung, als ob er dem unsichtbaren Fragesteller ins Gesicht schauen wollte. Der große, verdunkelte Raum, die goldenen Lichtstreifen, die auf der Decke spielten, die sanfte Berührung an seinen Schläfen, all das erzeugte eine Mattigkeit, in der es am leichtesten, ja als einzig möglicher Weg erschien, sich diesen merkwürdigen Fragen wehrlos auszuliefern. Gleichzeitig aber war etwas, ein letzter Widerstandskern, in seinem schwachen kindlichen Verstand, etwas, das sich wehrte.

»Ich mag José sehr gern . . .«

»Du meinst, du liebst ihn«, sagte der Professor sanft.

»Ja, ich liebe ihn.«

Nicholas errötete tief. »Aber zu ihm nach Hause bin ich wegen Garcias gegangen.«

Halévy lachte kurz auf. Oh, er kannte die Wirkung dieses spöttischen Auflachens, das oft wie ein unerwarteter Schnitt Schleier der Vorstellung zerriß, die alle Sanftmut nicht wegzuziehen vermochte.

»Garcia . . . immer wieder Garcia!« sagte er verächtlich. »Ich glaube kein Wort davon.«

»Ob Sie es nun glauben oder nicht«, antwortete Nicholas mit klarer, stolzer Stimme. »Das macht nichts aus, solange es wahr ist.«

Ein Schweigen folgte, jäh, hemmend; in dem Professor regte sich eine Anwandlung von Ärger. Diese kindische Widerspenstigkeit, mit der er nicht gerechnet hatte, kam einem Manne von seiner Erfahrung überraschend und erbitterte ihn. Nicht einen Augenblick hatte er den Gedanken, Nicholas könnte die Wahrheit sprechen. In der Welt, in der er wirkte und atmete, war kein Platz für normales Empfinden. Das Leben war ein schwüler Dschungel, darin Kräfte, die unsichtbar blieben, in schwarzem Morast webten und wirkten. Nun, sogar mit kriminellen Kindern hatte er schon zutun gehabt, und hatte zu guter Letzt den Panzer ihres Widerstandes aufgebrochen. Er hatte ein Dutzend Tricks bereit, einen raffinierter als den anderen, um Widerspenstigkeit in die Falle zu locken.

Aber er gewann die Fassung wieder, lächelte Nicholas gewinnend zu und griff mit einer priesterlich sicheren Gebärde nach dem Arm des Knaben.

»Mein lieber Junge . . . es tut mir leid, daß du mich so falsch verstehst. Ich denke nicht in Begriffen wie Gut und Böse. Warum solltest du dich also verteidigen? Ich bin doch auf deiner Seite. Was da als Sündhaftigkeit gilt, ist doch nichts weiter als ein Instinkt, Erbgut vieltausendjähriger urtümlicher Wesenheit. Vielleicht setzen dich diese großen Worte in Verwirrung, und gerade das ist es, was ich nicht haben möchte. Es ist dir wohl schon längst klargeworden, daß es keine Engelein gibt und daß, was du getan hast, rein menschlich ist. Die Gefahr liegt nur darin, daß wir es verbergen, verhehlen. Wenn du es vor mir enthüllst, dann wird es zu nichts ... wir können zusammen darüber lachen.«

»Worüber sollen wir lachen?« fragte Nicholas.

»Nun, darüber zum Beispiel«, murmelte Halévy. Er holte wie von ungefähr das Bündel kleiner Zettel hervor und hielt sie dem Knaben vor die Augen.

Nicholas machte sich steif, als gälte es, einen Schlag aufzufangen; dann entspannte sich sein Körper wieder, und er wandte seinen umwölkten Blick ab.

»Ach, es ist weiter nichts«, beschwichtigte der Professor, »aber wenn du so schreiben konntest, warum willst du dich jetzt verstellen? Gewiß hast du noch weit Zärtlicheres zu José gesagt, als du mit ihm allein warst ... als du mit ihm nach Hause gingst, zum Beispiel ... als du nachts mit ihm warst.«

»Da haben wir überhaupt nicht geredet«, antwortete Nicholas mürrisch mit abgewandtem Gesicht.

»Mein lieber Junge ...« Der Kopf des Professors war jetzt fast bis zum Kissen herabgeneigt, »als ihr so laget ... nur ihr zwei allein ... im Dunkel ...«

Ein Schauer durchlief den Knaben, als wäre er sich unklar eines unbekannten, aber scheußlichen Bösen bewußt, das da irgendwo im Dunkeln lauerte, auf ihm mit unwiderstehlichem Drängen lastete, ihm Furcht und Widerwillen einflößte. Was war das für ein schändliches Reich der Dunkelheit und der Abscheulichkeiten, in das er da geführt wurde? Er wollte vom Bett aufspringen, hinauslaufen, für immer verschwinden. Doch eine überwältigende Müdigkeit hielt ihn gebannt, ließ ihn wünschen, er könnte sich ins Unvermeidliche ergeben, könnte um Gnade bitten. Schließlich, was konnte es ausmachen? Was geschah, wenn er sich den versteckten Andeutungen unterwarf, wenn er von der Frucht aß, die dieser Mann ihm hinhielt? Aber als er so weit war, erhob sich aus den Tiefen seines Wesens gebieterisch ein Instinkt der

Abwehr ... Unwillkürlich krampfte er seine Fäuste; mit einem Ruck machte er sich von der Hand des Professors frei und setzte sich auf. Sein Gesicht war sehr blaß, sein Herz schlug wie wahnsinnig. Aber er sah dem Professor aus voller Kraft ins Gesicht, als gälte es, sein Leben zu verteidigen.

»Ich weiß nicht, worauf Sie es abgesehen haben – was Sie wollen, daß ich sagen soll, aber ich werde es gewiß nicht sagen. Ich habe Ihnen doch erklärt, daß ich nur mit José gegangen bin, weil Garcia mir solche Angst eingejagt hat. Sie können ja Magdalena fragen, wenn Sie wollen. Sie wird es Ihnen bestätigen. Ich wollte schon Vater darum bitten.«

Der Professor verbarg seine Enttäuschung in einem kühlen Lächeln. Er stand auf, als nähme er eine Herausforderung an, auf die er vorbereitet war.

»Schön, dann wollen wir Magdalena fragen.«

Aufrecht sitzend beobachtete Nicholas den Professor, der zweimal an der gewirkten Schnur zog, hörte das Läuten in der Ferne, in den entlegenen Teilen des Hauses. Nach ein paar Minuten erzwungenen Schweigens wurden die schweren, schleppenden Schritte der Köchin auf der Dienstbotentreppe hörbar.

Dann wurde angeklopft, und sie trat ein.

»Magdalena«, sagte der Professor, »es ist da die Rede davon, daß während der letzten Abwesenheit Ihres Herrn im Haushalt gewisse Unregelmäßigkeiten unterlaufen sind. Zunächst einmal: ist Garcia in der Samstagnacht in Barcelona geblieben?«

Die Frau, die breitspurig an der Tür stehengeblieben war, starrte den Professor unter schweren Lidern hervor blöde an. Ihre Hände, leicht mit Mehl bestäubt, hielt sie ein wenig von dem dunklen Kleid ab.

»Nein«, sagte sie. »Garcia war immer hier, die ganze Zeit.«

Es war, als ob Nicholas einen elektrischen Schlag empfinde. Er beugte sich vor, seine Lippen zitterten, daß er kaum die Worte zu formen vermochte:

»Aber, Magdalena!«

»Ruhe, bitte.« Halévy wandte sich wieder der Köchin zu. »Eine weitere Frage. Hat Garcia sich Sonnag abend einer trunkenen Ausschweifung überlassen?«

»Nein, Señor.« Ihre regunglosen Züge waren wie aus Holz geschnitzt. »Garcia trinkt überhaupt nicht.«

»Also hat er weder Sie geschlagen noch Nicholas auf irgendeine Weise eingeschüchtert?«

Sie schüttelte den Kopf.

»Garcia ist ein guter Mann. Das wissen doch alle. Er hat mich mein Leben lang noch nie geschlagen.«

»Aber Magdalena«, brach Nicholas jetzt los, »wie können Sie so lügen? Er hat Sie doch vor meinen eigenen Augen geschlagen! In der Abwaschküche! Und Sie haben noch so geweint! So schrecklich. Und er hielt das Messer . . .«

Der Knabe unterbrach sich, ein Grauen, das aus seinem Innersten aufzusteigen schien, überkam ihn.

»Das wäre alles, Magdalena«, sagte Halévy. »Danke für Ihre Bemühung.«

Einen Augenblick stand die Köchin da, als wäre ihr nicht ganz klargeworden, daß sie entlassen war. Während der Befragung waren ihre Augen unbeweglich auf den Professor gerichtet geblieben, jetzt aber wandten sie sich flackernd für einen Augenblick zu Nicholas. Sie verlor nicht die Festigkeit, die heruntergezogenen Lippen blieben regungslos, aber mit unerwarteter Schnelligkeit machte sie kehrt und ging hinaus.

Mit einem Aufschrei kindlicher Erbitterung ließ Nicholas sich auf das Kissen zurückfallen, von solch offenem Verrat überwältigt. Tränen liefen ihm über die Wangen.

»Ach, José . . .«, flüsterte er sich zu, »wo bist du, José? Was wollen sie nur von uns?«

Professor Halévy trat mit einem unenträtselbaren Gesichtsausdruck näher, dann blieb er stehen. Einige Male strich er sich über das behaarte Kinn. Er legte den Kopf leicht zur Seite, fast wie ein Frettchen, das zum Angriff ansetzt. Aber er überlegte es sich wieder. Nein, jetzt kein Wort mehr! Noch ein wenig Einsamkeit, noch ein paar Tränen, dann mußte der letzte Widerstand dahinschwinden. Er überzeugte sich, daß die Fensterläden geschlossen waren; dann schritt er, während das unterdrückte Schluchzen vom Bett herüberklang, aus dem Zimmer.

16

Harrington Brande erschien an diesem Morgen nur zu einem kurzen Aufenthalt im Konsulat, blieb dort in einem Zustand steigender Erregung etwa eine Stunde und eilte dann mit bebenden Nerven nach Hause, um mit seinem Gast den Lunch einzunehmen. Jetzt war die düstere Mahlzeit vorüber, der Professor hatte Bericht erstattet, und die beiden Männer saßen im Speisezimmer, wo ihnen der Kaffee serviert worden war.

»Sie halten also gar keinen Zweifel mehr für möglich?« Damit brach der Konsul, dessen Gesicht eingefallen war und der mit tiefer Bitterkeit prüfend in seiner Tasse rührte, das Schweigen.

»Nicht den geringsten.« Der Professor trank seinen Kaffee mit sichtlicher Befriedigung. »Diese Übertragung des Schuldkomplexes ist durchaus typisch ... auch der Nervenzusammenbruch, als er Magdalena gegenübergestellt wurde.«

Brandes fahles Gesicht verzog sich in einem jähen Krampf.

»Ich hoffe, es war keine allzu harte Prüfung für meinen Sohn.«

»Mein lieber Freund ... was sind ein paar Kindertränen, was ist ein klein wenig Herzenskummer gegen die größere Gefahr, die es abzuwehren gilt?«

»Aber wenigstens jetzt leidet er doch nicht mehr?«

Noch einmal griff Brande nach einer Linderung der Angst, die ihm ans Mark griff.

»Mutmaßlich ist er in gesunden Schlaf gesunken ... das wenigstens ist die gewöhnliche Folge einer gelungenen Katharsis. Auf jeden Fall dürfen Sie sich ihm jetzt nicht nähern. Einsamkeit ... Gelegenheit zu überlegen ... das sind wesentliche Komponenten meiner Behandlung. Ich wiederhole: diese abnormalen Tendenzen, die bereits zäh festsitzen, müssen um jeden Preis mit den Wurzeln ausgerissen werden.«

Auf der anderen Seite des Tisches knüllte der Konsul seine Serviette zu einer harten Kugel. Ohne Halévy anzublicken, fragte er:

»Und José?«

Der Professor setzte mit einem nachdenklichen Stirnrunzeln seine Tasse ab.

»Ich habe ihn heute morgen gründlich ins Verhör genommen. Ein eindeutiger Spitzbube.« Er überlegte. »Ich kann mir denken, mein lieber Brande, wie Sie zu ihm eingestellt sind, aber was läßt sich im Augenblick tun? Wirklich gegen ihn einschreiten können wir nicht, ohne Nicholas und Ihnen selbst ungeheuerlichen Schaden zuzufügen. Das öffentliche Aufsehen allein ... unausdenkbar!«

»Aber etwas muß doch geschehen.« Brande brachte die Worte in drohendem Ton hervor, den Kopf tief zwischen die Schultern gesunken.

»Dann üben Sie Geduld. Wenn Sie einem Burschen von dieser Sorte genug Tau lassen, hängt er sich zuverlässig daran auf. Übrigens, Garcia hat ganz nebenbei, als ich vor Tisch mit ihm sprach, erwähnt, daß in letzter Zeit mehrmals kleine Geldbeträge aus seinem Zimmer verschwunden sind. Er hat das nicht ausdrücklich gesagt - dazu ist er zu diskret -, aber ich habe wohl herausgehört, daß er José für den Dieb hält.«

»Wie?« In dumpfes Grübeln versunken, hatte der Konsul die Frage hervorgebracht. Nur allmählich schien ihm der Gedanke klar zu werden. Er setzte sich auf; seine Augen wurden lebhaft. »Garcia ist Geld weggekommen? Das muß ohne Aufschub geklärt werden.«

Bevor Halévy antworten konnte, streckte er die Hand aus und schellte mit dem Silberglöckchen, das vor ihm auf dem Tisch stand. Eine ziemlich lange Pause folgte. Endlich erschien der Diener, noch an seiner weißen Servierjacke knöpfend, und schluckte im Laufen seinen letzten Bissen herunter.

»Ich bitte um Vergebung, Señor«, murmelte er. »Ich dachte, Sie seien fertig. Magdalena und ich . . .«

»Schon gut, Garcia. Tut mir leid, daß ich Sie bei Ihrer Mahlzeit stören muß, aber mir ist da soeben eine Sache von außerordentlicher Bedeutung zu Ohren gekommen. Es handelt sich darum, daß Ihnen in letzter Zeit gewisse Geldbeträge abhanden gekommen sind . . .«

»Abhanden gekommen, Señor?« Garcia gestattete sich die Freiheit, die Achseln zu zucken. »Geld kommt einem nicht aus einer verschlossenen Schublade abhanden.«

»Also ist das Geld gestohlen worden?«

»Unzweifelhaft, Señor. Das Schloß war mit allem Geschick geöffnet.«

Der Konsul tat einen tiefen Atemzug, als ob er es noch nicht wagte, seine Hoffnungen höher zu spannen.

»Sie nahmen die Sache sehr gelassen hin, mein Lieber.«

Wieder zuckte Garcia mit einer geringschätzigen Miene die Achsel.

»Ein Vermögen war es nicht, Señor. Im ganzen sind mir vielleicht dreißig oder vierzig Pesetas gestohlen worden. Meine Lebensphilosophie erlaubt mir nicht, einen solchen Verlust für eine Katastrophe zu halten. Ich habe in großen Häusern gedient, bei den Aostas zum Beispiel, und dort war ich gezwungen, mit unehrlichen Kollegen zusammenzuarbeiten. Immerhin . . .« Er unterbrach sich, seine undurchdringlichen Blicke hingen am Gesicht des Konsuls. »Immerhin, Señor, ich bin beunruhigt.«

»Warum?«

»Weil ich fürchte, Señor«, antwortete Garcia, sorgsam darauf bedacht, seinen Blick nicht von den Augen des andern zu lösen, »daß Dinge von größerem Wert gestohlen worden sind.«

Ein tödliches Schweigen folgte. Brandes Mund stand staunend offen. Halévy beugte sich interessiert vor.

»Jawohl«, fuhr der Diener fort und faßte nun auch den Professor in sein Blickfeld, »ich habe es nicht gern, die

Rede auf ewas zu bringen, es kommt mir nicht zu. Auch ist es nicht mein Wunsch, irgendwelchen anderen Leuten Unannehmlichkeiten zu bereiten. Aber da Sie selbst das Thema anschneiden, möchte ich in aller Bescheidenheit fragen, Señor, was aus den Wertgegenständen geworden ist, die Sie in der kleinen Schatulle auf Ihrem Ankleidetisch verwahren.«

Der Konsul befeuchtete seine Lippen. Seine Stimme klang fremd.

»Meinen Sie meine Manschettenknöpfe? Meine . . .?«

»Und die kleine Uhr mit den Diamanten . . . die Saphirknöpfe . . . den Siegelring . . . all diese mit besonderer Sorgfalt ausgewählten Kostbarkeiten. Ich habe sie gesehen als ich Sie beim Ankleiden bediente. Und ich habe noch nie schönere gesehen.«

Das traf wohl zu. Der Konsul gestattete sich aus privaten Mitteln eine Vorliebe für elegante Bijouterie, die, bei offiziellen Anlässen zum Abendanzug getragen, seine klassischen Züge und seine imposante Erscheinung unterstrichen, ihm höhere Geltung verschafften.

Mit jähem Entschluß sprang er auf.

»Kommen Sie mit.«

Er führte die beiden die Treppe hinauf und betrat sein Schlafzimmer. Die rundè Maroquinlederschatulle stand mitten auf dem Ankleidetisch, flankiert von vergilbenden Elfenbeinbürsten und den schweren Kristallflacons, die des Konsuls Bayrum und Eau de Cologne enthielten. Hastig nahm Brande den Deckel ab. Die Schatulle war leer.

»Mein Gott!« Selten, wenn überhaupt jemals, gestattete sich der Konsul diesen Ausruf, aber jetzt war er die Beute einer so jähen Erregung, daß er sie nicht anders auszudrücken vermochte.

»Ziemlich leichtsinnig von Ihnen, das Ding nicht zu verschließen«, bemerkte Halévy hinter ihm.

Mit verzerrtem Gesicht wandte Brande sich um.

»Ich vertraue meinem Personal. Noch nie habe ich erlebt . . . alle meine Juwelen! Ganz von dem inneren Wert zu schweigen . . . dem Gefühlswert, der diese Dinge unersetzlich macht . . . Garcia, wer kann das getan haben?« Der Diener schürzte leicht die Lippen; er antwortete nicht, aber sein Blick löste sich unmerklich von dem Konsul ab, wandte sich dem offenen Fenster zu, richtete sich auf den Garten.

»Ja«, rief Brande mit seltsam überlauter Stimme, in fast exaltierter Erregung. »Bleiben Sie hier, Garcia. Kommen Sie mit, Halévy? Ich wäre Ihnen dankbar, wenn Sie mir Ihre Hilfe nicht versagten.«

Von seinem Freund begleitet, verließ der Konsul das Haus und eilte den Kiesweg zu dem Geräteschuppen entlang. José war nicht dort. Betroffen wollte Brande sich bereits dem Gebüsch zuwenden, als sein Blick auf der Jacke des Gärtners haften blieb, die formlos von einem rostigen Nagel an der Tür herabhing. Ein unterdrückter Ausruf löste sich von seinen Lippen. Immer hatte er sich seines peinlichen Sinnes für Ehrgefühl sonderlich gerühmt, jetzt aber trat er, vom Fieber der Erbitterung und seines Hasses getrieben, ohne Zögern an die Tür heran und durchwühlte die Taschen des Rockes. Rücksichtslos warf er die wertlosen Gegenstände, die zutage kamen, auf den Boden – ein Knäuel Bindfaden, ein paar Angelhaken, die in einem Stück Kork staken, ein trockenes Stück Brot, in Zeitungspapier eingeschlagen, einen Klumpen Bienenwachs, einen alten Beinlöffel. Das flekkige Kleidungsstück, das schon manches Wetter ausgehalten, hatte viele Taschen und überdies ein doppeltes Futter, worin ein Bursche, der in ländlichen Gepflogenheiten Bescheid wußte, ein in der Falle gefangenes Kaninchen oder einen Hasen heimtragen mochte. Dennoch schien es, die Durchsuchung solle ergebnislos bleiben; da plötzlich brachte der Konsul mit einem heiseren Aufschrei des Triumphes aus dem innersten Winkel des Futters etwas Gelbes, Gleißendes hervor, ein Paar schwerer Manschettenknöpfe.

»Es sind meine«, keuchte er. »Ohne Zweifel meine. Und sehen Sie« – in seiner Erregung preßte er Halévys Arm –, »gerade die sind nur vergoldet . . . das einzige imitierte Stück, das ich besitze. Alles andere hat er bereits losgeschlagen ... aber die sind ihm verblieben, weil sie keinen wirklichen Wert haben.«

Mit der Miene eines Mannes, der recht behalten hat, nickte der Professor ihm zu und murmelte:

»Hab ich es Ihnen nicht gesagt? Indessen, teurer Freund ... in Ihrem eigenen Interesse ... bedenken Sie Ihre Gesundheit. Bleiben Sie ruhig.«

»Ich will nicht ruhig bleiben«, rief Brande in einer Art von apokalyptischem Zorn. »Nach allem, was ich von diesem Menschen erduldet habe, nach dem Furchtbaren, was er mir und den Meinen angetan – jetzt, endlich, ist er mir ausgeliefert!« Und er schrie: »José! Kommen Sie her! Unverzüglich!«

Er wollte schon zum zweitenmal schreien, da wurden eilige Schritte hörbar, und im nächsten Augenblick tauchte José auf, nahm die Leinenmütze ab und fragte zwischen raschen Atemzügen:

»Sie haben nach mir verlangt, Señor?«

»Ja, das habe ich.« Brande sprach mit einer Stimme, die von Haß geschüttelt schien. Der Handteller, auf dem er ihm die vergoldeten Manschettenknöpfe vorhielt, zitterte. »Wo haben Sie das her?«

José warf einen Blick auf die gelben Plättchen, die mit einer feinen Kette verbunden waren; dann wechselten seine dunklen Augen von Halévy zu dem Konsul.

»Ich verstehe Sie nicht, Señor. Hab diese Dinge noch nie zuvor gesehen.«

»Dann erklären Sie mir, wie sie in Ihre Jacke kommen?«

»Das kann ich nicht erklären, Señor.« Verstört blickte er nach dem zerknitterten Poncho, der an der Türe hing, als wären sie, er und die Jacke, das Opfer irgendeiner übernatürlichen Tücke. »Das war nicht in meiner Jacke.«

»Doch, das war es!« Daß er jetzt in der Lage war, José auf der Stelle zu widerlegen, trieb dem Konsul das Blut in den Kopf. »Ich fand die Stücke eben, in diesem Augenblick in Ihrer Tasche.«

»Nein, Señor.« Im Gegensatz zu Brandes schrillem Ton klangen die Worte gemessen und fest.

»Professor Halévy kann es beschwören!«

Tiefes Schweigen senkte sich über die Männer in dem Schuppen. José war totenblaß geworden; gleichsam fasziniert hing sein Blick an dem glitzernden Schmuckstück.

»Dann muß jemand das in meine Tasche gesteckt haben«, murmelte er schließlich.

Ein leises ironisches Auflachen, sofort wieder unterdrückt, kam von den Lippen des Professors.

»Die klassische Ausrede«, murmelte er seinem Freund zu. Aber der Konsul hörte nicht darauf. Das Singen in seinen Ohren wurde lauter und lauter. Wieder fühlte er die Glut in seiner Brust aufflammen. Und langsam, als kostete er jedes einzelne Wort aus, sagte er:

»Ich werde den Guardia holen lassen. So lange bleiben Sie bei uns im Hause. Es hat keinen Sinn, wenn Sie versuchen, zu fliehen.«

Wieder eine Pause. José war noch blasser als zuvor; eine seltsame Niedergeschlagenheit stand in seinen gequälten Augen. Doch war bebender Stolz in der Art, wie er die Lippen aufwarf.

»Ich werde nicht davonlaufen, Señor. Der Guardia ist mein Freund. Er weiß, daß ich kein Dieb bin.«

Die Gruppe schritt zum Haus zurück, voraus der Konsul, dann José, Halévy als Nachhut. Im Hause wurde José im Eßzimmer eingeschlossen, und Brande telefonierte selbst mit der Polizei von San Jorge. Lange hatte man nicht zu warten. Eine halbe Stunde war noch nicht vergangen, als bereits ein Sargento der Guardia civil, jung und schmuck in seiner dunkelgrünen Uniform und dem schwarz schimmernden Zweispitz, am Haustor erschien. Garcia geleitete ihn zu dem Konsul, der sofort einen guten Eindruck von der strammen, soldatischen Haltung des Mannes empfing.

»Ich bedaure, Wachtmeister«, wandte er sich an ihn, »daß ich Sie hierher bemühen mußte, aber allem Anschein nach habe ich einen Dieb in meinen Diensten.«

Kurzgefaßt – er hatte jetzt seine Selbstbeherrschung wiedergewonnen –, legte er den Sachverhalt klar, den bündigen Schuldbeweis. Es schien, daß der Guardia, als

Josés Name fiel, einen Augenblick lang stutzte. Und als Brande geendet hatte, stand er, den Blick auf seine Schuhe gerichtet, in unschlüssiger Verwunderung.

»Das klingt sehr schlimm, Señor«, sagte er schließlich. »Wissen Sie bestimmt, daß da kein Irrtum unterlaufen ist? Ich kenne diesen José Santero. Er ist vielleicht ein wilder Bursche ... aber ein Dieb –?«

Die Miene des Konsuls wurde streng und förmlich.

»Wollen Sie etwa Ihren Gefühlen gestatten, sich zu Ihren Pflichten in Widerspruch zu setzen?«

»Gewiß nicht, Señor«, antwortete der Wachtmeister hastig. »Nehmen wir uns den Mann sofort vor.«

Und sie traten in das Eßzimmer, in dem José stand, in qualvoller Verstörtheit ihrer gewärtig.

17

Für Nicholas war es wie Sonnenschein nach langem Regen, als ihm gestattet wurde, sich anzukleiden und herunterzukommen, mit seinem Vater und Professor Halévy im Eßzimmer zu frühstücken und nicht mehr jene äußerste Einsamkeit zu erdulden, in der er, den kalten Rand des Tabletts gegen die Brust gepreßt, lustlos gegessen hatte, das Gehör immer angespannt, den Vorgängen unten im Hause lauschend. Und obwohl er deutlich fühlte, daß irgend etwas vor ihm verheimlicht wurde, obwohl er das Komplott zwischen den Männern fühlte, war doch die quälende Spannung der letzten Tage gelöst, als ob etwas Besonderes, Unerwartetes dazwischengekommen wäre, und immerhin behandelte man ihn sogar freundlich, wenngleich distanziert. Der Professor plauderte, während er an seinem butterbestrichenen Toast knabberte, wohlwollend mit ihm, zeigte ein Lächeln, als ob das gestrige Verhör nie stattgefunden hätte. Sein Vater streifte ihn, hinter den Seiten seines »Echo de Paris« hervor, ein- oder zweimal mit unauffälligen Blicken, in denen bereits etwas wie Versöhnung zu lesen war. Und als Nicholas nach

Beendigung des Frühstücks aufrecht auf seinem Platz saß, weiterer Befehle gewärtig, sagte der Konsul mit einer kaum mehr angedeuteten Steifheit:

»Vielleicht wünschest du, heute morgen in den Garten zu gehen . . . du bist lange genug eingeschlossen gewesen.« Und in derselben gemessenen, fast einstudierten Manier wandte er sich jetzt an Halévy: »Ich werde heute vormittag nicht ins Büro fahren. Wenn es Sie nicht allzu sehr langweilt, könnten wir vielleicht die letzte Partie meines Manuskripts mitsammen durchsehen.«

»Es wird mir ein Vergnügen sein, lieber Freund.« Halévy betupfte sich zart die Lippen mit der Serviette.

Sie erhoben sich. Nervöse Schauer liefen über Nicholas' Körper – die Haft in seinem Zimmer hatte ihm seltsam hart zugesetzt, und sonderlich seine Beine versagten ihm fast den Dienst. Es kostete ihn einige Anstrengung, eine Erregung zu meistern; er ging zur Tür, und in der nächsten Minute stand er im Portikus.

Ach, wie gut das tat, wieder frische Luft zu atmen, nach all dem Jammer seiner Haft wieder frei zu sein! Mit geweiteten Nasenflügeln sog er die frische, würzige Luft ein. Natürlich wäre es jetzt das falscheste gewesen, schnurgerade zu José zu laufen. Er ließ die Hände herabhängen, schlenderte gemächlich und unauffällig an den Beeten entlang, blieb alle paar Schritte stehen und beugte sich vor, um an einer Blume zu riechen. Einer der rötlichen Zierpflöcke, die den Pfad einfaßten, war umgefallen – sorgsam steckte er ihn wieder fest. Dann stand er eine Weile und sah einer Schnecke zu, die, ihre Fühler weit vorgestreckt, die Bürde ihres Hauses forttrug, eine silberne Spur zurücklassend. Aus einem Augenwinkel sah er Professor Halévy, wie er aus dem Hause trat, einen Plaid und das kostbare Bündel des Malebranche-Manuskriptes unter dem Arm. Nachdem der Psychiater sich auf einen Liegestuhl in der Gartennische bequem niedergelassen hatte, wandte sich Nicholas nach dem gepflasterten Stallhof, von wo er seit einiger Zeit das Geräusch des Holzhackens gehört hatte.

Doch es war Garcia, der mit aufgekrempelten Ärmeln

die Machete schwang, und in einer Aufwallung von Enttäuschung und Schreck eilte der Knabe um den Vorsprung der Garage herum, dem neuen Steingarten zu. Die Anlage sah hübsch aus, die herzförmigen Farne streckten bereits ihre grünen Wedel über das Glimmergestein. Doch José war nicht hier. Nicholas beschleunigte seine Schritte und wanderte zu den Oleanderbüschen hinüber; er lief den Myrtenpfad entlang, dann zurück zu dem Catalpabaum, bis er am Ende, nachdem alle Möglichkeiten erschöpft waren, trostlos wieder bei der Nische ankam.

Der Professor, der sich wohlig in den Plaid gehüllt hatte und den schweren Stoß beschriebener Blätter, sorgsam in den Hefter eingeordnet, auf den Knien hielt, schien zu sehr beschäftigt, als daß man ihn stören durfte. Nach einigem Zögern aber wagte Nicholas eine Annäherung. Halévy blickte ihn über den Rand des Zwickers hinweg an. »Ich bitte um Verzeihung . . . haben Sie . . . haben Sie vielleicht die Gießkanne gesehen?«

»Nein«, sagte der Professor belustigt. »Warum?«

»Die Petunien müssen unbedingt gegossen werden.«

»Müssen sie das? Nun schön, vielleicht findest du die Gießkanne.«

»Ich weiß nicht, wo man sie hingetan hat . . . und wenn ich es auch wüßte, sie wäre für mich doch zu schwer, ich könnte sie nicht heben.«

»Dann wäre es besser, du kümmertest dich nicht mehr darum.«

»Aber die Petunien . . . jemand muß sich um sie kümmern.«

»Ich möchte meinen, sie werden es überleben.«

Dann folgte eine Pause. Nicholas betrachtete den Professor unbehaglich. Die Blicke des Arztes waren nun wieder auf das kosbare Manuskript gerichtet. Ohne den Kopf zu heben, bemerkte er:

»Liebes Kind, ich würde dir raten, du nimmst deinen Spaziergang wieder auf. Mein Vorschlag geht dahin, daß wir heute abend ein wenig miteinander sprechen. Bis dahin aber bliebe ich gern ungestört.«

Beklommen zog sich der Knabe zurück. Da die Schläge

der Holzhacke noch immer zu hören waren, würde es wohl möglich sein, unbemerkt bis zum Hintereingang des Hauses zu gelangen. Trotz ihrem unglaublichen Benehmen von gestern, das nun schon in unwirklicher Ferne lag, hielt er Magdalena immer noch mehr oder weniger für freundschaftlich gesinnt.

Ja, da saß sie auf den Stufen vor der Küchentür und rupfte ein Huhn, das sie auf den Knien liegen hatte. Im dunklen Innern der Küche funkelten die Kupferpfannen auf ihren Ständern, und ein Bündel Rosmarinzweige knatterte im Herd. Die Hände in den Taschen, stand er da und betrachtete sie in dem kleinen Schneesturm, der sie einhüllte. Aus ihren hastigen, unwirschen Bewegungen konnte er erraten, daß sie nicht gerade guter Laune war, aber nach einer Weile sprach er sie leise, mit schmeichlerischer Stimme an: »Magdalena ... wo ist José?«

Sie schüttelte ärgerlich den Kopf und drehte den Vogel auf den Rücken, so daß die bläuliche kahle Brust nach oben gerichtet war. »Geh du mir nur aus dem Weg! Geh fort! Ich weiß gar nichts. Ich will nichts wissen. Ich kann nur immer arbeiten, früh, mittags und abends ... schwer arbeiten wie eine Sklavin.« Ihre Stimme wurde plötzlich gellend, daß sie sich beinahe überschlug. »Hörst du nicht? Geh fort von hier!« Nicholas machte sich davon. Er schob sich durch die welkende Mimosenhecke, seine Füße schritten wie über einen Teppich abgefallener Blüten, die unter den Büschen lagen; so gelangte er zu der Randmauer. Hier setzte er sich auf einen flachen Stein und blickte auf die verödete Bucht hinaus. Traurig ließ er die Unterlippe herabhängen. Nein, sagte er sich, das bedeutete nichts ... alles war durchaus in Ordnung. José würde am Nachmittag kommen, er war eben zu irgendeiner Besorgung fortgeschickt worden.

Der Geruch einer Zigarette bewog ihn, den Kopf zu wenden – vor Schreck fiel er beinahe von der Mauer. Geräuschlos war Garcia auf seinen Bastsandalen vom Stallhof herangeschlichen, stand jetzt neben ihm, den Zigarettenstummel zwischen den gelben Fingern, gleichfalls in bewunderndes Schauen versunken.

»Ja, ja, das Meer«, sagte er. »Großartig, nicht? Liegt da wie ein großes Raubtier, das die Pranken reckt, oder nicht?«

Nicholas hatte den Schauer überwunden, saß in sich zusammengekrochen auf dem Stein. Doch entging ihm nicht, daß Garcia ungewöhnlich aufgeräumt war, von einem sonderbaren, unnatürlichen Glücksgefühl durchströmt.

Seine schmalen, schiefen Augen waren schlaftrunken, aber seine Pupillen, nicht größer als Stecknadelköpfe, sprühten von innerem Vergnügen, wenn er tiefe Züge aus seiner Zigarette tat.

»Es ist gut, sich von den Leuten fernzuhalten . . . von mittelmäßigem, lächerlichem Gesindel . . . nur mit dem Ewigen eins zu sein. Oh, ich kenne das Meer. Alle Ozeane der Welt hab ich befahren. Hab das flammende Sargassomeer erlebt, bin lange in einer Windstille dort festgesessen. Grünes Gewächs, das auf der Oberfläche schwimmt, grüne Blätter, die sich unter dem schaumigen Spiegel verschlingen wie die Fangarme eines Oktopus.« Er warf die ausgerauchte Zigarette fort, holte ein librillo Zigarettenpapier und ein Leinensäckchen hervor, zog mit den scharfen Zähnen den Verschluß auf und begann mit einer Hand die neue Zigarette zu drehen.

»Ich dachte, Sie sind Soldat gewesen.« Nicholas brach in unsicherem Ton das Schweigen.

»Ha, ich bin alles gewesen. Auch Matrose. Mich haben sie geshanghait. Zwei Jahre vor dem Mast. Du glaubst es mir wohl nicht?« Er schob das Hemd hoch, entblößte mit einer raschen Gebärde seinen Rücken, dessen glatte Haut über und über mit weißlichen Narben bedeckt war. »Da kannst du sehen, wie ich ausgepeitscht worden bin . . . gepeitscht, bis das rote Blut nur so in Strömen herablief. Aber klein haben sie mich nicht gekriegt! Nie! Als sie mir dann Brot und Wasser brachten, saß ich in meiner Zelle wie ein König auf seinem Thron.«

»Zelle?« fragte Nicholas, der wie ein kleines, erschrokkenes Vögelchen, aber doch fasziniert dasaß. »So waren Sie im Kerker?«

Plötzlich still geworden, starrte Garcia den Knaben aus harten Augen an. Das Zündholz, das er eben angestrichen, brannte zwischen seinen Fingern herab, aber er schien es nicht zu fühlen.

»Misch dich nicht in meine Angelegenheiten«, drohte er. Dann aber zündete er sich die Zigarette an und brach in ein schallendes Gelächter aus: »Kerker . . . du stellst dir das wohl fein vor, im Kerker zu sitzen?«

»Nein . . .«

»Nein?« Wieder lachte Garcia. »Du lieber Gott, jetzt hat das Bürschlein endlich einmal etwas Vernünftiges gesagt. Hast du eine Vorstellung von den spanischen Zuchthäusern, wo das Wasser die Wände herabtropft und die Küchenschaben, so groß wie die Ratten, dir in der Nacht übers Gesicht laufen? Wo die stinkende Finsternis allein genügt, um dir das Herz im Leibe schrumpfen zu machen? Und die Mauer, die hohe Mauer, auf der die Posten mit ihren Gewehren stehen, trennt dich sogar vom Himmel. Da laß dich nie hineinlocken – sei gescheit wie ich und bleib lieber draußen.«

»Das will ich wohl tun. An einen solchen Ort mag niemand gern gehen.«

»Hoho!« Immer tiefer belustigt warf Garcia den Kopf zurück. »Sie sind aber heute spaßhaft aufgelegt, junger Herr. Natürlich geht da keiner gern hin. Aber manchmal bringen sie doch einen hin. Dann kommt der Guardia, legt ihm die Handfesseln an, klicks, und dahin geht's!« Er machte eine Pause, dann bemerkte er nebenhin: »Ganz wie gestern.«

»Gestern?« fragte Nicholas verwundert.

»Sie wissen das nicht, junger Herr?« Jetzt lachte Garcia nicht mehr. Er richtete seinen höhnischen, unmenschlichen Blick auf den Knaben; seine Pupillen verengten sich noch mehr, bis sie ganz unsichtbar wurden, und in der gesprenkelten Iris, die in grünem Licht schimmerte, brannte die nackte Bosheit, giftiges Grün im Spiegel eines düsteren Teiches. »Sie haben doch gestern José ins Cuartel gebracht . . . weil er Ihren Vater bestohlen hat.«

Als hätte der Mann ihn geschlagen, zuckte Nicholas

zusammen, fuhr zurück, verlor das Gleichgewicht und fiel von der Mauer. »Nein! Nein!« ächzte er und richtete sich auf die Knie auf.

»Es ist die reine Wahrheit«, erklärte Garcia in einem Flüsterton, der das Herz des Kindes vereiste. »Er ist im Gefängnis. Fünf Jahre geben sie ihm zum mindesten. Ja, ja, Ihr José ist ein Dieb.« Seine Stimme hob sich; er warf sich in die Brust und trommelte mit den Fäusten darauf, als schlüge er eine Pauke. »Dem Garcia tritt man nicht in den Weg. Wer klug ist, läßt das bleiben. Der Garcia wird mit jedem fertig. Ein Mann unter Männern. Ein König auf seinem Thron. Mögen alle, die das hören, es sich gesagt sein lassen.«

Einen Augenblick stand er, den Kopf weit zurückgeworfen, gegen den schimmernden Himmel; dann, ohne ein weiteres Wort, warf er Nicholas einen raschen drohenden Blick zu, machte kehrt und ging davon.

Wie zu Stein erstarrt, zugleich aber aus tiefster Brust von Schluchzen geschüttelt, blieb Nicholas zurück, schwärzester Verzweiflung überlassen. Jetzt allerdings, jetzt verstand er Vaters Nachsicht, jetzt verstand er des Professors hinterhältige Freundlichkeit, Garcias exaltierte Laune . . . das Bild dieses Morgens fügte sich zusammen. José im Gefängnis . . . José ein Dieb! Nein, nie, nie würden sie ihn dazu bringen, das zu glauben! Er mochte klein sein, ein nutzloser Freund, aber die Treue würde er halten. Den Glauben an den Freund würden sie ihm nimmer entwinden!

Ein Geräusch von Stimmen schreckte ihn auf; er wandte sich um und spähte über den Wall. Zwei Männer kamen den Weg zur Villa herauf. Sie gingen langsam, denn sie waren beide alt, trugen beide dunkle Anzüge und bestaubte Schuhe, humpelten wic cin paar alte, regennasse Krähen. Der Größere von beiden trug einen verschossenen schwarzen Regenschirm und eine lange Soutane; verwundert erkannte Nicholas, daß es ein Priester war. Plötzlich aber sprang der Knabe auf. Jetzt sah er ganz deutlich, daß der andere Mann Pedro war. Instinktiv lief er los, umging den ummauerten Garten, brach, ohne sich darum zu kümmern, ob man ihn beobachtete, durch das Gebüsch und gelangte gerade beizeiten hinaus ins Freie, um die beiden Besucher am Eingang der Auffahrt zu erreichen.

»Pedro!« keuchte er. »Wo ist José? Was tun Sie hier?«

Der alte Mann wehrte mit einer gewichtigen, sorgenvollen Gebärde ab.

»Wir besuchen Ihren ehrenwerten Herrn Vater.«

»Aber warum, Pedro? Und sagen Sie mir, wo ist José?«

Der Priester war langsam weitergegangen, ein wenig humpelnd, schwer auf den alten Schirm gestützt. Pedro warf ihm einen raschen Blick nach, dann sagte er hastig:

»Es ist nicht klug, daß ich zu dir spreche, Nicco. Es macht unsere Lage nicht besser. Es steht bitterböse um uns. Aber ich flehe zu Gott, daß alles sich zum Besseren wendet.«

Noch einmal sah er nach dem Priester hin, dann flüsterte er: »Nimm das, kleiner amigo. Aber sprich kein Wort darüber.« Er schob dem Knaben einen Zettel in die Hand, gleich darauf aber hatte er seinen Begleiter eingeholt und näherte sich dem Tor.

Blitzschnell lief Nicholas ins Gebüsch zurück. Dort hockte er nieder und entfaltete mit klopfendem Herzen das Papier.

»Lieber Nicco,

ich hoffe, daß diese Nachricht Dich erreicht. Sie haben mich in das cuartel gebracht. Ist es nicht ein grausamer Spaß? Ich kann fürwahr nicht sagen, daß es mir hier gut gefällt. Wenn ich meinen Körper geschmeidig halten will, kann ich mich höchstens auf den Kopf stellen. Ansonsten aber macht es mir nichts aus. Bald wird man mich freilassen, und dann werden wir zusammen über den herzlich lachen, der sich so in mir geirrt hat. Wenn Du es irgend kannst, so begieße die jungen Pflanzen. Es ist besser, Du hältst Dich von Garcia fern. Sei guten Mutes, amigo. Bald gehen wir wieder angeln. Ich glaube, Du tust gut, dieses Blatt zu vernichten. Dein Freund José«

Nicholas las diesen Brief dreimal. Dann nahm er ihn mit brennenden Augen zwischen die Zähne, zerriß ihn in kleine Streifen und würgte sie tapfer hinunter. Nachdem dies geschehen war, spähte er zwischen den Büschen hinaus, um sich zu vergewissern, daß er unbemerkt auftauchen könnte. Es gab ihm einen Stich ins Herz, als er sah, daß Pedro und der Priester nicht in das Haus eingelassen worden waren. Garcia hatte es für angemessener befunden, sie an der Tür warten zu lassen, und jetzt erschien der Konsul mit kaltem Stirnrunzeln, um sie dort abzufertigen.

Einen Moment lang beobachtete Nicholas die Szene. Dann überwand er seine Furcht, kroch auf Händen und Knien näher, ohne der Dornen zu achten, die ihn zerkratzten, bis er in Hörweite war.

»Es tut uns leid, daß wir Sie stören, Señor«, sagte Pedro in einem solchen Ton demütiger Unterwürfigkeit, daß das Herz des Knaben blutete. »Es ist uns klar, daß Ihre Zeit von sehr wichtigen Dingen in Anspruch genommen ist . . .«

»Ich bin in der Tat sehr beschäftigt«, schnitt der Konsul schroff ab.

»So sagte ich, Señor. Indessen ist die Angelegenheit, in der wir uns an Sie wenden, für uns von ungeheurer Wichtigkeit. Ich bin ein armer, unwissender Mann. Allein hätte ich es vielleicht nicht gewagt, herzukommen. Doch Pater Limaza hat mir gütigerweise versprochen, für mich zu reden.«

»Kommen Sie, bitte, zur Sache.«

Nicholas konnte es kaum ertragen. Er drückte die Zweige des Strauches auseinander, sah seinen Vater seltsam überhöht, Pedro, die Hände nervös aneinanderreibend, in der Gebärde des demütig Bittenden.

»Es handelt sich um José, Señor. Um meinen Enkel. Sie wissen, daß er in ernster Gefahr ist.«

Der Konsul hob sein fleischiges Kinn und bewegte ungeduldig den Kopf.

»Natürlich weiß ich das. Die Sache liegt nicht in meinen Händen. Warum wenden Sie sich nicht an die Polizei?«

»Arme Leute haben bei der Polizei wenig zu sagen, Señor. Wenn Sie aber, in Ihrer hohen Stellung, ein Wort sprechen wollten ...«

»Es steht weder in meiner Macht, den Lauf der Gerechtigkeit aufzuhalten, noch wünsche ich es zu tun. Ihr Enkel muß die Folgen dessen, was er getan hat, auf sich nehmen.«

»Aber, Señor ... dessen, was er getan hat«, stammelte Pedro, »das ist es ja gerade, was wir nicht verstehen können.«

»José ist ein braver Bursche, Señor.« Jetzt hatte Pater Limaza das Wort ergriffen, und er sprach in ruhigem, beschwichtigendem Ton. »Ich kann dafür einstehen, denn ich kenne ihn, solange er lebt.«

Von diesen Worten der Fürsprache zutiefst durchschauert, hob Nicholas den Kopf, so daß er die hagere, gebeugte Gestalt des Mannes, der da für José eintrat, sehen konnte. Aber da verzagte er. Der alte Priester in seiner schäbigen, mit Fettflecken besprenkelten Soutane, mit dem lächerlichen Schirm und den schweren, rissigen Schuhen, an denen getrockneter Lehm klebte, war wahrhaftig ein wenig eindrucksvoller Sachwalter. Sein einfältiges, vergilbtes und verrunzeltes Gesicht trug ein dunkelrotes Gewächs, das vom Mundwinkel ausging und ihn zwang, beim Sprechen nur die andere Hälfte des Mundes zu bewegen. Dadurch wurde seine Rede auf absurde Weise schleppend. »Ich bin es, der ihn getauft hat, Señor ... ich habe ihm die erste Kommunion erteilt. Ich war bei seiner Firmung zugegen.«

Die Einfältigkeit dieser Worte, geäußert noch dazu von einer solchen Vogelscheuche, machte den Konsul wütend.

»Höchst rührend«, höhnte er. »Sie haben ihn wohl wundervoll auf ein Verbrecherleben vorbereitet.«

»Gewiß sind wir alle Sünder.« Der alte Priester schien nicht im geringsten beleidigt, noch löste sich sein gütiger Blick von dem Gesicht des Konsuls. »Und dennoch kann ich nicht fassen, daß José ein Dieb sein soll.«

»Dann hat sich mein Schmuck wohl in Luft aufgelöst?«

»Es ist nicht unmöglich, Señor. Noch seltsamere Dinge geschehen zwischen Himmel und Erde.«

»Nur schade, daß der Himmel meinen Manschettenknöpfen erlaubte, in seiner Tasche zu verbleiben.«

»Ach ja, Señor, dies ist eine sehr belastende Tatsache. Doch José beharrt darauf, daß er sie nicht dahin getan hat.« Harrington Brande lächelte bitter. »Es wird ihm wohl schwerfallen, die Richter davon zu überzeugen.«

»Ohne Zweifel, Señor. Doch wir sind nicht seine Richter.« Er machte eine Pause, als böte er in letzter Einfalt sich selbst und all seine demütige Weisheit dar. »Ich glaube nicht, daß José schuldig ist. Aber selbst wenn er es wäre ... wenn er etwas so Arges und Törichtes getan hätte ... wäre es nicht ein Akt der Nächstenliebe, ihm zu verzeihen?«

»Halten Sie mich für verrückt?« Brande war durch die Haltung dieses alten Idioten zu unerwarteter Bitterkeit aufgestachelt. »Die Dinge, die er mir gestohlen hat, sind äußerst kostbar. Einige davon ... mein Saphirring ... die Uhr, ein Geschenk des Schweizer Gesandten, um nur zwei zu erwähnen ... sind ganz unersetzlich. Und ich soll sie mir stehlen lassen, ohne ein Wort des Einspruches?«

»Unzweifelhaft ist Ihr Verlust sehr groß. Aber wäre nicht der Verlust einer menschlichen Seele noch weit größer? Ich sagte Ihnen doch, daß ich José kenne. Wenn er in den Kerker geworfen wird – er, der die Freiheit der Natur so sehr liebt –, ich kann nicht dafür einstehen, was dann über ihn kommen mag ... in all der Bitterkeit ...«

»Das geht mich nichts an.«

»Und darüber hinaus, Señor«, beharrte der alte Priester, ohne sich einschüchtern zu lassen, mit der Sanftmut, mit der er wohl auf ein widerspenstiges Kind eingesprochen hätte, »darüber hinaus sind noch andere zu bedenken – schwache und schutzlose Geschöpfe, die doch unzweifelhaft frei von aller Schuld sind, Unschuldige, die, wenn Sie nicht Barmherzigkeit üben, in Kummer und Elend gestürzt werden. Sie wissen, daß José seine Schwestern ernährt und meinen wackeren Freund Pedro ...«

»Dann wird Ihr wackerer Freund Pedro in Zukunft

wieder für sich selbst arbeiten müssen«, unterbrach ihn der Konsul grausam. »Wenn der Grund seines Besuches nur sein Wunsch war, weiter in Müßiggang dahinzuleben, dann muß ich Ihnen sagen, daß er seine Absicht verfehlt hat.« Eine Pause folgte. Pedro, dessen runzeligen Hals eine tiefe Röte überzog, stand gebeugt da und murmelte seinem Begleiter zu:

»Was nützt das alles? Lassen Sie uns gehen.«

Pater Limazas freundliche Augen waren jetzt ernst. Er richtete sich auf, als ob er seine ganze Seele zu einer letzten Anstrengung aufböte:

»Und noch einmal, Señor, ein letztes Mal bitte ich Sie, seien Sie großmütig. So wie Sie Gnade von da oben erwarten, so sparen Sie auch nicht mit Gnade an uns. Stolz ist eine so armselige Täuschung. Sind wir nicht alle dem Willen Gottes unterworfen? In Gottes Namen, ziehen Sie Ihre Anklage gegen José zurück. Wenn Sie es nicht tun, wird Schlimmes daraus erwachsen.«

»Ich lehne das ab«, antwortete der Konsul brutal.

Ein tödliches Schweigen folgte. Der alte Priester ließ einen tiefen Seufzer hören. Nicholas, in seinem Gebüsch verborgen, konnte den Anblick nicht länger ertragen. Die Fäuste gegen seine Augen gepreßt, sank er auf die feuchte Erde zurück und rang mit dem Schluchzen, das ihn würgte. Blind und wie betäubt, einem Vogel gleich, der in einer Schlinge gefangen ist, hörte er nur noch den scharfen Knall, mit dem sein Vater die Tür hinter sich zuwarf. Dann kam schwer und schleppend, als trüge es ein Unmaß von Traurigkeit, das Schlurfen der Schuhe, das Nachschleifen eines lahmen Fußes auf dem Kies, als die beiden Alten davonschritten.

18

Drei Tage später reiste Professor Halévy nach Paris ab. Im Überschwang seiner Dankbarkeit bestand der Konsul darauf, daß seinem Freund wenigstens die Unbequemlichkeiten der ersten Reisestrecke erspart bleiben sollten – Garcia würde ihn nach Barcelona fahren. Als die beiden Männer in der Halle standen, während der Motor draußen schon surrte, nahm Brande die Hände des Arztes in einer jähen Anwandlung von Herzlichkeit zwischen die seinen.

»Mein lieber Halévy ... mit welchen Worten könnte ich Ihnen für Ihre unbezahlbaren Dienste danken?« Er verstärkte den Druck seiner Finger. »Sie sind mir ein solcher Helfer ... ein solcher Beistand ...«

Der Professor lächelte kaum. Im hellen Morgenlicht schien seine schmächtige Figur, in das dunkle Cape gewikkelt, noch eingeschrumpfter als sonst, und das graue Gesicht mit den scharfen Zügen und den blauen Schatten unter den Augen erinnerte an ein hungriges Nagetier.

»Als Mann der Wissenschaft suche ich keinen Dank.« Sein Ton war wohl einstudiert, er spielte mit der schwarzen Kette, die sein Cape zusammenhielt. »Als Ihr Freund indessen bin ich zufrieden, wenn meine Ergebnisse so außerordentlich waren. Bei meinen beiden letzten Sitzungen mit Ihrem Sohn habe ich deutlich eine erkennbare Lockerung der Fixation festgestellt. Und wenn dieser Bursche aus dem Wege bleibt, wird wohl der Komplex seine Grundlage verlieren und ganz verschwinden.« Er warf einen schlauen Blick auf sein Gegenüber. »Gleichzeitig aber möchte ich Sie bitten, auch Ihre eigene Gesundheit im Auge zu behalten.«

»Meine Gesundheit?« fragte Brande überrascht.

»Sie haben zugelassen, daß diese Sache – dieser spanische Bursche Sie über das erträgliche Maß erregt hat. Ihre Reflexe sind abnorm, Ihr Nervensystem ist am Rande des Zusammenbruchs.«

»Aber, aber, teurer Freund!« Der Konsul lachte ein wenig zu laut. »Ihre Zuneigung macht Sie überängstlich. Ich habe mich in meinem ganzen Leben noch nicht wohler gefühlt.«

»Daran zweifle ich nicht. Rache ist eine Leidenschaft, die stimulierend wirkt. Aber wir haben teuer dafür zu bezahlen, zuweilen. Lassen Sie die Rache nicht mit sich durchgehen. Mäßigung ist der einzig richtige Kurs für Sie.« Halévy sprach jetzt trocken und mit scharfer Nüchternheit, während er zur Tür schritt. »Nun ja, wir werden Sie ja in absehbarer Zeit in Paris sehen.« Mit einem rätselhaften, säuerlichen Lächeln, das sein fahles Zahnfleisch bloßlegte, fügte er fast spöttisch hinzu: »Zweifellos, sobald Ihr Buch erschienen ist.«

Als der Wagen abgefahren war, stand Brande immer noch vor dem Tor. In seiner jetzigen Stimmung hätte er einen herzlicheren Abschied bevorzugt, aber Halévy, der Unberechenbare, war, wenn er es wollte, fähig, alle Empfindsamkeit in seiner leidenschaftslosen Distanziertheit zu ersticken. War indessen solche Festigkeit nicht eine Tugend? Es schien dem Konsul in diesem Augenblick fast so. Es war seine Absicht gewesen, noch einmal zu Nicholas hinaufzugehen, bevor er sich auf den Weg nach seinem Büro machte, aber jetzt preßte er die Lippen zusammen und entschied sich gegen eine solche Geste der Freundlichkeit. Letzten Endes kam es nicht ihm zu, nach dieser Entfremdung den ersten Schritt zu tun ... der Junge sollte weich werden und mit offenen Armen gelaufen kommen. Er straffte seine Schultern, nahm Hut und Stock und machte sich auf den Weg zur Stadt.

Es war ein freundlicher Morgen, die Sonne stand noch nicht in ihrem vollen Glanz, und der Konsul war in Stimmung, sich Bewegung zu machen. Während er so vor sich hin schritt, war er sich eines tiefen Kraftgefühls bewußt, das ihn durchströmte. Ungestüm flutete das Blut in seinen Adern, durchpulste seinen ganzen Körper, stieg in warmen, dunklen Wellen zu seinem Kopf auf. Ein Ferment war in diesem gewichtigen Ernst, in dieser sicheren Haltung, kräftiger als Wein. Wie ein Liebender die Erfüllung seiner Sehnsucht vorauskostet, so genoß er in seltsamer Weise das bittersüße Gift seines Hasses.

Im Konsulat ging er geradenwegs in sein Zimmer. Er hatte sich kaum an seinen Tisch gesetzt, als Fernando anklopfte und eintrat.

»Mr. Decker ist nach Porto Alijo gefahren, Sir. Im

Zusammenhang mit dem Kargo der Eastern Star. Er hat dringend gewünscht, mit Ihnen zu sprechen, Sir.«

»Hat er irgend etwas hinterlassen?«

»Nein, Sir. Er sagte nur, daß er um fünf Uhr wieder zurück sein wird. Es sei äußerst wichtig.« »Wichtig?«

»Jawohl, Sir. Mr. Decker schien sehr aufgeregt.«

»Nun schön«, entschied der Konsul brüsk, »er kann mich ja sprechen, wenn er zurückkommt.«

»Noch eine andere Sache, Sir.« Der junge Spanier zögerte, senkte seine großen kaffeebraunen Augen. »Um neun Uhr wurde von der Corte aus angerufen. Es ist entschieden worden, daß José vor das Gericht in Barcelona kommt. Er wird am Donnerstag mit dem Nachmittagszug nach Barcelona gebracht.«

Eine Welle, ein elektrischer Strom, flutete durch die Nerven des Konsuls - dies, gerade dies war es, was er zu hören wünschte. Er hatte befürchtet, der Fall könnte vor das städtische Polizeigericht kommen, wo lokale Gefühle den Richter zugunsten des Angeklagten beeinflussen mochten. Vor einem hohen Gericht in Barcelona aber war das etwas anderes. Dort waren die Urteile korrekt und strikt, die Strafbemessung streng. Nur mühsam bewahrte Brande seinen amtlichen Gleichmut - seine Stimme war etwas unsicher, als er antwortete:

»Danke, Fernando, das wäre dann wohl alles.«

Als sich der Angestellte mit einer Verneigung zurückgezogen hatte, verlor der Konsul seine Fassung; erregt sprang er auf, begann auf der handgewebten Matte, die den schmalen Raum in seiner ganzen Länge ausmaß, auf und ab zu laufen. Dieses düstere Gefühl der Befriedigung, das in seiner Brust tobte, ließ ihn nicht still sitzen. Der Gedanke an die herannahende Stunde seiner Rache wuchs und wuchs in ihm, bis er sein ganzes Wesen bis in die letzte Fiber ausfüllte. Die Hände auf dem Rücken, den Kopf vorgeneigt, die Blicke starr auf den Boden gerichtet, lief er auf und ab wie ein Tier im Gefängnis. Selbstverständlich mußte er bei der Verhandlung anwesend sein, um seine Aussage zu machen - die Szene, wie sie sich vor Gericht abspielen würde, stand bereits lebhaft vor seinen

Augen. Aber mehr als das, im gleichen Zug wie der Gefangene wollte er nach Barcelona fahren, wollte Zeuge sein jeder Regung seiner Qual und seiner Scham ...

Es lag nur wenig Arbeit auf dem Tisch des Konsuls, eine Mappe mit Pässen, einige Frachtbriefe für zollpflichtige Exportwaren, sein Vierteljahresbericht über die Umsätze des Hafens – nein, es war ihm unmöglich, sich damit zu beschäftigen. Das Fieber seiner Rastlosigkeit stieg höher und höher. Er unterzeichnete einige Zertifikate, empfing kurz zwei Seeleute, die schon eine Stunde gewartet hatten, um ihre Papiere in Ordnung zu bringen, und ging dann frühzeitig ins Café El Chantaco zum Mittagessen. Es war sonst seine Gewohnheit, zu Mittag nur eine Kleinigkeit zu sich zu nehmen, und oft begnügte er sich sogar mit einer Tasse Kaffee; heute aber fühlte er ungewöhnlichen Appetit. In einer Fensternische sitzend, bestellte er ein Beefsteak, eine leckere Pimento-Omelette und einen Ziegenkäse; dann trank er, obwohl er untertags nur selten geistige Getränke berührte, in rascher Folge drei Gläser Manzanilla. Eine Gruppe Segelschiffer saß mit dem Hafenlotsen am Nebentisch, man trank Bier, aß Sardinen und Oliven. Ihre respektvollen Grüße schärften sein Gefühl persönlicher Autorität, ja körperlicher, männlicher Kraft. Irgendwo im Hintergrund spielte jemand auf einer Concertina ein schleppendes catalanisches canción, und die Worte, in die in Moll geführte Melodie eingebettet, in fallenden Intervallen verklingend, mischten sich in seinem Kopf mit dem spanischen Sentiment, sie erregten und bezauberten ihn.

Er rauchte sich eine Zigarre an und tat eine Weile lang, als ob ihn die »Voz de Madrid«, deren auf einen Rahmen gespannte fettige zerknitterte Blätter er umwandte, lebhaft interessierte. Aber das führte zu nichts. Er stand auf, warf eine Banknote auf den Tisch und verließ das Café. Ziellos schlenderte er den menschenleeren, sonnenüberfluteten Kai entlang, der in der nachmittäglichen Glut zu zittern schien, an Stapeln von Fässern vorbei, die einen heißen Geruch von Öl und Harz ausströmten. Ein Satz, den Halévy eines Abends mit einem geringschätzigen

Achselzucken vor sich hin gemurmelt hatte, hallte wieder und wieder in seinem Ohr: »Bester Freund . . . ein Mann von Ihrer Maskulinität, auf der Höhe seiner Kraft . . . wahrhaftig, Sie setzen mich in Erstaunen.«

Plötzlich, wie unter einem inneren Zwang, zog er die Krempe seines Hutes tiefer herab, bog in eine fremde Gasse ein, die um diese Zeit still und verlassen dalag, und selbst in der Mittagshitze ein wenig düster wirkte, und dann nahm ihn das dunkle Patio eines Hauses auf, er tauchte in einen gewölbten Korridor unter . . .

Es war fast fünf Uhr, als er in das Konsulat zurückkehrte und mit einem undeutbaren Ausdruck in dem harten blassen Gesicht direkt in sein Zimmer ging. Beim Durchschreiten des Büros hatte er mit einem Seitenblick festgestellt, daß Alvin bereits da war. In der Tat hatte der Gehilfe seinen Chef mit einer selbst für ihn ungewöhnlichen gespannten Besorgnis erwartet. Jetzt rückte er mit einer charakteristischen Geste seine Krawatte zurecht und fegte noch einmal den Staub, der ihm von dem Laderaum der Eastern Star anhaftete, von seinen Hosenaufschlägen.

Brande setzte sich schwerfällig in seinen Drehstuhl, tastete nach seinem Taschentuch und wischte sich die Feuchtigkeit von seiner Stirn. Das Batisttuch noch in der Hand, starrte er minutenlang geradeaus vor sich hin. Der körperliche Kräfteverbrauch hatte ihm ein gewisses Aufatmen gebracht, seinen Gedanken Aufschub gewährt; trotzdem war er wegen dieses sinnlosen Abenteuers ärgerlich und, ohne sich darüber Rechenschaft ablegen zu können, niedergeschlagen. Schließlich raffte er sich mit einem Achselzucken auf, setzte sich zurecht und drückte auf die Tischglocke. Sogleich tauchte Alvin auf. Fast wie eine Holzfigur saß der Konsul da und starrte seinen Gehilfen an. »Nun«, fragte er endlich, »was gibt's?«

Das Gehaben seines Vorgesetzten erhöhte nur die nervöse Verwirrung Deckers.

»Es ist mir unangenehm, Sir, daß ich Ihnen Peinlichkeiten bereiten muß. Es ist mir wirklich sehr unangenehm.

Aber Tatsache ist, daß ich von der Vermittlung einen Brief bekommen habe.«

»Von welcher Vermittlung?«

»Von der Stellenvermittlung. Sie mögen versichert sein, Sir, daß ich alles tat, was in meiner Macht stand ... ich habe mich mit der zuverlässigen Firma in Madrid in Verbindung gesetzt. Es war ernstlich mein Wunsch, Ihnen dienlich zu sein, aber ich habe natürlich in solchen Dingen keine Erfahrung.«

»Wollen Sie nicht die Güte haben, mir endlich zu sagen, wovon, zum Teufel, Sie eigentlich reden?«

Alvin befeuchtete seine trockenen Lippen.

»Es handelt sich um Ihren Diener, Sir ... Garcia ... den Mann, den ich für Sie engagiert habe. Er konnte wirklich die allerbesten Referenzen vorweisen, aber jetzt schreibt mir die Stellenvermittlung vertraulich, daß gewisse Gründe dafür sprechen, all jene Zeugnisse seien gefälscht. Es heißt da weiter in dem Brief, daß die Behörden da hinter einem Mann her sind ... Roderigo Espantago ist sein Name ... Die Vermittlung befürchtet, es könnte sich um Garcia handeln. Er wird wegen Raubes und Desertion verfolgt. Der besagte Mann ist aus einem Inquisiten-Irrenhaus in Malaga ausgebrochen, wo er zur Beobachtung war ...«

Brande bewahrte die unpersönliche Maske seiner Autorität, aber er empfand einen jähen Stich. Er war darauf gefaßt gewesen, daß ihm irgendeine geringfügige amtliche Schwierigkeit vorgetragen würde, die Sorte von Problem, wie sie gewöhnlich Alvins von Skrupeln geplagten Verstand quälte. Das aber ... das war unglaubhaft, war phantastisch.

»Zeigen Sie mir den Brief«, verlangte Brande nach einer Pause.

Er las das Blatt, das Decker ihm reichte, zweimal, saß dann einige Minuten lang in verdrossenem Nachdenken da und hob schließlich den Bick zu seinem Gehilfen.

»Das ist nichts Bestimmtes. Es wird keinerlei Beweis erbracht.«

»Nein, Sir«, wandte Alvin ernst ein, »aber die Sache

sieht doch sehr verdächtig aus. Ich sprach mit Carol darüber, und sie war schrecklich aufgeregt ... hat verlangt, daß ich sofort zu Ihnen gehe. Meinen Sie nicht, daß Sie unter diesen Umständen gewisse Schritte unternehmen sollten?« Harrington Brande schürzte die Lippen.

»Wollen Sie ... und Ihre verehrte Gattin ... mich instruieren, was ich zu tun habe?«

»Gewiß nicht, Sir«, Alvin errötete jäh, »aber dieser Bursche, den man da sucht, scheint gefährlich zu sein ... und wenn er tatsächlich Ihr Diener sein sollte ...«

Auch in dem Konsul war ein Verdacht rege. Trotzdem antwortete er in kühler Gelassenheit: »Garcia gehört jetzt seit einigen Monaten meinem Haushalt an. Bei einem so engen Zusammenleben hatte ich hinreichend Gelegenheit, ihn zu beobachten. Und ich kann nur klar und eindeutig sagen, daß ich nie einen besseren und verläßlicheren Diener gehabt habe. Mit anderen Worten, ich glaube nicht, daß dieser Brief etwas mit ihm zu tun hat. Wahrscheinlich hat die Stellenvermittlung ein derartiges Rundschreiben an alle ihre Klienten gerichtet.«

»Aber Sie werden der Sache doch jedenfalls nachgehen?« rief Alvin. »Ich empfinde meine Verantwortung belastend ...«

»Sie können davon überzeugt sein, daß ich genau das tun werde, was nötig ist.« Gewohnte Ironie zuckte auf der Wange des Konsuls. »Und wenn es nur geschähe, um diese schwere Last von Ihrer Seele zu nehmen.« Er faltete das Blatt sorgfältig zusammen und schob es in seine Westentasche. »Sie werden natürlich zu niemand über diesen Brief sprechen. Ich würde einen solchen Vertrauensbruch sehr ernst ansehen.«

»Gewiß, Sir, Sie können sich auf mich verlassen.« Alvin zog sich in seine unterwürfige Art zurück, konnte aber einen sonderbaren Blick auf seinen Chef nicht ganz unterdrücken.

»Hoffentlich«, sagte Brande gepreßt. Dann stand er auf, nahm seinen Hut, blieb an der Tür einen Augenblick in heimlichem Zaudern stehen, machte dann eine Wendung und stieg schwer die knarrende Holztreppe hinab.

19

Früher am Nachmittag hatte Nicholas, der angekleidet auf seinem Bett lag, unvermittelt die ganze Schwere seines Herzeleides empfunden. Diese Trennung von José war unerträglich. Gab es gar nichts, was er tun konnte, ihr ein Ende zu setzen?

Er wußte, daß Professor Halévy abgereist war; damit war ihm wenigstens das Unbehagen dieser Verhöre erspart, die ihm, wenn er auch ihren Zweck nicht erfassen konnte, immer wieder die Röte rascher Scham auf die Wangen trieben. Garcia war fort, fuhr den Wagen nach Barcelona, und Magdalena, geheimnisvoller und unnahbarer als sonst, kam nicht aus ihrem Zimmer.

Die tödliche Stille des Hauses, so sehr sie den Geist des Knaben einschüchtern mußte, trieb andererseits zur Tat. Er stand auf, ging in den Garten, der so trostlos verlassen dalag, nahm nach einem Augenblick letzten Schwankens seine Kräfte zusammen und lief auf die Uferstraße hinaus, die zur Stadt führte. Eine gewisse Erleichterung bedeutete es allein schon, daß er seine Glieder in Bewegung setzte und sich einbilden konnte, er habe etwas vor.

Es war drückend heiß. Die Sonne, eine dunkelrote Orange, glühte auf ihn herab, und der Weg, den er noch nie zu Fuß gegangen war, schien ihm endlos. Als er endlich todmüde San Jorge erreichte, kam die Unentschlossenheit wieder über ihn. Die staubige, verlassene Plaza lag wie ein in der Hitze verschmachtender Hund da, die Fenster der Häuser, dicht gegen den Tag verhangen, waren wie blinde Augen, die engen Seitengassen kuschelten sich schattig in ihr Geheimnis.

Eingeschüchtert, aber ohne sich besiegt zu geben, überquerte Nicholas tapfer den Platz und wandte sich der Richtung zu, in der das Gefängnis lag. Aber ach, dort war seinem Mut ein Ziel gesetzt. Der erschreckende Anblick des Gefängnisses, das breit und zinnenbewehrt, von zwei Zwillingstürmen flankiert, mit seinem massiven Eingang und den rostigen Eisengittern dalag, schüchterte ihn wieder ein. Das Haus war die alte Festung des Ortes; seine kahle Fassade, hinter der sich düstere Tiefen verbargen, war frostig von dem Wappenvogel überschattet, der seine breiten Schwingen darüber spannte; das Herz des Knaben sank. Der naive Gedanke, es würde sich irgendein Schlupfloch finden lassen, durch das er mit seinem Freunde sprechen konnte, verging vor diesem Anblick.

Eine Weile trieb er sich, ängstlich eine gewisse Distanz haltend, in der Nähe herum, klammerte sich an die vage Hoffnung, irgendein unvorhergesehener Glücksfall könnte ihm zur Hilfe kommen. Aber nichts geschah, rein nichts – es war, als ob hinter diesen starren Steinmauern keine Spur des Lebens sich regte. Und plötzlich, unvermittelt von Panik ergriffen, begann Nicholas zu laufen, floh aus dem Gefängnisrevier.

War er zuvor erschrocken gewesen, so empfand er jetzt verzweifelte Niedergeschlagenheit. Im Laufen hatte ihn die quälende Vorstellung gepeinigt, die Türme streckten lange Arme nach ihm aus, ihn einzufangen. Gejagt von seiner Angst verlor er im Wirrsal krummer Gäßchen die Richtung. Ein Mann, der einen dunklen Sombrero trug, schrie ihm etwas nach, dann fiel er beinahe über eine alte Frau, eine Wasserträgerin, die ihre Tonkrüge auf das Pflaster gesetzt hatte und verschnaufte.

Nun fand er sich, von einem glücklichen Zufall gelenkt, in einer engen, aber vertrauten Straße, die zum Strand hinabführte. Aus der Ferne hörte er eine Turmuhr drei schwache Schläge geben, der gedämpfte Ruf eines Losverkäufers gab ihm neuen Mut, er faßte sich wieder ein Herz, beschleunigte noch einmal seine Gangart und schritt der Calle Corriente zu. Das Haus, in dem José wohnte, war leicht zu finden. Immer noch außer Atem, bezog er auf der gegenüberliegenden Straßenseite Posten und starrte gespannt zu dem vierten Stockwerk hinauf. Er hatte nicht den Mut, die gewundene Treppe zu der kleinen Wohnung hinanzusteigen, aber wenn er hier geduldig wartet, würde sich sicher irgend etwas ergeben.

Er wartete eine gute Stunde lang, die Sonne sank, die Luft begann fühlbar abzukühlen, aber niemand von Josés Familie zeigte sich. Er war schon daran, aufzugeben und trostlos davonzugehen, als er Pedro in der Gasse, die zu dem Haus führte, auftauchen sah. Da würgte er die Trokkenheit hinunter, überwand seine Lähmung und lief über die Straße.

»Pedro! Ich bin es . . . Nicco. Haben Sie Neuigkeiten?« Der alte Mann richtete seinen traurigen Blick auf Nicholas.

»Doch, Nicco, Neuigkeiten weiß ich schon.« Er schüttelte bekümmert den Kopf. »Aber es sind keine guten. José kommt vor das hohe Gericht in Barcelona. Ich fürchte, es wird ihm dort nicht gutgehen.«

»Ach, Pedro!«

»Ja, es ist für alle eine schlimme Sache.« Der alte Mann seufzte. »Aber am schlimmsten ist sie für José.«

»Wie fühlt er sich?« Die Stimme des Knaben bebte.

»Nicht gut. Das Eingesperrtsein fällt ihm nicht leicht. Von klein auf hat er im Freien gelebt. Und wenn sie ihn lange so einschließen . . .« Pedro beendete seinen Satz mit einem vielsagenden Seufzer.

Eine quälende Pause.

»Ich möchte wissen . . . hat er von mir gesprochen?« Nicholas brachte kaum die Worte über die Lippen.

»Doch.« Der alte Pedro nickte. »Sooft ich ihn sehe, spricht er von dir. Trägt mir freundliche Grüße für dich auf. Und ich soll dir sagen, daß er sich schon irgendwie heraushelfen wird.«

»Aber Pedro – ist das denn möglich?«

Der alte Mann blickte die leere Straße hinauf und hinunter, beugte sich dann über Nicholas und sagte leise:

»Eigentlich sollte ich nicht mit dir davon sprechen. Aber du hast José so gern wie wir, also bist du einer von uns. Hör also zu, mein Kind: es gibt eine Hoffnung, daß José sich aus der Schlinge zieht. Bringen sie ihn nach Barcelona, so ist er verloren, das wissen wir alle. Solange er hier im Gefängnis sitzt, läßt sich auch nichts tun. Auf dem Transport aber« – der alte Mann senkte seine Stimme zu einem Flüstern –, »da mag sich eine Gelegenheit ergeben. Große Hoffnungen lassen sich nicht daran knüpfen, aber wir hoffen eben. Gelingt uns etwas, dann wird José sich in die Berge flüchten, zu der alten Mühle, wo du mit ihm angeln warst. Dort kann er sich wochenlang versteckt halten, bis alles vorüber und vergessen ist.«

Ein schnelles Aufatmen kam aus der Brust des Knaben, sein trübes Gesicht hellte sich auf. Die alte Mühle am Bergfluß ... Das war ein Platz, wo man sich verstecken konnte ... und dort würde er ihn sehen, ihn unter irgendwelchem Vorwand besuchen können. So köstlich war diese Aussicht, daß er kaum weiterzudenken wagte. Regungslos stand er da, starrte in Pedros runzeliges Gesicht; plötzlich aber preßte er in jäher Freude den Arm des alten Mannes.

»Ja! Sag ihm ... so muß er es machen.« Und im Nu wandte er sich um, lief davon, die Lippen gelöst, als lächelte er sich selbst zu, Lippen, die ein köstliches Geheimnis verwahrten.

Vergessen war alle Müdigkeit. Nicholas rannte den Weg zurück, und es war gut, daß er so tat, denn sein Vater kam etwas vor der gewohnten Zeit nach Hause. Auch Garcia kehrte zurück, und einen Augenblick lang fürchtete der Knabe, man könne ihn ausfragen, wie er seinen Nachmittag verbracht hätte. Doch war der Konsul in eigene Gedanken verstrickt und mißlaunig; nichts geschah, als sie bei Tisch saßen, und Nicholas atmete auf, als wäre die Gefahr vorübergegangen.

Die ganze letzte Woche hatte Brande Nicholas mit einer Art förmlicher Höflichkeit behandelt. Seine Liebe zu dem Knaben hinderte ihn, ihm irgendwelche Härte oder Strenge zu zeigen. Es gab Augenblicke, in denen ihn eine wilde Sehnsucht erfaßt hatte, das Kind leidenschaftlich in seine Arme zu ziehen. Doch sein Stolz, das Gefühl, es sei ihm ein Unrecht zugefügt worden, verbot ihm ein solches Zurschaustellen seiner Schwäche. Er mußte erst seine Stellung wieder befestigen, den Schaden tilgen, den sein väterliches Prestige erlitten, bevor diese frühere Beziehung, die ihm so kostbar war – gegründet auf die Achtung und Bewunderung des Kindes – wiederhergestellt werden konnte.

An diesem Abend aber war ihm deutlich anzusehen,

daß ein neues schweres Problem ihn beschäftigte, und von einigen belanglosen Bemerkungen abgesehen, sprach er Nicholas nicht an. Dagegen schien seine Aufmerksamkeit seltsam auf Garcia gerichtet; seiner sonstigen Gewohnheit entgegen sprach er den Diener, wenn dieser beim Servieren an den Tisch herantrat, mehrfach an.

»Sie haben Professor Halévy zur Bahn gebracht?«

»Jawohl, Señor.«

»Ist der Zug pünktlich gewesen?«

»Sind Züge jemals pünktlich, Señor?« Die Miene des Dieners drückte grämlichen Spott aus, und er legte nachlässig eine Hand leicht an die Hüfte.

»Nein, wohl kaum.« Brandes Gesicht färbte sich leicht. Zum erstenmal fühlte er im Betragen des Mannes eine unangenehme Vertraulichkeit. »Ist Professor Halévy gut abgereist?«

»Unzweifelhaft, Señor. Habe ich jemals einen Befehl schlecht ausgeführt? Um elf Uhr . . .«

Nicholas verstand die Bedeutung dieser ungewöhnlichen Fragen und Antworten nicht, aber sie flößten ihm Unbehagen ein, und er war froh, als ein Kopfnicken des Vaters ihn entließ, ihm die Freiheit gab, sich in sein Zimmer zurückzuziehen; er kleidete sich aus und überließ sich der Einsamkeit der kühnen neuen Hoffnung, die Pedros Worte ihm ins Herz gepflanzt hatten.

Unten saß der Konsul am Tisch, spielte versonnen mit dem Portweinglas, schob es hin und her, als suchte er vergeblich nach einem Entschluß. Zweimal schon hatte der Diener von der Küchentür aus nachgesehen, ob er abräumen könne, aber Brande hatte sich nicht gerührt. Bei seinem dritten Auftauchen aber hob der Konsul plötzlich den Kopf.

»Garcia!«

»Jawohl, Señor.«

Unter dem stetigen Blick des Dieners, der die Brauen fragend gehoben hatte, dessen Augen aber in ihrer Ausdruckslosigkeit fast unmenschlich blieben, verlor Brande den Mut, wich zurück. Zum erstenmal spürte er aus diesem undurchsichtigen Blick einen vagen Hohn heraus, der sich als dienerhafte Unterwürfigkeit maskierte. War es wahr, was Nicholas so oft und mit so angstvoller Sicherheit behauptet hatte? Zweifel, ein Verdacht, der bisher noch nie in ihm aufgekeimt war, kreuzten durch sein Gehirn, setzten ihn in neue Verwirrung.

»Garcia«, begann er entschlossen, »ich habe mit Ihnen zu reden.«

Der Diener verneigte sich, um ein Beträchtliches zu tief, die Verzerrung einer Gebärde des Gehorsams.

»Wann sind Sie mit dem Wagen zurückgekommen?«

»Um fünf Uhr, Señor.«

»Professor Halévy ist um elf Uhr abgereist.« Brande schien nachzurechnen. »Wenn man zwei Stunden für die Fahrt veranschlagt, so hätten Sie um eins hier sein können.«

Garcias Brauen hoben sich ein wenig höher.

»Man muß essen, Señor. Ich mußte mir eine bescheidene, frugale Mahlzeit gestatten.«

»Sie haben also zu dieser bescheidenen, frugalen Mahlzeit vier Stunden gebraucht?«

»Es war mir nicht bewußt, daß Anlaß zur Eile vorläge. So verlängerte ich meine Tischzeit . . .«

»Haben Sie während dieser verlängerten Tischzeit getrunken?«

»Señor?«

»Ich habe Sie beim Servieren aufmerksam beobachtet, und da hatte ich den Eindruck, daß Sie getrunken hätten.« Der Diener zog die Mundwinkel scharf herab. Einen Augenblick lang war der Tod in seinen Augen, dann aber flammte verächtlicher Spott, sorglose, höhnische Überlegenheit wieder darin auf.

»Ich bin auch nur ein Mensch, Señor, und muß die Gelegenheiten wahrnehmen, wo sie sich bieten. Wenn ich aufrichtig sprechen darf, ich bin ein Weinkenner, bin an guten Wein gewöhnt. Als ich bei den Aostas in Madrid diente, bekam ich nur den besten Marsala.«

Der Konsul biß sich auf die Lippen.

»Die erwähnen diese Aostas sehr gern. Wann waren Sie eigentlich dort im Dienst?«

Garcia antwortete gleichmütig, mit verhaltenem Trotz: »Das ist schon einige Zeit her.«

»Wann?« wiederholte der Konsul in festem Ton.

Jetzt vollzog sich eine seltsame Wandlung in den Augen des Dieners, ein Belag erschien auf den Pupillen, als wäre in den Tiefen etwas Unreines aufgerührt worden, als bildete sich eine schützende Decke, durch die nichts eindringen konnte.

»Das steht genau in meinen Zeugnissen«, sagte er gelassen. »Ich habe sie alle beisammen, alle in Ordnung.«

»Natürlich«, sagte der Konsul. Er machte eine Pause. »Und Sie haben nie von einer Person des Namens Roderigo Espantago gehört?«

Ein einziges Mal zuckten die fleischigen Augenlider des Dieners. Seine regungslosen Züge schienen noch starrer zu werden. Seine Stimme aber klang seltsam gepreßt, als er antwortete:

»Warum sollte ich? Wer ist das?«

»Ein Verbrecher. Einer, den die Madrider Polizei sucht.«

Ein Schweigen lastete wie Herzpochen auf dem Raum. Garcias Gesicht war verzerrt. Auf seiner Nase und seinen Wangen zeichnete sich ein Netz roter Adern ab. Und plötzlich brach er los:

»Wahrhaftig, Señor, das ist eine Beleidigung! Für wen halten Sie mich, daß Sie mir solche Verdächtigungen an den Kopf werfen? Ist es meine Schuld, wenn ich Neider und Feinde habe? Nein, Señor, tausendmal nein! Und ich habe immer einen Weg gefunden, meine Feinde zu vernichten, dieses tückische Lumpenpack!« Er schrie jetzt beinahe. »Ich speie sie an!«

»Seien Sie still, Garcia!« mahnte Brande ernst, ohne erkennen zu lassen, wie erschrocken er war.

»Ich bin an Bosheit und Niedertracht gewöhnt«, rief der Diener, der sich in immer größere Erregung hineinsteigerte. »Ich bin jemand! Oft, wenn ich auf der Straße an Fremden vorbeigehe, höre ich die Leute murmeln: ›Das muß jemand sein . . . ein Adeliger.‹ Pah, das ist mir gleichgültig, ich bin nicht stolz. Aber ist es meine Schuld, wenn ich den Neid der Leute errege? Einmal muß doch alles das aufhören, sonst wird einem das Leben unmöglich gemacht. Kein Mensch kann auf die Dauer geben und geben und gar nichts dafür bekommen. Ein sinnloses Opfer – nie werde ich mich zu so etwas hergeben –«

»Das genügt für jetzt.«

Brande hatte sich in seiner Betroffenheit halb vom Tisch erhoben; ganz plötzlich erlosch alles Licht in den Augen des Dieners. Ein leiser Schauer, fast ein Krampf, lief durch seine Züge. Er atmete schwer, dann fuhr er sich mit dem Handteller über die Lippen, um den weißen Speichel, der sich in den Mundwinkeln gesammelt hatte, fortzuwischen. Jetzt warf er dem Konsul einen Seitenblick zu. Er war wieder ruhig, sein Wesen unterwürfig und einschmeichelnd, aber in seiner Stimme klang eine verhaltene Drohung.

»Offenbar hat mich jemand bei Ihnen schlechtgemacht. Ich glaube, Sie waren immer mit mir zufrieden. Ist das nicht so, Señor?«

»Gewiß«, murmelte der Konsul.

»Mir genügt es, Señor, wenn Sie zufrieden sind. Dann fällt es mir leicht, all diese närrischen Anschuldigungen zu vergessen. Oder haben Sie nicht schon genug Ärger in Ihrem Haushalt gehabt?«

Ein Schweigen folgte. Brande trommelte mit den Fingern auf den Tisch, unbefriedigt, voll inneren Aufbegehrens, aber seltsam unwillig, die Sache weiterzutreiben. Die Worte kamen fast mühsam hervor, als er endlich den Mund auftat: »Sie können mir also volle Gewißheit geben, daß kein wahres Wort an diesen . . . an diesen Unterstellungen ist?«

»Keine Spur von Wahrheit, Señor. Beruhigen Sie sich bitte. Ich werde mir weitere Papiere aus Madrid kommen lassen. In wenigen Tagen kann ich Ihnen dann alle Unterlagen zur Prüfung vorlegen.« In einem selbstsicheren Lächeln zeigte Garcia seine nikotingetönten Zähne. »Darf ich jetzt mit Ihrer Erlaubnis abräumen, Señor?«

»Ja, ich bin fertig«, sagte Brande schwer.

Er verließ das Zimmer, stieg bedächtig die Treppe hinauf, zögerte einen Augenblick auf dem Korridor, dann betrat er sein Schlafzimmer; in wirre Gedanken versunken blieb er stehen und starrte vor sich hin.

Es mochte schließlich genügen, sagte er sich, daß Garcia die Beschuldigung zurückwies. Er jedenfalls, er hatte seine Pflicht nicht versäumt. Hatte den Diener zur Rede gestellt, ihn scharf ins Verhör genommen und war beruhigt worden. Was hätte er mehr tun sollen?

Und trotzdem wußte er mit grausamer Gewißheit, daß Garcia der Mann war, den die Polizei suchte. Das Gehabe des Dieners während der Befragung war so seltsam – aus dem Gleichgewicht gebracht, das war der einzig passende Ausdruck –, sein letztes Lächeln, einschmeichelnd und doch höhnisch, so voll unheimlichen Appells an sein Einverständnis gewesen, daß es all seine Beteuerungen Lügen strafte und den Mann völlig preisgab ...

Schwindelnd stand Brande wie ein Bergsteiger vor einem unerwarteten Abgrund, unfähig, einen Schritt vorwärts oder zurück zu tun. Und doch, er mußte weiter – war schon zu weit, um zurückgehen zu können. Alle seine Kräfte waren jetzt, bis zur Weißglut erhitzt, auf dieses einzige Ziel gerichtet, auf die Rache an José. Jeder Schritt, den er gegen Garcia unternahm, mußte das Hauptziel in die Ferne rücken, ja vielleicht für immer preisgeben. Nein, alle ferneren Nachforschungen nach Garcia mußten aufgeschoben werden, bis der Fall José erledigt war. Schließlich hatte der Diener versprochen, in den nächsten Tagen Beweise seiner Identität beizubringen. Es war nur geziemend, ihm diese Frist zu gewähren. War dann nicht alles in Ordnung, so konnte man sich seiner ohne Mühe entledigen.

All das erwog Brande, unentwirrbar in seine Gedanken verstrickt, ohne die Tatsache ins Auge zu fassen, daß José, wenn der Verdacht gegen Garcia begründet war, unschuldig sein mußte. Blind und taub gegen jedes andere Argument, schaltete er Störungen aus, die seinen Plan durchkreuzen konnten. Sein Entschluß stand fest, er hatte jetzt nur noch auf den nahen Moment der Rache zu warten.

20

Der Donnerstag kam heran, ein feuchter, stiller Tag, dessen Morgen durchsichtig und lichtgetränkt aufstieg. Aus dem glasig grauen Himmel sickerte eine warme Stille herab, deren unsichtbare Wellen nicht einmal die zarten Blätter an den Mimosensträuchern zum Zittern brachten. Die langen Büschel der Tamarisken, die den Weg säumten, hingen matt herab wie Zungen dürstender Tiere. Von weit her kamen Töne vibrierend, klangen wie das Schwirren einer gigantischen Harfe. In der Casa Breza waren die Geräusche der fernen Stadt unnatürlich klar, aber seltsam gedämpft zu hören. Nur das Zirpen der Zikaden unterbrach die drückende Stille, endlos, unersättlich.

Dieser seltsame, verhangene Tag schien zur Stimmung des Konsuls zu passen, der von dem Augenblick an, da er sich erhob, mürrische Entschlossenheit zeigte. Seit er vor zwei Tagen seine Entscheidung getroffen hatte, wußte er, daß es kein Zurückblicken gab, und seine Gedanken waren fest auf das Ziel gerichtet, an das er unvermeidlich gelangen mußte. Dennoch wollte die befremdliche Niedergedrücktheit nicht von seiner Brust weichen.

Nach dem Frühstück, bevor er sich auf den Weg ins Büro machte, zog er Nicholas in den Alkoven des Salons und setzte ihm mit qualvoller Logik auseinander, was nun zu geschehen habe. Irgendwie brachte es ihm ein Aufatmen, daß der Kleine fügsam zuhörte; der Konsul hatte einen neuen Ausbruch, eine Szene befürchtet. Erst als er, schon im Weggehen, von dem Portikus zum Wagen hinunterstieg, hob Nicholas, der an der Eingangstüre stand, den Kopf.

»Fahr nicht, Vater«, er sprach leise, seine Lippen zitterten nur ganz schwach.

»Ich muß, Nicholas.«

Da aber verlor der Knabe für einen Augenblick die Fassung und schrie auf:

»Vater, ich bitte dich, fahr nicht! Es ist nicht notwendig. Sie können José doch ohne dich hinbringen.«

Brande hatte schon den Wagen bestiegen. Er hob

abweisend die Hand, schüttelte mißbilligend den Kopf, und gleich darauf war er fort.

Im Büro, während des Vormittags, brachte er es fertig, seine Gedanken von der bevorstehenden Fahrt abzulenken. Einige Leute, die sich um Einwanderungserlaubnisse bemühten, mußten verhört, ihre Dokumente mußten revidiert und attestiert werden; dann zogen einige Schiffsdeklarierungen seine Aufmerksamkeit auf sich; nachdem dies besorgt war, mußte er einen Brief an Restaud & Co. schreiben, ein Pariser Verlagshaus, das Halévy ihm als geeignet bezeichnet hatte, seinem Werk über Malebranche gerecht zu werden. Aber seine Feder hatte heute nicht den gewohnten Fluß; aus irgendeinem Grunde fühlte er sich abgespannt, von körperlicher Lethargie niedergehalten. Doch gewann er wenigstens für den Augenblick eine gewisse Befriedigung dem Gedanken ab, daß sein Manuskript nun abgeschlossen war und postfertig im Schlafzimmer lag.

Um ein Uhr ließ er sich, für diesen Tag die Öffentlichkeit des Chantaco meidend, ein belegtes Brot und eine Tasse Kaffee in sein Büro bringen; dann, zwanzig Minuten später, machte er sich auf den Weg zum Bahnhof. Es hatte zu regnen begonnen; schwere warme Tropfen zeichneten Flecken, so groß wie Münzen, auf das staubige Pflaster; dennoch ging der Konsul langsam, ohne die Nässe zu beachten. So gierig hatte er diesen Augenblick, diese Stunde des Gerichtes herbeigesehnt, daß er sich jetzt fast darüber ärgerte, so lustlos und bedrückt zu sein. Gewiß, er hatte in letzter Zeit sehr schlecht geschlafen, in der vorigen Nacht kaum eine Stunde wirklich erquickenden Selbstvergessens genossen. Doch das allein genügte nicht, seinen sonderbaren Stimmungswechsel zu erklären. So phantastisch es auch schien, er hatte sich noch nicht von der Erinnerung an seine Unbesonnenheit – so nannte er es selbst – an jenem schwülen Nachmittag vor zwei Tagen freigemacht. Auch hatte er den nagenden Zweifel an Garcia nicht zu bannen vermocht. Er mochte das alles wegschieben, es drängte sich immer wieder heran, gefährdete die Pose seiner Unantastbarkeit, erfüllte ihn mit unerträglichem Kleinmut.

Auf dem Bahnhof waren die drei schon zur Stelle – Pedro, José und der Guardia; unter dem schützenden Dach des despacho de billetes hatten sie Schutz gegen den Regen gesucht. Der Konsul betrachtete sie schweren Blikkes, stellte mit leiser Verwunderung fest, wie hager und schlaff José geworden war, wie ungekämmt er aussah; die Handfesseln zwangen ihn, dicht neben dem Guardia zu stehen. Obwohl erst eine Woche verstrichen war, empfand der Konsul bei seinem Anblick nicht das erwartete Neuaufwallen seines Hasses, nur einen sonderbaren Widerwillen, der noch wuchs, als er sein Billett gelöst hatte und näher trat. Wie ein Automat kam er sich vor, von einem Mechanismus bewegt, den er selbst in Gang gesetzt hatte, nun aber nicht mehr aufhalten konnte.

Als er zu der kleinen Gruppe trat, wandten sich Pedro und José ab, der Guardia aber grüßte höflich mit seiner freien Hand.

»Feucht, wie?« bemerkte Brande nach einem kurzen Augenblick.

»Jawohl, sehr feucht, Señor«, antwortete der Guardia kurz, aber respektvoll.

In der langen Pause, die folgte, betrachtete der Konsul die schimmernden Handfesseln. Irgendwie flößten sie ihm sonderbaren Widerwillen ein. Er konnte deutlich sehen, daß das stählerne Armband auf dem Handgelenk des Guardia einen Striemen zurückließ. Und plötzlich fragte er mit einer Stimme, die gereizt und doch wie von weit her klang: »Ist das denn nötig?«

»Nur, bis wir im Zug sitzen, Señor.«

Ein dumpfes Schweigen folgte, nur das Trommeln des Regens auf dem Wellblechdach und leises Gemurmel von den Schranken herüber waren zu hören. Trotz der seltsamen Verlorenheit, in die Brande sich jetzt gehüllt hatte, war er der Menge gewahr, die sich außerhalb des despacho gesammelt hatte, feindselige Blicke herüberwarf und gemeine Verwünschungen ausstieß. Seine Würde legte es ihm auf, sich geringschätzig abzuwenden. Etwas später entfernte sich Pedro, um eine Zeitung zu kaufen. Als er zurückkam, äußerte er leise zu José eine Bemerkung über das Wetter. José antwortete nicht. Unbehaglich wechselte der Konsul seine Stellung. Würde dieser Zug nie kommen? Das Warten war unerträglich.

Endlich war ein schriller Pfiff zu hören, dann das Rollen und Knirschen der Räder. Als der kurze Zug anhielt, empfand Brande Erleichterung und schritt, den anderen voraus, auf den einzigen Personenwagen zu. Es waren noch andere Fahrgäste da, zumeist Landvolk, ein paar Handlungsreisende, einige alte Frauen, die Körbe bei sich hatten. Es war seine Absicht, sich so zu setzen, daß er José vor Augen hatte, aber nun hielt ihn etwas davon zurück. Statt dessen setzte er sich vorn im Wagen abseits, einen fleckigen Spiegel vor sich, der als Reklame für irgendein Mundwasser diente. So saß er mit dem Rücken gegen die Gruppe, konnte aber in dem dämmerigen Spiegelbild sehen, was vorging. Er ließ sich auf der rauhen Holzbank nieder, darauf gefaßt, den üblichen Zeitverlust zu erdulden, der durch das Rangieren der Lokomotive entstand.

Schließlich war auch das geschehen, und mit einem Ruck setzten sie sich in Bewegung. Er hielt die Gruppe im Auge, und als der Zug größere Geschwindigkeit gewann, bemerkte Brande, wie der Guardia einen Schlüssel aus der Tasche zog und die Handschellen von Josés Gelenk löste. Der junge Bursche murmelte ein Dankeswort und rieb sich die wundgescheuerte Stelle, um das Blut wieder in Bewegung zu setzen. Pedro, der die Zeitung vor sich hielt, las vor, offenbar bestrebt, die anderen für die Sportnachrichten zu interessieren. Doch hörte ihm niemand zu. Der Guardia bewahrte, aufrecht dasitzend, seine korrekte Amtsmiene, während José, den Kopf abgewandt, auf die regenverhangene Landschaft hinausblickte.

Das nachdenkliche Profil, nun frei von all seiner früheren Heiterkeit, gezeichnet von einer neuen Reife, einer sonderbaren persönlichen Würde, begann auf verwirrende Weise Eindruck auf den Konsul zu machen. Gewiß war es doch seine Absicht gewesen, gewiß hätte er an dieser gerechten Sühne für den Schmerz, der ihm zugefügt worden war, Vergnügen finden sollen. Aber er tat es nicht. Sein Sieg schien ihm plötzlich schal und leer, es war ihm, als hätte er Staub und Asche im Mund. Wenn er Josés Bild im Spiegel betrachtete, fühlte er sich von einer sonderbaren Schwäche überkommen. Ein unerwarteter Impuls wurde in ihm wach, auf den Jungen zuzutreten, ihn freundlich anzusprechen, ja, ihm Hilfe zuzusagen. Aber wie, um Himmels willen, hätte er das jetzt tun sollen? Der Gedanke allein schon war aberwitzig. Mit einer wilden Anstrengung löste der Konsul den Blick von der Spiegelscheibe, rückte den Hut aus der Stirn und wischte sich mit dem Taschentuch den Schweiß vom Gesicht.

Es wurde jetzt unerträglich heiß in dem Abteil. Obwohl der Ausgang, Brande gegenüber, offenstand, war die feuchte Luft, die hereinströmte, lästig wie Ofenglut. Dazu mußte er noch bemerken, daß sein Platz unmittelbar an das común, den Abort, stieß, der auf dieser Seitenlinie niemals in erträglichem Zustand war.

Dennoch konnte und wollte er seinen Platz nicht wechseln, sondern blieb, in tiefe Lethargie versunken, sitzen, während der schreckliche Zug über die Schwellen der Schienen ratterte und rumpelte. Zuweilen schob sich jemand an ihm vorbei, um in das común zu gelangen. Das Knirschen der Räder dröhnte wie Brandung in seinen Ohren, hallte in seinem Kopf wider und wider. War er krank? Instinktiv stellte er sich diese Frage. Und doch mußte er sich, trotz all der Symptome, die auf Fieber hindeuteten, sagen, daß sein Unbehagen nicht körperlich begründet war. Nein, eine geistige Strömung war das, ein Vorgefühl, dem er noch keinen Namen geben konnte, das aus unbekanntem Bezirk auf ihn einwirkte, sich wie schwere Last auf ihn legte.

Die Küste war an dieser Stelle durch mehrere scharfe fjordartige Buchten durchbrochen, und die Bahn, die sich landeinwärts wandte, umfuhr im Bogen den Fuß näherrückender Berge. Die Schwüle wurde womöglich noch drückender; wie im Traum sah der Konsul Haine, Weingärten und kleine weiße Bauernhöfe dunstverhangen vorbeigleiten. Der Schienenstrang, schlecht gelegt, täuschte nicht einmal vor, daß er das Gleichgewicht hielt – einmal wurde man von der Maschine schräg einen Hang hinabgezerrt, dann wechselte das Schwergewicht, und man schwankte gegen eine auf der Seite aufkommende Höhe.

Fast betäubt warf der Konsul einen Blick auf seine Uhr. Noch nicht einmal drei. Man hatte knapp fünfzehn Kilometer seit San Jorge hinter sich gebracht. Er ächzte innerlich, wenn er bedachte, wie lange diese Qual noch dauern mußte. Fast scheu hob er den Blick zu dem Spiegel. Ja, die dort saßen noch genau wie zuvor schweigend da. Ohne den Blick von der grünlich fleckigen Scheibe zu lösen, sah er, wie José sich jetzt umwandte und eine Bemerkung zu dem Guardia machte. Nach kurzem Zögern nickte dieser und machte Platz, damit José aufstehen und in den Gang treten konnte.

Das Herz des Konsuls machte einen jähen Sprung. Es war klar, daß José um Erlaubnis gebeten hatte, in das común zu treten; das Bewußtsein indessen, daß der Junge jetzt an ihn herankam, sich dicht an ihm vorbeidrücken mußte, war für ihn in seinem nervösen Zustand eine Qual. Jede Fiber in seinem Körper reagierte auf Josés Annäherung. Er drückte sich zur Seite, als fürchtete er einen körperlichen Angriff. Und doch, während seine Muskeln sich zusammenzogen, wußte er ganz genau, daß es nicht das war, was er fürchtete. Tief in einem dunklen Winkel seines Bewußtseins bildete sich eine Vorstellung, verschleiert noch, aber schon angsteinflößend, daß der Augenblick, der jetzt bevorstand, auf eine seltsame und tragische Weise einen Wendepunkt seines Schicksals herbeiführen würde.

Mit den Bewegungen des Zuges schwankend, war José jetzt dicht neben ihm angekommen. Brande konnte kaum atmen. Er versuchte die Augen zu schließen, vorzutäuschen, er sei eingenickt. Unmöglich. Wie von Kräften gezwungen, die stärker waren als sein Wille, hob er den Blick und schaute zu José auf.

Der Junge stand ihm gegenüber, dem Ausgang des Korridors zustrebend; er wartete offenbar drauf, daß das Rütteln und Stoßen des Zuges, das gerade besonders fühlbar war, nachließ. Seine Augen, die tiefdunkel in dem fahlgewordenen Gesicht standen, waren suchend auf den Konsul gerichtet, prüfend, unerforschlich, ohne erkennbaren Groll. Es schien fast, als berge sich ein leichtes Lächeln in den Tiefen. Dann wandte er ruhig den Kopf zur Seite. Der Zug, der sich mit wildem Geratter zu einem kleinen Tal herabgesenkt hatte, gelangte jetzt an den Beginn einer fühlbaren Steigung. In dem Augenblick, in dem seine Geschwindigkeit nachließ, tat José ruhig einen Schritt vorwärts.

Und da, in einem Moment blitzhafter Erleuchtung, erriet der Konsul die Absicht des jungen Burschen. José wollte nicht nach dem común, er hatte nur diesen Vorwand gebraucht, er wollte jetzt durch die offene Tür aus dem Wagen springen. Eine krampfhafte Spannung lief durch Brandes Körper. Plötzlich war diese Apathie gebrochen und fiel von ihm ab; der Atem schwoll ihm in der Kehle hoch, schüttelte ihn. Er durfte nicht erlauben, daß José entrann. Und überdies war es gefährlich, aus dem fahrenden Zug zu springen. Ob es der erste oder der zweite Gedanke war, der im Kopf des Konsuls die Oberhand gewann, konnte er weder im Augenblick noch jemals später entscheiden. In der Sekunde, da José sprang, beugte er sich mit einem Aufschrei vor, wollte ihn zurückreißen. Er bekam den Saum von Josés Rock zu fassen. Das schlechte Gewebe gab sofort nach, aber das Ziehen, so schwach es gewesen sein mochte, brach die Kraft von Josés Sprung. Ohne den erwarteten Schwung verlor er mitten in der Luft das Gleichgewicht und kam nicht direkt auf die Füße. Sein Körper überschlug sich, und im Fallen verfing sich sein Fuß, wie von einem verhängnisvollen, vorbestimmten Schicksal gelenkt, zwischen der Stufe des Trittbrettes und dem Wagengestell. Sein Kopf schlug im Aufstoßen mit furchtbarer Gewalt auf den Metallkörper der Schiene.

Noch einmal stieß der Konsul einen unartikulierten Schrei aus. Er taumelte vorwärts, schrie, irgend jemand sollte den Zug anhalten. Alles war aufgesprungen, Hände zuckten nach der Notbremse. Wie aus tiefster Betäubung hörte Brande die Radbremsen aufkreischen, fühlte, wie der Wagen zurückprallte, ächzend das Tempo verlor. Mit einem letzten schrillen Pfiff kam der Zug zum Stehen – zu einer Unbeweglichkeit, die irgendwie angsteinjagend war. Sofort stürzte alles aus dem Wagen, Fahrgäste rannten die Strecke entlang zurück. Gänzlich allein geblieben stand der Konsul in dem leeren Abteil, suchte sich aufzurichten, aufzuraffen. Er mußte dorthin, mußte gehen, auch er. Wie benommen schwankte er zur Tür.

Sie hatten José von den Schienen weggebracht, regungslos lag der Körper auf der grünen Rasenbank ausgestreckt. Man hatte die Kleider zurechtgeschoben, jemand hatte ein sauberes Taschentuch über das verwundete Gesicht gebreitet. Das Gras, weiches grünes Gras einer Bergmatte, stand voll kleiner gelber Blumen. Das Rauschen eines Baches drang an Brandes Ohr. Man war nicht weit von dem Fluß entfernt, den José geliebt hatte, von der Freistätte, zu der er hatte flüchten wollen.

Der alte Pedro, inmitten der Leute, die auf José hinabblickten, sah nicht nach dem Konsul. Doch sagte er mit leiser Stimme, in einem gebrochenen Flüstern:

»Jetzt wird er nicht ins Gefängnis kommen, Señor.«

21

Es war fast zehn Uhr abends, als der Konsul sich erschöpft und verstört auf dem sandigen Zufahrtsweg zur Casa Breza fand. Zutiefst erschüttert hatte er es unmöglich gefunden, mit dem Zug nach San Jorge zurückzufahren, war einfach von der Bahnlinie weggegangen, blind querfeldein geschritten, über Gräben und Steinwälle hinweg, ziellos, nur bestrebt, der furchtbaren Szene zu entfliehen. Nach fünf Uhr war er erschöpft in dem kleinen Dörfchen Offerino angelangt. Hier hatte er von der Poststelle im Krämerladen aus telefonische Verbindung mit dem Konsulat bekommen. Aber die Nummer meldete sich nicht, das Büro war geschlossen, alle waren nach Hause gegangen. Sein nächster Versuch galt dem Bestreben, seine Wohnung zu erreichen: Garcia sollte ihn mit dem Wagen abholen. Aber auch das war vergeblich. Erst meldete sich niemand; dann war die Nummer besetzt, und schließlich wurde, in dem unvermeidlichen Summen schwer vernehmbar, mitgeteilt, der Apparat sei gestört.

Unter normalen Umständen war das schlechte Funktionieren des Telefonnetzes für Brande ein Anlaß zu wütender Gereiztheit. Jetzt verließ er ohne ein Wort die Zelle in dem Krämerladen. Man sagte ihm, ein Autobus nach San Jorge sei um acht Uhr fällig. Schweigend, den Kopf gesenkt, mit herabhängenden Schultern, saß er auf der Bank vor der fonda, wies das höfliche Angebot einer Erfrischung zurück und begann, der neugierigen Blicke der Gäste – einfachen Landvolkes inmitten seiner Fuhren und Tiere – nicht achtend, zu warten.

Elend, leer und kraftlos, wie er war, fand er es nicht schwer, seinen Gliedern Entspannung zu gewähren. Nur sein Gehirn wollte sich nicht der Ruhe überlassen; es arbeitete fieberhaft, als wollte es den Schädel sprengen, spann ein endloses Netz wirrer Gedanken. José tot, ausgetilgt, sein junges Leben ausgelöscht ... Ganz unmöglich schien ihm das, und doch war es so; es gab kein Entrinnen vor dem unwiderruflichen Tatbestand. Er versuchte, seine umherschweifenden, fast irren Gedanken zu fixieren, versuchte sich einzureden, es sei ein Unfall ... gewiß, ein höchst bedauerlicher Unfall, der sich nicht hatte vermeiden lassen, ja, den zu vermeiden er getan hatte, was nur irgend in seiner Macht stand.

Aber halt ... nein, man durfte nicht so überstürzt zu diesem tröstlichen Schluß gelangen. Hatte er nicht José gehaßt, ihn mit bitterem, rachgierigem Haß verfolgt, gehetzt, bis an diesen Abgrund getrieben? Ein lautloses Ächzen kam von den Lippen des Konsuls, ein Schrei des Schmerzes, der sich nicht befreien konnte, der sich aus den Tiefen seines Bewußtseins hochrang. Das Eintreffen des Autobusses unterbrach nur für einen Augenblick diesen Sturm seiner Gedanken, riß ihn nur aus der vagen Träumerei, die seine Augen überschattet hatte. Steif kletterte er in das enge Fahrzeug, das fast leer war, ließ sich mit einem tiefen Aufseufzen in eine Ecke fallen. Als sie endlich abfuhren, begann es bereits zu dunkeln. Sein Herz pochte schwer, als sie sich San Jorge näherten.

Nachdem er aber den Autobus an der Kreuzung der Hauptstraße verlassen hatte, fühlte er sich von einer solchen Erregung geschüttelt, daß er es kaum wagte, sich dem einsamen Haus zu nähern. Mit Einbruch der Dunkelheit war der Dunst gewichen, eine Brise war aufgekommen. Brande konnte das gedämpfte Rauschen der Brandung durch den Zedernwald herüberhören. Es war, als ob der Himmel bebte, im Echo einer gigantischen Glocke schwänge. Der Weg vor ihm verlor sich in pechschwarzes Dunkel. Obwohl der Konsul nur langsam vorwärts kam, war er so außer Atem, daß er die Fäuste ballen mußte, um sich zum Weitergehen zu zwingen.

Und jetzt tauchte über der vagen Finsternis, die vor ihm lag, der Mond auf und trat aus dem Himmelssee hervor; weißlich schimmernd zeichneten sich die Umrisse der Villa vor ihm ab. Der Wind, der höhnisch über den Weg fegte, schlug ihn wie eine Peitsche. Vom Hintereingang des Hauses war ein Fensterladen zu hören, der laut gegen die Mauer schlug. Tief herabgebeugt, die Arme in die Seiten gestemmt, benutzte er eine kurze Pause zwischen zwei Windstößen, um die Seite des Hauses zu umschreiten. Im jähen Mondlicht tanzten die Schatten der Mimosensträucher auf dem Kiesweg, silbrig flimmerten die Blätter des welken Laubes. Plötzlich aber schwand der Mond wieder, tiefer war die Dunkelheit, dichter als zuvor. Schwer atmend erreichte er das Vordach des Portikus, hielt einen Augenblick inne, den Kopf zur Seite gelegt, der Stille lauschend; dann drückte er mit einem verzweifelten Entschluß die Tür auf.

Die Halle war in tiefe Dunkelheit getaucht, ein finsterer Teich, darin sein hohler Herzschlag randvoll stand. Jetzt wurde er eines seltsamen scharfen Rauchgeruchs gewahr, der ihm in die Nase stieg, ihm die Tränen in die Augen trieb. Verstört, kraftlos stand er da, umringt von Dingen, die sich bewegten, selbst allein unfähig, sich zu rühren. Diese unbegreifliche Lähmung, die nur einige Sekunden dauerte, schien ihm Stunden zu währen. Ein neuer Schlag des Fensterladens löste ihn aus dem Bann. Sein Körper wachte aus der Betäubung auf, zitternd brannte er ein Streichholz an. Es flackerte trüb zwischen seinen zitternden Fingern, versprühte und erlosch.

Jetzt hörte er deutlich vom Heulen des Windes abgehoben, ein Schluchzen. Er fuhr herum, durchspähte die Finsternis in qualvoller Spannung. Das Schluchzen ließ nicht nach. Er tappte sich zu der Küchentür vor und öffnete sie, bevor es ihm gelang, die Lider zu heben. Magdalena saß vor ihm am Tisch, in einer Raserei der Verzweiflung hin und her schaukelnd.

»Magdalena«, brachte er mit fast unhörbarer Stimme hervor.

Sie starrte ihn an, und da sah er, daß ihr Gesicht, von einem grellroten Striemen durchzogen, vom Grauen gehöhlt, bis zur Unkenntlichkeit gealtert war.

»Was –«, begann er, brach aber zitternd wieder ab.

Sie starrte ihn wie einen Spuk an und zerrte an ihrem zerrissenen schwarzen Schnürleib.

Jetzt gewann er die Stimme wieder.

»Um Gottes willen, was ist denn los?«

Eine Pause lang war nur das Heulen des Windes zu hören. »Er ist fort«, stöhnte sie.

»Wer ist fort?«

»Garcia . . . nach allem, was ich für ihn getan habe . . .« Ihr gewürgter Schrei erstickte in einem Hustenanfall.

Eine ärgerliche Anwandlung drängte sich durch des Konsuls düstere Ahnungen vor. Er trat an die Frau heran, schüttelte sie. »Reden Sie doch . . . rasch . . . wohin hat er sich gewandt?«

Den Kopf in den Händen, zusammengekrümmt, suchte sie zu denken, sich zu erinnern.

»Der ist dort, wo weder Sie noch sonst einer ihn je finden wird. Er kann rasch fahren in Ihrem guten Wagen. Und auch den werden Sie nie wiedersehen.« In den Augen, die sie jetzt auf ihn richtete, brannte Bitterkeit auf. »Was haben Sie eigentlich erwartet, gescheiter Herr? Daß

Roderigo warten würde, bis die Polizei kommt, ihn zu holen? Nun ja, so heißt er eben, Roderigo Espantago. Dieb, Räuber, Wahnsinniger, alles in einem. Er hat Sie fein betrogen, so gut wie mich – alle legt er herein! Nein, er ist nicht mein Mann, ich bin nur seine Geliebte. Hab ihn in Madrid kennengelernt. Und er hat mir versprochen, daß er mich gut behandeln wird. Fein hat er mich herumgekriegt, arbeiten hat er mich lassen, für ihn schuften, der faule, schmutzige Teufel ... und jetzt ist er davon!« Ihre gequälte Stimme schwoll zu einem Gekreisch an. »Warum haben Sie ihm denn gesagt, daß man hinter ihm her ist? Hören hätten Sie sollen, wie er über Sie gelacht hat! Über Sie und den kleinen Professor! Der ›ausgestopfte Stockfisch und der tückische Zwerg‹, so hat er Sie beide genannt. Und alles hat er auf José abgewälzt! Haben Sie das nicht erraten? Den José hat er gehaßt, hat geschworen, daß er ihn ins cuartel bringen wird. Und Nicholas haßte er auch. Erst bekam er alle Ihre Juwelen, einen hübschen Haufen voll. Und jetzt ...«, zwischen Tränen und wüstem Gelächter schüttelte sie sich hysterisch, »jetzt hat er noch mehr erwischt! Jetzt hat er Sie fein ausgenommen, so wie er es immer vorausgesagt hat. Die Augen werden Ihnen übergehen ...«

Gänzlich zusammengebrochen begann sie wieder vor- und rückwärtszuschwanken, greinte in sich hinein, die Arme vor der Brust verschränkt, das Gesicht verzerrt, und Tränen liefen über ihre Wangen. Weder Zureden noch Schütteln konnten sie aus ihrer Schmerzbetäubung aufrütteln.

Endlich, mit einem plötzlichen Entschluß, gab Brande es auf. Er wandte sich zum Küchentisch und zündete eine Kerze an; blaß geworden trat er hinaus, hielt die flakkernde Flamme geschützt. In der Halle blickte er sich um. Hier schien alles in Ordnung. Langsam, mit dem stetigen Schritt eines Schlafwandlers, stieg er die Treppe hinauf. Vor seinem Zimmer verhielt er einen Moment. Es war kühl hier, aber außer dem beißenden Dampf von schmelzendem Talg war noch ein Rauchgeruch zu verspüren, wie er noch nie einen gerochen hatte. Er mußte einen harten Widerstand überwinden, eine unsichtbare Schranke durchstoßen, bevor er eintrat und das Gas anzündete.

Die wüste Unordnung in dem Schlafzimmer traf ihn wie ein Schlag. Alle Schubfächer waren herausgerissen, der Boden war mit verstreuten Kleidungsstücken besät, seine besten Anzüge fehlten aus dem Schrank. Vom Ankleidetisch war die silberne Toilettengarnitur verschwunden, die ziselierte Zigarettendose, die schweren Elfenbeinbürsten fehlten. Mit hemmungsloser Zerstörungswut war aus dem Zimmer systematisch alles, was irgendwie Wert hatte, geraubt worden. Aber das bedrückte den Konsul nicht; es trübte nur die Oberfläche seiner stumpf gewordenen Empfindlichkeit. Verstört blickte er um sich. Jetzt gewahrte er den Kamin und eine zerknüllte, verkohlte Masse, die hier lag. Im ersten Moment begriff er nicht, dann beugte er sich mit einem qualvollen Aufatmen vor. Ja, das war sein Manuskript, zerfetzt, zerrissen, völlig vernichtet.

Er stieß einen furchtbaren Seufzer aus, einen keuchenden Laut, der verloren im Raum hing; dann richtete er sich auf, das Gesicht bis zur Ausdruckslosigkeit erstarrt, und stäubte sich die schmutzigen Reste von den Fingern. Die qualvolle Anstrengung, mit der er seine Selbstbeherrschung wiederzugewinnen suchte, verlieh seinen krampfhaften Bewegungen eine mechanische Präzision. Das also war seine Strafe – der Verlust seines Lebenswerkes: vielleicht hatte er das verdient. Sein Mund verzog sich in einer leichten Grimasse, als suchte er aufquellende heiße Tränen hinunterzuschlucken. Wieder stand er einen Augenblick wie in tiefe Gedanken versunken in völliger Betäubung da; dann, wie ein Kind Trost suchend, nahm er die Kerze und wandte sich zum Zimmer seines Sohnes.

Eine Minute später starrte er auf das leere Bett, das noch unberührt war. Ein kalter Windhauch bewog ihn, sich umzuwenden. Das Fenster war bis ganz unten geöffnet. Jetzt begann sein Herz in schweren Stößen gegen seine Brust zu pochen. Er fühlte, wie seine Beine unter ihm nachgaben, und fing sich gerade noch im Fallen auf. Er preßte sich die Finger gegen die Augäpfel. Aber es half nichts: der Raum war leer, das offene Fenster wies in die pechschwarze Nacht. Und da löste sich der Schrei, den er die ganze Zeit über niedergezwungen hatte, aus seiner Kehle. In furchtbarer Erregung taumelte er hinaus, stolperte die Treppe zur Küche hinab.

»Mein Sohn!« Die Worte kamen aus seiner Kehle wie ein heiseres Flüstern. »Wo ist Nicholas?«

Magdalena hatte ein wenig Fassung gewonnen; sein Wiederauftauchen aber ließ den jähen Zorn in ihren Augen aufspringen; böse flammten sie ihn an.

»Wahrhaftig«, höhnte sie, »haben Sie erwartet, ihn in seinem Zimmer zu finden, friedlich schlafend ... nachdem der Teufel durch das Haus getobt hat?«

Der Konsul trat ganz nahe an sie heran. Ein wenig zur Seite geneigt, mit qualvoller Anstrengung sich aufrechthaltend, blickte er sie an.

»Sagen Sie mir, wo er ist«, befahl er.

Die Köchin wand sich unter seinem Blick, dann senkte sie die Augen, von dem Sturm überwunden, der in seinem bleigrauen Gesicht tobte.

»Garcia hat ihn nicht angerührt«, stammelte sie. »Er hätte es wohl getan, aber Nicholas war bereits fort. Schon am Nachmittag hat er sich ein kleines Bündel geschnürt und ist davongelaufen.«

»Und wohin ist er gegangen?«

»Wie soll ich das wissen?« Magdalena antwortete bitter, dann aber schien sie ihre Heftigkeit zu bereuen. »Als ich ihn den Weg entlanglaufen sah, rief ich ihn vom Küchenfenster aus an. Aber er wollte nicht stehenbleiben. ›Ich hab's eilig, Magdalena‹, schrie er zurück und dann – ganz weiß war sein Gesicht und merkwürdig verzerrt: ›ich gehe angeln‹.«

Zuerst dachte der Konsul, sie habe den Verstand verloren, plötzlich aber dämmerte ihm die Bedeutung der Worte auf. Aus Halévys Bericht wußte er von dem Ausflug des Kindes zum Torrido, wußte, welch tiefen Eindruck das Erlebnis auf den Knaben gemacht hatte. Josés Versuch, sich zu befreien, war offenbar im voraus geplant gewesen. Nichts schien glaubhafter, als daß Nicholas, heimlich verständigt, fortgelaufen war, um mit seinem Freund dort oben zusammenzutreffen.

Brande hatte wieder dieses Gefühl, in rasende Geschwindigkeit zu versinken – die gleiche Empfindung, die er in dem schicksalsschweren Augenblick im Zug hatte; und gleichzeitig tauchte vor ihm eine Vision auf: sein Sohn, da oben in den Bergen verloren, an dem angeschwollenen Bergfluß herumirrend, in die Wasser hinein, der röhrende Strom über ihn hinwegbrausend – all das in der Pechschwärze der stürmischen Nacht.

Wie um dieses Bild noch lebhafter zu machen, rüttelte ein Windstoß an den Fensterläden, und ein Geprassel von Regentropfen schlug nagelhart gegen die Fensterscheiben. Da fühlte er, wie seine Muskeln sich lösten, wie der Atem sich in seiner Kehle freimachte. Mit einer letzten Kraftanstrengung lief er in die Halle hinaus.

Noch nie hatte er die grenzenlose Einsamkeit seines Daseins so sehr empfunden wie in diesem Augenblick. An wen konnte er sich in dieser Stunde furchtbarster Not wenden? Ein einziger Name dämmerte ihm auf, der Name des bescheidenen, subalternen Decker, dessen Rat er noch vor wenigen Tagen so höhnisch zurückgewiesen hatte. Jetzt aber klammerte er sich an diese einzige Hoffnung. Er tastete nach dem Telefonhörer, verlangte die Nummer, atmete in tiefer Beruhigung auf, als Alvins Stimme zu ihm drang; dann bat er in einer Flut sich überstürzender Worte seinen Gehilfen, sofort in einem Wagen zu ihm zu kommen.

Barhaupt unter dem regengepeitschten Portikus stehend, verlor er alles Zeitgefühl. Und doch dauerte es nur ganz kurz, da war durch das Jaulen des Windes das scharfe Rattern eines Motors zu hören, ein Taxi kam in voller Geschwindigkeit die Kurve der Auffahrt herauf und blieb mit einem Ruck auf dem Kies stehen. Brande taumelte vor, riß den Schlag auf und ließ sich schwerfällig auf den Sitz sinken.

»Sagen Sie ihm, er soll nach Torrido fahren«, murmelte er.

Das Taxi fuhr zum Garagentor vor, machte geräuschvoll kehrt, bog dann wieder in die Auffahrt zurück. In der dunklen Enge sank der Konsul zurück, von einer körperlichen Qual niedergeworfen, die seinen Nacken umklammert hielt. Unklar nur dämmerte ihm auf, daß Decker von Josés Tod erfahren haben mochte, aber nicht den Mut hatte, die Rede darauf zu bringen. Wirklich war es so, als ob Alvin verzweifelt nach Worten suchte, das Schweigen zu brechen. Schließlich stammelte er hilflos:

»Es war ein Glück, daß ich am Bahnhof gleich ein Taxi erwischt habe.« Und nach einer Pause: »Ich hoffe, Ihnen ist nicht unwohl, Sir?«

Brande antwortete nicht. In den engen Sitz gepreßt, hob er mit einer Gebärde seinen Arm, verlangte größere Geschwindigkeit. Jetzt löste sich auch seine heisere Stimme: »Schneller ... noch schneller ...« Und wieder nach einer langen Pause, als spräche er zu sich selbst: »Ich suche meinen Sohn.«

»Nicholas?« rief Alvin und bezwang seine Verwunderung sofort wieder. »Er ist in Torrido?«

»Er ist nachmittags weggegangen ... hat dieses Ziel angegeben. Ob er hingelangt ist ... ich weiß es nicht.«

»Wir werden ihn finden«, suchte Alvin ihn zu beschwichtigen. »Machen Sie sich keine Sorge, bitte.«

Diese Ermutigung ließ einen Schauer über die Wange des Konsuls laufen und trieb ihm einen neuen Stachel ins Herz. Er wandte sich zu Alvin, griff nach dessen Hand, sagte, als ob er sich rechtfertigen wollte: »Das habe ich nicht gewollt.« Und als der junge Mann ihn verständnislos und entgeistert ansah, beugte er sich vor, das Kinn fast bis zu den Knien herabgedrückt, spähte durch das regenverwaschene Fenster des Taxis hinaus, suchte den Weg zu erkennen.

Sie hatten jetzt die Hauptstraße, die am Strand entlangführte, verlassen und waren auf die Landstraße eingebogen, die hier in langen Windungen zum Anstieg in die Berge ansetzte. An jeder Kurve glitt der Wagen auf dem schlüpfrigen Boden aus der Bahn, erbebte in seinem ganzen Gefüge, als die Räder wieder griffen und der Motor neu anlief. Der niedrige Gang arbeitete mit beständigem

Dröhnen, die Scheinwerfer hellten mit ihrem blassen gelben Licht kaum die verlassene Fahrbahn auf.

So ging es weiter. Einmal stieß Alvin einen Ruf aus; Brandes Herz krampfte sich in jäher Hoffnung zusammen; sie gewahrten eine Gestalt, die sich in dem Lichtkegel heranbewegte. Doch es war nur ein verspäteter Feldarbeiter, der zu seiner Heimstätte im Tal zurückwanderte. Das war die einzige Begegnung, die sie hatten, sonst war es, als durchquerten sie ein totes Land.

Endlich schimmerten durch den niederprasselnden Regen einige schwache Lichter von der Höhe, Leuchtfeuern gleich auf nebelverhangener See.

»Torrido«, erklärte der Fahrer. Und fünf Minuten später hielt er mit einem Brummen der Befriedigung auf dem menschenleeren Dorfplatz.

»Warum halten Sie?« schrie der Konsul.

»Der Séñor hat nach Torrido zu fahren verlangt. Wir sind an Ort und Stelle.«

»Fahren Sie weiter«, befahl Brande.

»Sollten wir nicht lieber hier Nachforschungen anstellen?« vermittelte Alvin diplomatisch. Er warf einen Blick auf das leuchtende Zifferblatt seiner Uhr, die fünf Minuten nach elf anzeigte. »Es ist sehr spät.«

»Weiterfahren«, wiederholte der Konsul in unbeschreiblichem Ton. Mit einem ärgerlichen Achselzucken stellte der Fahrer den Gang ein, der Wagen keuchte vorwärts, aus dem kleinen Dorf hinaus auf das düstere Hochplateau dahinter.

Die Straße, von Regenbächen ausgewaschen, war jetzt schwierig, ja fast unpassierbar, und das Taxi kam etwa einen halben Kilometer lang nur im Schneckentempo vorwärts. Noch immer war auf der Fahrbahn nichts zu sehen. Schon warf der Fahrer über die Schulter Blicke nach Dekker, als wollte er gegen diese sinnlose Fahrt Protest einlegen, als die lautlose Dunkelheit plötzlich von einem Ruf belebt wurde: der Scheinwerfer, im Bogen schwankend, faßte nach einer kleinen Gestalt, die am Straßenrand dahinschlich, und hielt sie gefangen.

»Lieber Gott«, rief Alvin, »das ist Nicholas!«

Der Blick, mit dem der Konsul aus dem Fenster starrte, war der eines Wahnsinnigen. So überzeugt war er gewesen, daß er seinen Sohn nicht lebend wiedersehen würde, daß die Erregung ihn fast um den Verstand brachte. Ein qualvolles Erschauern schüttelte ihn, seine Kinnladen klappten; die Augäpfel quollen aus ihren Höhlen. Nein, das war keine Täuschung . . . dort stand sein Sohn, blickte zu dem Wagen herüber, sah geblendet in die Scheinwerfer, den Knappsack über der Schulter, durchnäßt, erschöpft, aber heil . . . lieber Himmel . . . heil . . .

Ein Schrei rang sich aus Brandes Brust, zusammenhanglos, wirr, triumphierend, ein wilder, unmenschlicher Aufschrei. Er riß den Schlag auf, stürzte hinaus. »Nicholas!« schrie er. »Mein Sohn! Mein Sohn!«

22

Sieben Monate später, an einem klaren kalten Winterabend, bog der Dampfer, der aus Stockholm kam, in den Norlanger Fjord ein und näherte sich mit zwei kurzen frohen Signalen seiner Sirene dem schwedischen Hafen Halversholm. Kurz nachher hatte das wackere kleine Fahrzeug bereits am Pier angelegt; seine Handvoll dicht in ihre Pelze gehüllter Fahrgäste war an Land gegangen, und obwohl der neue Konsul seine Ankunft absichtlich nicht angezeigt hatte, sah er sich von einem kleinen, bärtigen, geschäftigen Mann in einem blauen Marineanzug begrüßt, der sich als Hafenmeister Andersen vorstellte und mit einem freundlichen Lächeln erklärte, die Schiffahrtskompanie habe Mr. Brandes und seines Sohnes Eintreffen avisiert.

Die Stadt lag tief im Schnee. Myriaden Sterne glommen am Himmel, schimmernd wie Brillantenstaub; der Nordwind, der um das Zollhaus fegte, war scharf und belebend. Andersen schlug in harmloser Gastlichkeit, in die wohl auch ein wenig provinzlerische Neugier gemischt war, vor, die Neuankömmlinge möchten zu einem Abendbrot in seinem Hause vorsprechen; doch der Konsul erklärte hastig, man habe auf dem Schiff gegessen, und sein Sohn, eben erst von einer längeren Krankheit genesen, fühle sich bis zur Erschöpfung müde; so habe man keinen dringenderen Wunsch, als Besitz von dem neuen Heim zu ergreifen.

Das Konsulat, zu dem Andersen sie freundlich geleitete, lag recht nahe, ein Steingebäude mit einer schmalen Vorderfront, unmittelbar auf den breiten, schneeverwehten Reitplatz hinausgehend, nicht mehr als zweihundert Schritte vom Anlegeplatz entfernt. Es war ein bescheidener Bau, ein wenig lächerlich durch das hohe steile Dach und die gegiebelten Schlafzimmerfenster, aber es sah solid und kompakt aus, mit den Wohnräumen im Oberstock und den Büros, zu denen man durch einen vergitterten Seiteneingang gelangen konnte, unmittelbar im Erdgeschoß.

Im Augenblick war niemand zur Stelle, aber ein alter Wächter, der geruhsam im Kellergeschoß an einem mächtigen Kachelofen seine Meerschaumpfeife rauchte, und Andersen bestanden darauf, daß seine Frau ihnen helfen solle, sich für die Nacht einzurichten. Vielleicht werde frische Milch erwünscht sein, Feuerung für die Öfen oder Extradecken – Frau Andersen besaß zwei prächtige Eiderdaunendecken, die sie mit größtem Vergnügen zur Verfügung stellen würde. Doch der Konsul war in seiner Ablehnung fest. Ein rascher Blick hatte ihn belehrt, daß die Zimmer, wenn auch bei weitem nicht geräumig, doch sauber und wohnlich waren. Die Schlafräume waren in bestem Zustand, die Betten frisch überzogen, Handtücher vorbereitet. So versicherte er dem Hafenmeister, er und sein Sohn seien alte, erfahrene Reisende, dankte ihm noch für das Angebot, am Morgen ein warmes Frühstück herüberzuschicken – ein richtiges schwedisches Frühstück, wie Andersen redselig betonte –, geleitete ihn hinaus und war ihn endlich los.

Als der Konsul sich wieder umwandte und die sauber gescheuerte Fichtenholztreppe hinanstieg, war er sich jäh seiner Müdigkeit bewußt und gewahrte mit einem Unbehagen, wie schlimm ihm diese letzten Monate zugesetzt hatten. Älter fühlte er sich, um vieles älter; seine Schultern hielt er vorgebeugt wie nie zuvor; sein Haar, das im Nakken nach der Schere verlangte, war mit grauen Strähnen durchsetzt, und seine Züge, nun nicht mehr von dem kräftigen, fleischigen Kinn gehalten, zeigten eine merkwürdige Hagerkeit. Heute wenigstens hatte die physische Anstrengung alle Anmaßung aus seinem Wesen genommen; sein Ausdruck war ergeben und sogar sorgebedrückt. Dennoch atmete er befreit auf, an Ort und Stelle zu sein, unterzutauchen im Dunkel dieses kleinen Hafenplatzes, dessen Dienst er ohne Gehilfen zu betreuen hatte. Offenbar hatte ihm das Bailey, den er so schwer gegen sich verstimmt, eingebrockt, hatte ihm unwissentlich einen Dienst erwiesen, indem er seine Versetzung hierher vorschlug und Alvin Decker zu seinem Nachfolger bestimmte. In San Jorge war die allgemeine Feindseligkeit gegen ihn fühlbar gewesen. Und selbst wenn Nicholas sich körperlich gut erholt hatte, war es ihm doch verzeihlicherweise nicht recht gelungen, eine Melancholie zu überwinden, zu der ihn die täglichen Erinnerungen an die Vergangenheit immer von neuem reizten. Vielleicht konnte das Leben hier in diesem nordischen Schneegegleiß, so weit von den ausgedörrten iberischen Heiden, für sie beide besser werden ... zumindest für Nicholas. Für sich selbst wünschte er nichts.

Ja, überlegte er düster – denn mehr als je empfand er sich wie eine homerische Gestalt, tausendfältig geschlagen und gebrochen, aber immer noch geduldig die Schläge des Schicksals ertragend – ja, all sein Ehrgeiz durfte hinfort nur noch dem Wohl seines Sohnes gelten. In der Tat, er zog sogar angenehmen Trost aus der Aussicht auf solch nüchternes Schicksal. Das Gebäude seines Stolzes war, wenn auch zutiefst erschüttert, doch nicht in den Grundfesten zerstört, und aus den edlen Ruinen erwuchs ihm die köstliche Blüte des Martyriums. Von nun an würde er zufrieden sein, »sich weiterzuschleppen ... dem Abend seines Lebens entgegen« – diese Worte hatte er sich schon zurechtgelegt; sie klangen jetzt oft in seinem

Gespräch auf, waren sozusagen das Losungswort für kommende Tage. Sogar der Gedanke an sein verlorenes Werk über Malebranche erschütterte ihn nicht. Schon sah er sich, nicht ohne eine gewisse pathetische Grandezza, als ein neuer Carlyle, dem das Lebenswerk von einem schändlichen Bedienten vernichtet worden war; nur erlaubten ihm – im Gegensatz zu einem anderen Historiker – die besonderen Umstände seines Lebens, das tragische Privatschicksal, das ihn betroffen hatte, sein Werk zu erneuern.

Oben lag der Knabe bereits im Bett, die Augen geschlossen, die weiße Decke bis ans Kinn hochgezogen. An ihm war die Verwandlung fast noch auffälliger. Er war größer geworden, seine Beine waren länger und sehniger, seine Züge hatten die kindliche Weichheit verloren, zeigten männlicheren Schnitt – es war, als hätte er die Festigkeit gewonnen, die sein Vater verloren. Der Konsul dachte, während er ihn mit einer Art sehnsuchtsvoller Gespanntheit anblickte, seufzend: er wächst heran.

»Schläfst du noch nicht, Nicholas?«

»Nein, Vater.« Der Knabe öffnete die Augen nicht.

»Nun«, sagte der Konsul nach einem Augenblick des Zögerns, »da wären wir also. Ein neuer Anfang. Die Stadt sieht gar nicht so übel aus. Ich hoffe, du wirst sie liebgewinnen.«

»Es ist wenigstens kein Garten da.«

»Nein«, antwortete der Konsul schwer, als ersparte das ihnen beiden vieles, »Garten ist keiner da.«

Eine lange Pause folgte. Würde der Knabe jemals wieder zu ihm zurückfinden? Und würde er selbst jene schrecklichen Wochen vergessen, da Nicholas sich geweigert hatte, ihm auch nur einen Blick zu gönnen, regungslos dagelegen war, den Kopf abgewandt, und sogar die sanfteste Annäherung mit den (wenn auch gewiß nicht so gemeinten) Worten abgewehrt hatte: »Ich hasse dich«?

Auch als das Entsetzen über Josés unseligen Tod ein wenig von seinem Stachel verloren hatte, war Nicholas schweigend geblieben und abwesend, und hatte seine freie Zeit zumeist mit dem alten Pedro und den Deckers verbracht. Hernach gar hatte er zu Brandes geheimem Unbehagen begonnen, von seiner Mutter zu sprechen – höchst verwirrende Fragen zu stellen, ihr Foto für sein Schlafzimmer zu erbitten, nach ihrer Adresse zu verlangen; ja, er hatte gefragt, ob er sie nie mehr sehen sollte, hatte den Konsul mit verletzenden und noch energischeren Fragen gepeinigt.

Jetzt stützte der Knabe, wie einer inneren Eingebung folgend, die das Ergebnis langer geheimer Erwägungen sein mochte, seinen Ellbogen auf das Kissen.

»Vater, wo werde ich hier in diesem neuen Ort Unterricht erhalten?«

»Ich werde dich unterrichten, mein Lieber, wie ich es früher getan habe«, antwortete Brande sanft.

»Nein, Vater. Ich möchte in eine Schule gehen.«

»Aber, Nicholas . . .«

»In eine Schule, Vater . . . wo ich andere Knaben kennenlerne, Kameraden finde . . . vielleicht Freunde.«

Wieder eine Pause.

»Nun schön«, sagte der Konsul fast unterwürfig, »das wird sich finden, mein Lieber.«

Wieder fielen sie in Schweigen; jetzt aber blickte Nicholas den Konsul an, als ob er Anlauf zu einer Äußerung nähme, und atmete kurz und tief ein. »Noch etwas, Vater. Ich . . . Mutter hat mir geschrieben.«

»Was?«

Der Schrei, wie aus Brandes Herz losgerissen, ließ Nicholas eine Sekunde zögern, dann aber fuhr er, wenn auch weniger sicher, fort.

»Du hast dir doch gedacht, daß ich ihr geschrieben habe, nicht wahr? Aber was mehr bedeutet . . .« Mit einem energischen Ruck brachte er die Worte hervor: »Ich möchte sie sehen . . . bald, Vater . . . sobald wie möglich . . .«

Sprachlos unter diesem unerwarteten Schlag starrte Brande seinen Sohn an. Bevor er die Fassung wiedergewinnen konnte, sprach Nicholas weiter.

»Schließlich ist sie doch meine Mutter . . . und ich habe ein Recht, bei ihr zu sein. So wie sie ein Recht hat, mich bei sich zu haben. Es gibt Schiffe, die von hier nach Amerika gehen ... große Schiffe ... wir kamen an einem vorbei, heute auf der Fahrt hierher. Und ich bin jetzt groß genug, um allein reisen zu können ...«

Einen Augenblick lang schwoll die alte Heftigkeit in der Brust des Konsuls an, entrollte sich wie eine Schlange, die stechen will. Aber das ging sofort vorüber, verlor sich in seiner neuen Hilflosigkeit. Er befeuchtete seine Lippen, fand die Sprache wieder.

»Willst du damit sagen, daß sie ...«, er zögerte, »daß sie dich aufgefordert hat, zu ihr zu kommen?«

»Ja, Vater.«

Er mußte nach den Worten tasten. »Für wie lange?«

Unter den Wimpern des Knaben kam ein unbestimmbarer Blick hervor, eine Mischung aus Traurigkeit, Triumph und unbeirrbarer Hartnäckigkeit.

»Das hängt von dir ab, Vater«, antwortete er beherrscht, mit unbewußtem Takt. »Und wohl auch von mir. Aber ich werde ohne Zweifel einige Zeit bei Mutter verbringen. Das ist nur gerecht ... gegen uns alle.«

In einer Anwandlung tiefen Kummers preßte sich Brande die Hand an die Stirn, bedeckte seine Augen mit zitternden Fingern, als flüchtete er vor einer grausamen Halluzination. Gewiß hatte er seit geraumer Zeit geargwöhnt, daß zwischen Nicholas und seiner Mutter Briefe gewechselt wurden; er hatte sogar, gleichsam dumpf und aus großer Ferne, die Gefahr für möglich gehalten, daß sie zueinander verlangen würden. Nur die plötzliche Mitteilung des Tatbestandes überwältigte ihn. Wie betäubt fragte er sich, wie das alles geschehen war, wie es aus einem ersten unbewachten Moment damals, vor Monaten, entsprang, da er jenen spanischen Burschen zur Arbeit in den Garten aufgenommen hatte. Und jetzt stand Marian, seine Frau, von den Toten auf, aus begrabener Vergangenheit ... die Liebe seines Sohnes zu teilen, vielleicht ganz zu stehlen ...

Es konnte, es durfte nicht geschehen! Nein, nie würde er das zulassen. Und doch vermochte er in dem stummen Kampf, der jetzt bevorstand, in diesem Spiel, das um sein letztes verbliebenes Glück ging, nicht unfehlbar vorauszusehen, daß er der Sieger sein werde.

»Du bist doch einverstanden, nicht wahr?« Nicholas sprach überredend, beherrscht, und doch auf eine neue Weise drängend. »Du versprichst mir, alles vorzubereiten?«

Wieder eine Pause. Der Konsul, der den Kopf noch immer gesenkt hielt, suchte seinen Willen zu straffen, brachte aber nur ein Gemurmel hervor, das als Einwilligung oder Ablehnung gelten konnte.

Ein langes Schweigen folgte. Endlich machte sich Brande von den Gespenstern seiner Grübelei frei, würgte den Schmerz hinunter, legte seine feuchte Hand sanft auf den Arm des Sohnes.

»Nicholas«, sagte er, und seine Stimme fand ihre alte Kraft wieder, »vieles ist in diesen letzten Monaten zwischen uns getreten. Und doch, Gott weiß es, mein Gewissen ist rein. Wenn ich in irgendeiner Weise zu tadeln war, so tut es mir leid. Laß aber jetzt ein Mißgeschick ... ungewollte Fehler ... nicht unsere Gefühle füreinander zerstören. Noch gehört uns die Zukunft. Wenn wir es nur ehrlich versuchen, dann werden wir, das weiß ich bestimmt, eines Tages zu jener Vertrautheit des Herzens und des Denkens zurückfinden, die mir ... so über alles wertvoll ist ...«

Dem Ende dieses traurigen Monologes folgte ein langes Schweigen, während der Schein des Nordlichtes auf dem dunklen Hintergrund des unverhangenen Fensters zuckte und bebte – ein fliegender Zug von Seelen über einen unergründlichen Himmel. Der Konsul seufzte schwer auf, erhob sich mit halber Entschlossenheit, näherte sich schicksalergeben der Tür ... ein Gedanke kam ihm: er blieb stehen, wandte sich sehnsüchtig um, nicht ganz ohne Hoffnung.

»Du würdest nicht ...« Im Sprechen ließ er den Sohn nicht aus seinem ängstlichen Blick, »du würdest nicht wollen, daß ich dir etwas zum Abend vorlese?«

Der Knabe wandte die Augen ab. Schon wollte er ablehnen, knapp und entschieden – die harten Worte formten sich bereits auf seinen Lippen. Dann aber überkam ihn etwas.

»Gut«, murmelte er. »Wenn du willst . . .«

Ein Lächeln des Dankes, so seltsam leidvoll, daß es fast närrisch wirkte, glitt über das müde, hagere Gesicht des Konsuls. Unbeholfen, mit beherrschter Hast, ging er in das Nebenzimmer, wühlte in seinem Koffer, kehrte mit dem vertrauten, rot in Leder gebundenen Band zurück. Dann räusperte er sich.

»Laß uns das Kapitel vornehmen, das die Charakteristika einiger von den größeren Fasanenvögeln gibt – es ist in der Tat höchst interessant . . . und lehrreich . . . ach, wie lange es her ist, daß wir uns dieses kleine Vergnügen gegönnt haben!«

Er setzte sich an das Bett, schob seine Brille zurecht und begann mit tränenerstickter Stimme zu lesen:

»Der Truthahn, ein großer Hausvogel, dessen Gefieder an Glanz mit dem des Pfaus wetteifert, ist ursprünglich ein Bewohner des amerikanischen Kontinentes, wurde aber seither in viele andere Länder verpflanzt. Er ist seiner Natur nach absonderlich – eigenwillig und selbstzufrieden –, doch infolge seiner ungezügelten Eitelkeit mancherlei Mißgeschicken ausgesetzt . . .«

Unvermittelt brach er ab.

Nicholas, der sich auf dem Kissen zur Seite gelegt hatte, blickte mit sehnsüchtigen Augen zu dem Bildnis einer Frau hinüber, das auf seinem Nachttisch stand – dieser fremden und doch so süßen Frau, die seine Mutter war, die nun bald seinen Kopf in ihren Händen halten und an ihre Brust drücken würde. Nein, Nicholas hörte ihm nicht zu. Er hörte nicht auf ihn . . . nein, er hörte ganz und gar nicht auf ihn . . .

A. J. Cronin

Der Judasbaum
Roman
Aus dem Englischen von Edmund Th. Kauer
Band 11551

Der spanische Gärtner
Roman
Aus dem Englischen von Lida Winiewicz
Band 11628

Die Bewährung
Roman
Aus dem Englischen von Gertrud Müller
Band 11569

Die Schlüssel zum Königreich
Roman
Aus dem Englischen von Wilhelm Michael
Band 11565

Die Sterne blicken herab
Roman
Aus dem Englischen von
Richard Hoffmann und Peter Linnert
Band 11552

Die Zitadelle
Roman
Aus dem Englischen von Richard Hoffmann
Band 11431

Fischer Taschenbuch Verlag

fi 1611 / 3

Unterhaltsame Literatur

Eine Auswahl

Lloyd Abbey
Die letzten Wale
Roman
Band 11439

Richard Aellen
Der Mann mit dem zweiten Gesicht
Thriller
Band 10647

Emile Ajar
Du hast das Leben noch vor dir
Roman. Band 2126

Frank Baer
Die Mager-milchbande
Mai 1945:
Fünf Kinder auf der Flucht nach Hause
Roman. Band 5167

Othilie Bailly
Eingeschlossen
Roman. Band 11588

Jay Brandon
Im Namen der Wahrheit
Roman
Band 11668

Pearl S. Buck
Die Frau des Missionars
Roman
Band 11665
Zurück in den Himmel
Erzählungen
Band 8336

Charles Bukowski
Fuck Machine
Stories. Band 10678

Héctor Aguilar Camín
Der Kazike
Roman
Band 10575

Lara Cardella
Ich wollte Hosen
Band 10185
Laura
Roman
Band 11071

Martine Carton
Hera und Die Monetenkratzer
Roman
Band 8141
Victoria und Die Ölscheiche
Kriminalroman
Band 11672

Fischer Taschenbuch Verlag

fi 1220 / 5 a

Unterhaltsame Literatur

Eine Auswahl

James Hilton
Der verlorene Horizont
Ein utopisches Abenteuer irgendwo in Tibet
Roman
Band 10916

Victoria Holt
Königsthron und Guillotine
Das Schicksal der Marie Antoinette
Roman
Band 8221
Treibsand
Roman
Band 1671

Barry Hughart
Die Brücke der Vögel
Roman
Band 8347
Die Insel der Mandarine
Roman
Band 11280
Meister Li und der Stein des Himmels
Roman. Band 8380

Rachel Ingalls
Mrs. Calibans Geheimnis
Roman
Band 10877
In flagranti
Erzählungen
Band 11710

Gary Jennings
Der Azteke
Roman
Band 8089
Marco Polo
Der Besessene
Bd. I.: **Von Venedig zum Dach der Welt**
Band 8201
Bd. II.: **Im Lande des Kubilai Khan**
Band 8202
Der Prinzipal
Roman
Band 10391

Fischer Taschenbuch Verlag

fi 1220 / 10 d

Unterhaltsame Literatur

Eine Auswahl

James Jones
Verdammt in alle Ewigkeit
Roman
Band 11808

Erica Jong
Fanny
Roman
Band 8045
Der letzte Blues
Roman
Band 10905

M.M. Kaye
Insel im Sturm
Roman
Band 8032
Die gewöhnliche Prinzessin
Roman
Band 8351

M.M. Kaye
Schatten über dem Mond
Roman
Band 8149

Sergio Lambiase
O sole mio
Memoiren eines Fremdenführers
Band 11384

Marie-Gisèle Landes-Fuss
Ein häßlicher roter Backsteinbau in Venice, Kalifornien
Roman
Band 10195

Werner Lansburgh
»Dear Doosie«
Eine Liebesgeschichte in Briefen
Band 2428
Wiedersehen mit Doosie
Meet your lover to brush up your English
Band 8033

Alexis Lecaye
Einstein und Sherlock Holmes
Roman
Band 12017

Die wahren Märchen der Brüder Grimm
Heinz Rölleke (Hg.)
Band 2885

Fischer Taschenbuch Verlag

fi 1220 / 5 e

Ein leidenschaftlich erzähltes Porträt einer ungewöhnlichen Frau.
ANN VICTORIA ROBERTS
Louisa Elliott
ROMAN
Fischer

Eine Geschichte von der Weisheit, List und Willensstärke der Katzen.
JOY SMITH AIKEN
SOLOS REISE
ROMAN
Fischer

Die Jagd auf die deutschen Hacker, die das Pentagon knackten.
Clifford Stoll
Kuckucksei
Fischer

Unterhaltsame Literatur

Eine Auswahl

Tad Williams
Traumjäger und Goldpfote
Roman. Band 8349

Barbara Wilson
Mord im Kollektiv
Band 8229

David Henry Wilson
Der Fluch der achten Fee
Ein Märchen
Band 10645

Barbara Wood
Herzflimmern
Roman. Band 8368
Lockruf der Vergangenheit
Roman. Band 10196

Barbara Wood
Spiel des Schicksals
Roman. Band 12032
(in Vorbereitung)
Traumzeit
Roman
Band 11929

Marion Zimmer Bradley
Die Feuer von Troia
Roman. Band 10287
Luchsmond
Erzählungen
Band 11444
Die Nebel von Avalon
Roman. Band 8222

Marion Zimmer Bradley
Lythande
Erzählungen
Band 10943
Tochter der Nacht
Roman. Band 8350

(Hg.) Marion Zimmer Bradley
Schwertschwestern
Magische Geschichten I. Band 2701
Wolfsschwester
Magische Geschichten II. Band 2718
Windschwester
Magische Geschichten III. Band 2731
Traumschwester
Magische Geschichten IV. Band 2744

Fischer Taschenbuch Verlag

fi 1220 / 8 h